英美文学与教学实践研究

辛福军◎著

吉林出版集团股份有限公司
全国百佳图书出版单位

图书在版编目（CIP）数据

英美文学与教学实践研究 / 辛福军著 . -- 长春 : 吉林出版集团股份有限公司 , 2024. 12. -- ISBN 978-7-5731-6118-5

Ⅰ . I561.06；I712.06

中国国家版本馆 CIP 数据核字第 2024GL3389 号

英美文学与教学实践研究

YINGMEI WENXUE YU JIAOXUE SHIJIAN YANJIU

著　　者　辛福军
责任编辑　关锡汉
封面设计　张　肖
开　　本　710mm × 1000mm　　1/16
字　　数　210 千
印　　张　12
版　　次　2024 年 12 月第 1 版
印　　次　2024 年 12 月第 1 次印刷
印　　刷　天津和萱印刷有限公司

出　　版　吉林出版集团股份有限公司
发　　行　吉林出版集团股份有限公司
地　　址　吉林省长春市福祉大路 5788 号
邮　　编　130000
电　　话　0431-81629968
邮　　箱　11915286@qq.com
书　　号　ISBN 978-7-5731-6118-5
定　　价　72.00 元

前言

文学的学习是语言教学中十分重要的一部分，它不仅可以帮助读者拓宽视野，提高分析鉴赏能力，而且可以熏陶读者的思想情操，加强他们对人类社会的认识与了解。

随着国际经济一体化的发展，英语的国际地位越来越高，掌握英语对每个学生都非常重要。语言是文化的载体，是人们交流和沟通的工具，语言的学习离不开对语言文字的阅读和赏析。对英美文学的学习为学生英语语言的学习奠定了基础，英美文学作品中大量丰富、生动、准确的语言词汇，极大地扩充了学生的词汇量，优美流畅的语言提高了学生的英语语感和应用水平。通过大量的阅读，学生理解了词句间的衔接、语法的应用，掌握了一定的词汇量，阅读能力得到迅速提高。文学是现实社会生活的反映，是人与人之间关系的反映，文学作品往往通过描述故事人物的生活与命运、思想与感情，阐述典型事件的社会褒扬、社会批判，渗透着人类普遍的、永恒的精神情感体验，具有丰富的情感性，对读者具有很强的吸引力。优秀文学作品丰富的情感往往能在一定程度上满足大学生多元化的情感需求。文学作品本身的美学价值和愉悦功能可以使英美文学课程的课堂具有趣味性及生动性。

作为高校英语专业的必修课，英美文学教学在当前英语专业人才培养中占有重要地位，肩负着培养学生英语技能和提高人文素养的重任。

本书第一章为英美文学发展简史，分别介绍了英国文学发展简史、美国文学发展简史两个方面的内容；第二章为英美文学的内涵，主要介绍了三个方面的内容，依次是英美文学的价值意义、当代英美文学语言艺术、英美文学欣赏的层次与境界；第三章为英美文学多元教学理念，分别介绍了三个方面的内容，依次是语类研究与英美文学教学、文化语言学与英美文学教学、认知语言学与英美文学教学；第四章为英美文学课堂建构，分别介绍了英美文学课堂教学设计、英美文学课堂建构理念与原则、英美文学课堂的架构与实施三个方面的内容；第五章为英美文学教学方法，主要介绍了三个方面的内容，依次是翻转课堂教学法、文学圈教学法、产出导向教学法；第六章为英美文学类型及教学实践，分别介绍了散文教学实践、小说教学实践、诗歌教学实践、戏剧教学实践四个方面的内容。

在撰写本书的过程中，作者参考了大量的学术文献，得到了许多专家、学者的帮助，在此表示真诚感谢。由于作者水平有限，书中难免有疏漏之处，希望广大同行与读者指正。

辛福军

2024 年 3 月

目录

第一章　英美文学发展简史……1

第一节　英国文学发展简史……1

第二节　美国文学发展简史……23

第二章　英美文学的内涵……45

第一节　英美文学的价值意义……45

第二节　当代英美文学语言艺术……52

第三节　英美文学欣赏的层次与境界……64

第三章　英美文学多元教学理念……73

第一节　语类研究与英美文学教学……73

第二节　文化语言学与英美文学教学……78

第三节　认知语言学与英美文学教学……88

第四章　英美文学课堂建构……107

第一节　英美文学课堂教学设计……107

第二节　英美文学课堂建构理念与原则……110

第三节　英美文学课堂的架构与实施……114

第五章　英美文学教学方法……121
第一节　翻转课堂教学法……121
第二节　文学圈教学法……129
第三节　产出导向教学法……152

第六章　英美文学类型及教学实践……159
第一节　散文教学实践……159
第二节　小说教学实践……167
第三节　诗歌教学实践……171
第四节　戏剧教学实践……175

参考文献……183

第一章　英美文学发展简史

本章主要对英美文学发展简史进行详尽的梳理和阐述，分别介绍了英国文学发展简史、美国文学发展简史两个方面的内容，旨在帮助读者深入了解英国文学和美国文学两个重要文学领域的演进历程。

第一节　英国文学发展简史

一、古代英国文学

在古英语文学中，英格兰岛的早期居民凯尔特人及5世纪入侵的盎格鲁、撒克逊和朱特人，都没有留下书面文学。凯尔特人创造的口头文学是流传最为广泛的。这些故事与传说以口头形式广泛传播，并在传承过程中经过讲述者不断的加工与扩展，最终形成了书面记载。5世纪，北欧的盎格鲁、撒克逊和朱特三个日耳曼部落入侵英国，创作并传唱了一系列游吟诗歌。盎格鲁－撒克逊人是盎格鲁人和朱特人以及撒克逊人的后裔。其中，盎格鲁－撒克逊人的史诗《贝奥武甫》便是源于日耳曼民间传说的英雄屠龙故事，随着盎格鲁－撒克逊人的入侵而传入英国。现今我们所见的《贝奥武甫》诗篇，是在8世纪初由英格兰诗人整理并写定的。当时，不列颠正处于新型社会的过渡阶段，因此，《贝奥武甫》不仅体现了七八世纪不列颠的生活风貌，更展现了新旧生活方式交织混合的特点。诗篇中既展现了氏族时期英勇无畏的英雄主义精神，又融入了封建时期的理想追求，从而成为反映当时社会风貌的重要文献。《贝奥武甫》被认为是英国的民族史诗，它与法国的《罗兰之歌》及德国的《尼伯龙根之歌》并称为欧洲文学的三大英雄史诗。

5 世纪末期，西罗马帝国陷落之后，欧洲结束了古典时代，进入中古时代和漫长的中世纪。6 世纪末到 7 世纪末，由于肯特国王阿瑟尔伯特皈依基督教，该教僧侣开始以拉丁文著书写诗。其中以盎格鲁－撒克逊神学家和历史学家比德（Bede）所著《英国人民宗教史》最有历史和文学价值。至 9 世纪，盎格鲁－撒克逊诗人辛尼沃夫（Cynewulf）在其他已问世的文学著作中取材，写了《埃琳娜》《使徒们的命运》《朱莉安娜》等作品。阿尔弗雷德（King Alfred）倡导以英语撰写《盎格鲁－撒克逊编年史》，其中包括有关盎格鲁－撒克逊和朱特人的英雄史诗《贝奥武甫》和《朱迪斯》，以及一些抒情诗、方言诗、谜语和宗教诗、宗教记叙文、布道词。

二、中世纪英国文学

1066 年，诺曼人入侵英国，随之带来了欧洲大陆的封建制度与文化元素。在文学领域，一种模仿法国韵文体骑士传奇的风格开始盛行。传奇文学以描绘高贵骑士的冒险生活与浪漫爱情为主要内容，它反映了英国封建社会发展至成熟阶段的社会理想。

在中世纪漫长的岁月里，亚瑟王及其绿衣骑士的传奇故事频繁出现在史书及文学作品中。蒙茅斯的杰弗里（Geoffrey of Monmouth）率先将亚瑟王的传奇故事进行系统整理与收录。大约在 1154 年，在杰弗里的影响下，诗人韦斯以法文形式创作了《不列颠人的故事》一书。该书在半个世纪之后，又被诗人莱亚曼（Layman）用作创作长诗《不列颠》的蓝本，该诗以英文写就，莱亚曼亦成为诺曼底人征服英国后首位以英文进行创作的知名诗人。

此后，《高文骑士与绿衣骑士》以其独特的艺术价值脱颖而出，被誉为英国文学的先驱。该作品以亚瑟王及其圆桌骑士的奇遇为创作素材，歌颂勇敢、忠贞与美德，成为当时浪漫传奇文学的典范。

14 世纪后半叶是中古英语发展的高峰，出现了似受古英语诗影响的口头韵体诗，最有名的是教会小职员威廉·兰格伦（William Langland）写的头韵体长诗《农夫皮尔斯》（*Piers Plowman*），他把教堂语言和概念，化为俗人能理解的形象和比喻，用天堂、地狱和生活的寓言，用梦幻的形式和寓意的象征，写出了 1381 年农民暴动前后的农村现实，笔锋常带严峻的是非之感。作品以中世纪梦幻故事的形式探讨人间善恶，讽刺社会丑行，表达对贫苦农民的深切同情。作品结构十分散漫，但富有独创性，是集空幻、有趣、感情真挚于一体的好诗，与乔叟温文尔雅的风格不同，其用韵比较粗俗，是后世流行的头韵用法。

英国文学史上出现的第一位大诗人是查弗雷·乔叟（Geoffrey Chaucer），他以其诗体短篇小说集《坎特伯雷故事集》（*The Canterbury Tales*）和其他长短诗集成为英国文学的重要奠基人。在乔叟之前的英国文学更多地隶属于历史，而非艺术，我们可以饶有兴致地阅读这些作品，但不会有任何愉悦的感觉。乔叟的出现改变了这一沉闷的现状，像 14 世纪所有的英国绅士一样，乔叟的身上有很深厚的法国文化底蕴。此时期国王查理第二次当政，王室贵族兴起赞助文人之风，宫廷开始用盎格鲁诺曼法语，以法语作为高雅身份的象征，甚至在一定程度上蔑视英文，因此当时大多数英格兰文人用拉丁语或法语创作。乔叟译过一些法国人的作品，同时又大胆地借鉴意大利语。但他的作品使用的语言是英文，尽管并不是近代英文。乔叟有"英国诗歌之父"之称，是英国文学史上现实主义奠基人和为文艺复兴运动开路的伟大诗人。乔叟以宫廷文人身份开始文学创作活动，他对于英国文学，犹如但丁对于意大利文学。中世纪时，英国僧院文学用拉丁文，骑士诗歌用法语，民间歌谣用英语，当时英语被视为一种登不上大雅之堂的粗俗语言。乔叟以诗人敏锐的目光，从属于中古英语的伦敦方言中发现其旺盛的生命力，无论翻译或创作，都坚持以这种语言为表现工具并把它提高为英国文学语言。乔叟的出现，象征着英国书面文学历史中以本土文学为主导的新纪元的开端。乔叟作为文学巨匠，率先创作了英雄诗行，也就是五步抑扬格双韵体，这一创新对英诗的韵律发展产生了深远影响。其不朽之作《坎特伯雷故事集》，作为一部诗体短篇小说集，广泛汲取了多种文化及历史的养分，同时在统一的主题线索下融合成一部独具特色的作品。这部作品以一群香客自伦敦启程前往坎特伯雷朝圣的旅程为线索，通过对香客们的细腻描绘以及沿途所讲述的故事，勾画出一幅中世纪英国社会生活多姿多彩、繁复生动的历史画卷。与其说这是一次关于信仰的虔诚的旅行，还不如说他们是在假日进行的远足。书中每个故事都是优美的，其中尤以记叙朝圣者们的序言最为经典。在书中，乔叟以寥寥数笔将骑士、牧师、僧侣、院长以及其他人物描写得惟妙惟肖。除此之外，没有任何一部文学作品中有如此优雅和清晰的人物性格塑造。书中的人物是从生活的各行各业中选择出来的不同的类型，所以这部作品其实是14世纪英格兰社会的一个缩影。故事集中运用了几种不同情绪的叙事风格，有宏大忧郁的悲剧，也有快乐的喜剧。乔叟文学创作实践提升了英语的文学层次，其文笔凝练而雅致，行文流畅且自然，其作品集堪称中世纪英语文学的典范。乔叟对推动英语成为英国统一的民族语言产生了极为深远的影响。

乔叟还是这一时期最优秀的译者，他通晓拉丁语、意大利语和法语，曾翻译薄伽丘的《菲洛斯特拉托》、改编为长诗《特罗伊勒斯和克西达》。后来在《坎特伯雷故事集》中又以薄伽丘的作品为基础，改编了《骑士的故事》《富兰克林的故事》《法庭差役的故事》《大学生的故事》。此外，他译出了《玫瑰传奇》《贞洁的女人传奇》，以及波伊乌提的全部作品。因此，乔叟在当时被法国诗人德尚誉为"翻译大师"。乔叟为英语翻译开辟了发展道路，并为使英语成为文学语言，对英国文学的发展作出了卓越的贡献。在中世纪英语译作中，有很大一部分是传奇文学作品和历史书籍，其中主要有匿名译者的《特洛亚传奇》《伊尼亚斯传奇》《亚历山大传奇》《亚瑟王的故事》《帕尔特内传奇》《屋大维的故事》，托马斯·马洛里（Thomas Malory）译的《亚瑟王之死》，利德盖特（Lydgate）译的薄伽丘的《王子的堕落》，卡克斯顿（William Caxton）译的《戈德弗里·德·布莱的故事》等。这一时期的翻译，由于受法国文化的影响，有些英译本不是译自原作，而是转译自法译本。如乔叟译的《特罗伊勒斯和克西达》和《骑士的故事》，往往被整段地增减，有时是逐字对译，有时则与原文相去甚远，成了译者的创作。

15世纪后期，托马斯·马洛里（Thomas Malory）以法国文本为底本创作散文小说《亚瑟王之死》，让原本散乱无章的亚瑟王相关故事叙述得以统一，形成了一套连贯且完整的叙述体系，详尽地记载了亚瑟王从诞生至隐居仙岛的传奇经历。这部作品不仅为后世作家提供了引用亚瑟王故事的丰富资源，更成为他们创作的摇篮。亚瑟王的故事在不同层面上真实反映了当时社会的多元现象，深刻体现了人们多样化的愿望与崇高的理想。在英国古代历史上享有盛名的亚瑟王及其英勇豪迈的圆桌骑士们，为后世留下了众多寓意深远、引人深思的传奇故事。

随着时光的流逝，这些传奇故事浸染了一种神话色彩，与古希腊神话一道形成英美文学的三支伏流，对英美文学产生了深远影响。《亚瑟王之死》词句优美，今天读起来依然清晰易懂，成为英国小说的雏形。

三、近代英国文学

（一）伊丽莎白时代暨文艺复兴时期的英国文学

文艺复兴时期的文化与学术发展，不仅为现代自然研究与自然科学奠定了基石，亦开启了文学创作的新纪元。而伊丽莎白时代正值文艺复兴的鼎盛时期，此时，英国各类文学作品百花齐放，其中尤以诗歌与戏剧最为突出，一批文学新秀崭露头角，孕育了众多文学巨匠。

揭开伊丽莎白时代文学序幕的是托马斯·怀亚特（Sir Thomas Wyatt）和亨利·霍华德（Henry Howard）。他们自意大利引进了新颖的文学形式至英语中。怀亚特通过翻译并模仿彼特拉克的短诗，为英国诗歌树立了典范，并尝试运用不同韵律进行创作。他的爱情抒情短歌，情感真挚、语言自然；霍华德则以其《伊尼德》译本将无韵诗（后来莎士比亚和弥尔顿的十行诗）引入英国文学。

16 世纪的英国，贵族阶层率先掀起了一股诗歌热潮。约翰·海伍德（John Heywood）的《仁慈杀了她》中蕴含了丰富的情感，成为伊丽莎白时代最为朴实、自然的作品之一。

诗人埃德蒙·斯宾塞（Edmund Spenser）翻译和创作了很多歌颂爱情和女王的诗歌。他发表的《牧人日记》，这在英国诗歌史上具有里程碑意义。随后，《短诗集》与寓言长诗《仙后》相继问世。其中，《仙后》体现了人文主义关怀与新柏拉图主义的神秘思想，其情节结构与人物塑造仿照古罗马史诗与骑士传奇文学，同时融入清教徒的伦理宗教观念与强烈的资产阶级爱国情绪。斯宾塞因此被兰姆誉为“诗人中的诗人”，成为继乔叟之后，首位运用精妙概念与技巧处理艺术主题的英国诗人。

16 世纪后半叶，在文学领域内，戏剧成为发展最为繁荣的形式之一。英国戏剧的根源可追溯至中世纪教堂的仪式，其初始形式多取材于古老故事的神秘剧和奇迹剧，并在 14、15 世纪的英国舞台上占据重要地位。随后，一种以抽象概念作为剧中人物的道德剧逐渐崭露头角，进一步丰富了英国戏剧的内涵。

到了 16 世纪末，戏剧进入全盛时期。悲剧家克里斯托弗·马娄（Christopher Marlowe）冲破旧的戏剧形式的束缚，创作了一种新戏剧，成为新剧的先驱。马娄也是英国文艺复兴时期“大学才子”之一，留下了许多戏剧遗产。他的剧作歌颂知识、财富和无限的个人权力，反映了新兴资产阶级力图摆脱封建束缚以求发展的强烈愿望。马娄的代表作是描写巨人式学者的《浮士德博士的悲剧》（*The Tragedy of Dr.Faustus*），取材于一个古代传说，传说中的主人公是一个魔法师，他将自己的灵魂出卖给魔鬼以换取无穷无尽的权力。这个故事曾经被歌德（Goethe）写进他的哲学诗之中，成为《浮士德》永远流行的歌剧主题。在马娄的剧本里，悲剧的英雄人物是诗人自己，他力图冲破人间的一切藩篱，寻求无限的真理。

威廉·莎士比亚（William Shakespeare）是欧洲文艺复兴时期英国最伟大的剧作家和卓越的人文主义思想的代表，他以奇伟的笔触，对英国封建制度走向衰落和资本主义原始积累的历史转折期的英国社会做了形象、深入的刻画。他的作品按思想和艺术的发展分为三个时期：历史剧和喜剧时期（1590—1600 年）、悲剧时期（1601—1608 年）和传奇剧时期（1609—1613 年），全部作品包括 2 首长诗、154 首十四行诗和 38 部戏剧，其中主要有《仲夏夜之梦》《终成眷属》《皆大欢喜》《哈姆雷特》《爱的徒劳》《无事生非》《奥赛罗》《罗密欧与朱丽叶》《威尼斯商人》《暴风雨》《雅典的泰门》等。

当时的诗人们在剧本中运用重韵体诗的文体，促使诗歌和戏剧两方面都达到空前的成就，莎士比亚将这种诗剧发展到了登峰造极的地步，在他的戏剧中，描绘了广阔的生活场景和个性鲜明的人物形象，而这也确立了莎士比亚在西方戏剧艺术史上无法超越的地位。在创作实践中，他成功地突破了传统悲剧与喜剧的界限，使人性和人物的精神世界得以更为丰富饱满的展现。因此，莎士比亚被誉为无可比拟的戏剧结构大师。

莎士比亚善于描写几条相互平行交错的线索，来促进生动复杂的情节发展，使优美的情节和感人的故事成为剧本的根本特征。他随处收集自己剧本所需的素材为他所用，意大利的故事、英国的编年史、普鲁塔克的《传记》等，都能被他以优美鲜活的语言化作故事的“血肉”。事实上，伊丽莎白时代的剧作家几乎都是抒情诗人，他们善于将优美的诗歌融入自己的剧作中。作为一代杰出的语言巨匠，莎士比亚对英语的运用已达到了炉火纯青的境地，他成功地将英语的表现力推向了巅峰。他的剧作语言富有诗意，众多词句已成为英文中的成语和典故，极大地丰富了英语的表达方式，令读者回味无穷。在形式上，他的语言同样展现出多样性和生动性，以无韵诗为主体，同时融入古体诗、民谣体、俚谚与轻快滑稽的散文体对话，这些元素共同构成了莎士比亚戏剧的基础。

17 世纪，英国抒情诗被划分为三个发展阶段。第一个阶段以本·琼森（Ben Jonson）为代表。琼森生前在英国文学史上享有的威望是无人可比的，他是稍晚于莎士比亚被同时代的其他诗人誉为“歌之王”的大诗人。他擅长写社会讽刺诗剧，是当时最遵守古典观念的剧作家，经常指责其他剧作家只懂迎合“低俗客”的鄙陋趣味。琼森擅长使用喜剧来谴责罪恶与愚行，许多人称他的剧本为“纠正喜剧”。他的诗歌不仅有优美的形式和精当的遣词，而且蕴含着丰富的感情。琼森为古典诗歌所作的贡献，对他自己的诗歌以及追随他的人的诗歌产生了重大影响。伊丽莎白时代的诗歌有流于怪诞的危险，琼森则借助自身的权威使诗歌虽然有规则却不生硬，考究却不因袭传统，清晰却不流于俗泛。琼森的成就接近于戏剧之王莎士比亚。在整个 17 世纪，琼森的名声和威望都在莎士比亚之上。琼森的剧作《人人高兴》嘲弄了那个时代的弊端，是一部非常有力度的“风俗喜剧”。他的学者风范在悲剧《西亚努斯的覆灭》和《卡塔林的阴谋》中有所体现。在这两个剧本中，琼森没有卖弄文学，但剧中的悲剧感是深刻的。琼森的罗马剧在人物的塑造和语言的运用上丝毫不逊色于莎士比亚的戏剧。琼森的罗马剧《蹩脚诗人》的内容主要由那个时代的诗人维吉尔、贺拉斯、奥维德、提巴拉斯之间的对话组成，看起来每个对话者的语言像是取自他们各自的著述，实际上是琼森自己的创造。这部剧作实际上具有双重含义，琼森以罗马剧为掩饰讽刺与他同时代的德克和马斯顿。弥尔顿说琼森是“博学的袜子”下面隐藏着一双踢人的脚。琼森喜剧的特点在于塑造具有单一“气质”的人物形象，如幽默、贪婪、狡诈和傲慢等。琼森所有的喜剧中塑造得最好的一个人物形象是伊壁鸠·马蒙，这是《炼金术士》中的一个人物，正如他的名字那样，他是一个具有幽默气质的人，言谈举止同福尔斯塔夫一样是一个吹牛大王。

（二）詹姆斯王朝期间的英国文学

詹姆斯王朝时期也称王政复辟时期，这一时期的文学指共和时期后 1660 年王政复辟后的文学。许多现代的典型文学形式包括小说、传记、历史、游记、新闻报道等在这一时期开始成熟。当时，新的科学发现和哲学观念以及新的社会和经济条件开始发挥作用，还出现了大量以政治为内容的小册子文学。班扬的伟大讽喻小说《天路历程》就出现于这一时期。大量的优秀诗歌，特别是约翰·德莱顿（John Dryden）的讽刺性优秀作品，对以后奥古斯都时期的亚历山大·蒲柏（Alexander Pope）的作品有着直接的联系。

王政复辟后，新古典主义使文学风气为之一变。当时文坛最受欢迎的作家是约翰·班扬（John Bunyan），他的《天路历程》被视为英国近代小说的发端。这部作品是17世纪英国社会的现实主义写照，作者运用朴素而富有生命力的文字，以寓言的形式细腻地描绘了一位虔诚教徒在罪恶丛生的世界中的经历，对居住在"名利场"中的上层人物进行了严厉的谴责。作品中蕴含着清教主义的深刻回响，而其卓越的叙事技巧更使其成为近代小说的先驱之作。

19世纪中期，英国小说家萨克雷的名著《名利场》书名便来源于此。班扬在布道方面的才华独一无二，能巧妙地抓住听众的心，在写作上也是如此。他的《天路历程》以可读的故事形式完成了自己传教的使命，在高雅文学中开辟了一个平民世界，即便是那些对信仰丝毫不感兴趣的读者也能够接受这部作品。他的文体来源于日常生活的语言，通过口语化的表现形式、平铺直叙的结构布局加以修饰，从而达到自己的写作目的。他的《天路历程》写一些人来到天国，他们的衣服、语言引起当地人的嘲笑。这本书在精神上崇仰追求真理的虔诚信徒，谴责压迫者、欺骗者、享乐者；在语言上用纯朴的民间口语；在技巧上采取寓言形式，然而叙事又写得十分真实。这种新散文，是写实小说这一新的文学样式的先驱。

在17世纪英国抒情诗第三个阶段中，诗人们继续追求诗歌的至真、至善和至美。约翰·德莱顿和亚历山大·蒲柏是这一阶段的代表人物。德莱顿的诗作使戏剧的力量、抒情诗的美妙等昔日的辉煌一并保留了下来，同时为新时代诗歌的诞生奠定了基础。德莱顿集桂冠诗人、散文家、剧作家于一身，曾一度左右伦敦文坛，成为叱咤风云的人物。德莱顿在英国文学史上的成就，使他的名字成为他所处文学时代的代名词。由于对押韵对句的贡献，德莱顿被视为18世纪英国诗坛的鼻祖，是诗歌和散文真正的革新家。德莱顿尤其擅长创作抒情诗、戏剧、讽刺以及批评散文。他的抒情诗、英雄悲剧以及其他各类体裁的作品时代感强，措辞考究，文句机警，清新灵活，富有乐感。德莱顿是英国最早的大散文批评家，他所写的戏剧评论比戏剧本身更有趣。他的《戏剧论》以及其他论文是英国文学批评史上和英诗体著作中划时代的作品。蒲柏是继德莱顿之后又一位古典主义大师，发展和完善了英雄双韵体，他的成名作《批评论》即以此种诗体写成。蒲柏是一位以讽刺诗见长的伟大诗人，善于用庄重华贵的语言形式表现滑稽可笑的生活内容，如《夺发记》和《群愚史诗》，制造了令人捧腹的喜剧效果。蒲柏的诗以精雕细琢、优美动听、诗体变化纷繁著称，特别是英雄双韵体诗，成为当时人们学习的样板。他的诗虽然极为机敏和优雅，却缺乏深刻的思想，且过多地以议论和哲理为主而少抒情性，特别是运用太多动词，不免让人感到单调和乏味，因而在浪漫主义兴起后遭到批评攻击。在他创作的诗歌短章中，受形式所限，华丽的辞章表达的只是作者狭隘的思想观念。他写的格言诗的数量仅次于莎士比亚。他翻译的《荷马史诗》体现出他的勤勉和聪慧，也为他带来了好运。他的哲学和美学思想在当时都是极为普通的，没有新鲜之处，但是只要经过他的语言表达便成了名言警句。蒲柏是一个只顾表达明晰和简练，而不顾诗歌的神秘和思想的深刻性的诗人。蒲柏的模仿者凤毛麟角，即使有也极少能够取得成功，并且大部分模仿者已经被人们淡忘。他的诗作《恬静的生活》描写了乡村简朴的物质生活和纯真的精神生活，语言洗练，意境旷达。蒲伯写作始终遵循法国古典主义文艺理论家布阿罗的诗论，追求优美协调的诗趣，力求诗句的精工典雅。

（三）启蒙时期的英国文学

18 世纪社会的相对稳定和启蒙主义思想的传播，使英国文学出现新的盛况，写实小说兴起，并涌现出一批优秀的作家和作品。启蒙时期的重要作家有丹尼尔·笛福（Daniel Defoe）、乔纳森·斯威夫特（Jonathan Swift）、亨利·菲尔丁（Henry Fielding）等，他们既是启蒙运动的思想家，也是启蒙文学家。他们把文学创作看成宣传教育的有力工具，致力于反映人们的日常生活，描写普通人的英雄行为和崇高精神，深刻揭露了封建社会的腐朽与黑暗以及资产阶级的缺点。

笛福有英国“小说之父”之誉，他曾办报刊并参与党派政治，他最早提出“自由贸易”理论，并向政府提出夺取和开发殖民地的办法，年近花甲才开始小说创作。笛福是 18 世纪英国现实主义小说的奠基人，第一部小说《鲁滨逊漂流记》是流传最为广泛的英文作品之一。作品用写实的手法，描写主人公在孤岛上的生活，塑造了一个资产阶级开拓者和殖民主义者形象，具有时代精神。

笛福小说中的主人公大都是现实生活中的中下层人物，这是英国小说创作中的新元素，后来到了19世纪，这些人物的命运就成为英国批判现实主义文学描写的主要对象。《鲁滨逊漂流记》富有艺术性，同时富有启发性。笛福的另一部长篇小说《摩尔·弗兰德斯》叙述女主人公摩尔在英国因生活所迫沦为娼妓和小偷的经历。作品以生动的笔触，写得真实又有深度，具体又有艺术性，被称为“偷窃者大全”。笛福的《摩尔·弗兰德斯》，语言平静而讽刺尖刻。

现实主义小说家菲尔丁早年从事戏剧写作，对当时英国上层社会进行了深刻讽刺，而菲尔丁的小说也代表了18世纪英国现实主义小说的最高成就，是现实主义小说的进一步发展。菲尔丁是英国文学史上第一个系统提出现实主义小说理论的作家。菲尔丁因其书信体小说、散文体史诗、第三人称叙事等小说创作的突破被誉为“英国现实主义小说奠基人”。菲尔丁的文学作品以其精湛的讽刺手法和广阔的社会背景描绘而著称。他曾对德尔·理查逊（Samuel Richardson）的市侩哲学提出质疑，进而通过仿作的形式对其进行讽刺，在此过程中，菲尔丁意外地掌握了小说的艺术精髓，并创作了多部脍炙人口的作品。其中，《弃婴汤姆·琼斯的故事》尤为引人注目，这部作品以其典型的英国式人物、风景和场面，为读者呈现出一幅生动的英国社会风貌全景图。该作品以乡村、路途及伦敦三个不同的社会背景为舞台，详细描绘了当时英国社会的各个方面。最终，代表自然本性的汤姆与代表理智、智慧的索菲亚结为夫妻，这一结局深刻体现了感情应受理性节制的理念。全书共分为18卷，每卷的开篇均为作者对小说艺术的独到见解，这充分展现了菲尔丁对小说创作理论的深刻认识，正是他给英国小说定了型。在小说情节发展的过程中，他灵活运用各种手段使人物撕掉他们的假面具，使那些伪君子显得滑稽可笑。在小说中，作者对真诚、热心、忠实且不受传统桎梏的青年男女进行了深情讴歌。全书结构严谨，条理清晰，字里行间流露出一种明朗、清新的气息，将现实主义小说的艺术表现推向了一个崭新的高度。他憎恨人们在道德的假面具下掩饰自己的虚伪，从他的创作中，读者可以看到18世纪的英国所缺乏的精神。乔叟《序言》中的教区牧师和菲尔丁《约瑟夫·安德鲁》中的亚当都是典型的文学形象，他们都坚信道德的力量，这无疑是英国文学史上的一份宝贵遗产。菲尔丁的代表作品还有《阿米丽亚》《咖啡屋政客》《堂吉诃德在英国》《历史纪年》《大伟人江奈生·魏尔德传》。他的《约瑟夫·安德鲁》在客观的叙事中插进讽刺的笔触，批评上层人士的自私和缺乏同情心，而只有车夫助手——一个下层青年才有同情心，两者形成鲜明的对照。

理查逊在继承笛福现实主义传统的同时，特别注重人物的感情描写，从而产生了现代小说一种新的文学类型——感伤主义文学，他的书信体小说《帕米拉》（*Pamela*）即这一体裁的代表作。他擅长用一系列书信讲述一个连续的故事，从而产生了英国的“书信体小说”。他的书信体小说描写家庭生活，刻画人物内心活动，推动了浪漫主义运动在18世纪末的兴起。理查逊长于心理分析，使所写人物性格鲜明。他将视角投入年轻女主人公的内心深处，心理刻画淋漓尽致，令读者潸然泪下。他的代表作品还有《克拉利莎》《格莱德生爵士的故事》。劳伦斯·斯特恩（Laurence Stern）是感伤主义文学的主要代表，宣扬感情的自然流露，强调个人和社会的不可协调，认为文学的主要任务是描写人的内心世界和变化无常的情绪，因此对当时小说的模式感到不满，从而义无反顾地进行革新，在《项狄传》中打破传统小说的框架结构，摒弃以时间为顺序的创作方法，以一种全新的小说文本来描述主人公的内心世界。在《项狄传》中，各个章节的长度并不统一，甚至存在部分章节为空白的情况。这部作品富含长篇的议论与插话，同时融入了乐谱、星号、省略号等多种元素。斯特恩对小说形式的独特探索，成功吸引了20世纪俄国形式主义批评家的关注。评论家们进一步指出，20世纪小说中广为人知的意识流手法，其源头可追溯至这部别具一格的小说。《项狄传》因其独特的文学价值，被公认为“世界文学中最典型的小说”。

斯特恩的文学实验为英国小说艺术增添了新活力，开启了后世现代派小说的先河，可谓英国最早的实验性写作的大手笔。另有作品《感伤之旅》。托比亚斯·斯摩莱特（Tobias Smollett）以写流浪汉体小说为主，用讽刺笔调刻画英国社会各阶级人物，揭露当时社会弊端，以写海员生活见长，喜欢描绘打斗和血淋淋的伤病情景。他的《蓝登传》继承欧洲流浪汉小说传统，布局松散，是一连串发展迅速、变化急剧的冒险经历的组合。另著《英国通史》《柏雷葛伦·辟克尔》。18世纪中叶，英国资产阶级革命胜利后，原始资本积累更加迅速，发生了工业革命。许多作家对资本主义工业化发展给大自然和农村传统生活方式带来的破坏发出悲哀的感叹，以大自然和情感为主题的感伤主义作品盛极一时。奥利弗·哥德史密斯

（Oliver Goldsmith）是 18 世纪英国戏剧家，其创作均以嬉笑怒骂的形式讽刺时弊，致力打破当时英国舞台盛行的感伤主义。

18 世纪的诗歌创作也是一派繁荣景象，不仅有世纪初的蒲柏和汤姆逊在创作，还有一些散文名家，如斯威夫特、约翰逊等，也善于写诗。托里斯·格雷（Thomas Gray）也是这一时期重要的诗人。格雷是一位学者和历史学教授，精通艺术、建筑和音乐，他喜爱自然风光，对浪漫主义的复兴怀有热情。他一生诗作不多，仅 10 余首诗传世，而且那为数不多的诗作多半是用来自娱自乐和供友人消遣的。正如狄更斯所说，格雷是唯一一位写小卷诗作而跨入不朽的诗人行列的。在格雷的《巴德》中，浪漫主义和古典主义得到了很好的结合，威尔士擅用颂歌形式的传统得到了再现。他创作有《逆境颂》与《春之颂》等。其中《墓园挽歌》最为著名，这首诗写了 14 年，诗中描述了诗人在黄昏时刻凭吊乡村一处寂静墓地的悲悼心情。那贯穿全诗的凄楚悲切的气氛，往往令读者唏嘘感叹，诗人以深沉的笔触表达了对时代纷纷扰扰的厌恶之情以及对安逸闲适生活的无限向往，深刻揭示了他的内心情感世界。其作品展现了英国诗歌逐渐摆脱新古典主义桎梏的趋势，情感或感受开始取代理性的优势地位。格雷的诗作发表后引来诸多仿作，一时形成所谓的“墓园诗派”。诗中那些熟悉的章节和段落总是让读者熟记于心，诗中的每一节、每一句都是完美的，整部作品的结构布局也非常出色。诗中弥漫着淡淡的忧伤，是早期浪漫主义诗歌的标志，也是那个时代最完美的诗。与斯弥尔的《沉思的人》一样，看到这些诗就等于看到了占据英国诗人思想一个多世纪的“忧伤文学”的开端。《墓园挽歌》以深刻的社会情绪为核心，以精湛的艺术形式作为表现手法，不仅体现了特定历史时期的情感共鸣，而且在某种程度上为革新旧传统提供了有效的路径。因此，该作品具有极高的艺术价值，被誉为英国 18 世纪甚至英国历来诗歌中最好的诗。

墓园诗派的代表作还有爱德华·杨格（Edward Young）的《夜思》，以死亡、坟墓为题材，寄托作者的孤独心情，基调低沉忧郁，反映了英国许多人在产业革命加紧进行中所感到的痛苦和彷徨。乔治·克拉布（George Crabbe）的诗歌以朴素语言纪事，如实描绘日常生活、村庄、教区等，他的作品为英国诗坛注入了新鲜的血液。在他的诗体小说《村镇》《厅堂的故事》等作品中，以不同于以往文学作品的现实主义手法，代替了虚幻的田园诗的风格，描绘真实存在的世间百态，从而使文学发展呈现出新气象。克拉布是真正的诗人，他的缺点在于对音韵缺乏感受力，措辞也往往失于生硬和散文化，但是他充满活力，文风真挚，并且表现出非凡的叙述故事的才能。

四、现代英国文学

（一）浪漫主义时期的英国文学

19 世纪初，继 18 世纪以来蒲柏、格雷和彭斯等诗人优雅含蓄的抒情诗作之后，在法国大革命浪潮冲击下，诗风大变，出现了以威廉·布莱克（William Blake）为先导的浪漫主义诗歌运动，先有彭斯、威廉·华兹华斯（William Wordsworth）、塞缪尔·泰勒·柯勒律治（Samuel Taylor Coleridge）和罗伯特·骚塞（Robert Southey）"湖畔派"开其路，继有乔治·戈登·拜伦（George Gordon Byron）、珀西·比希·雪莱（Percy Bysshe Shelley）、约翰·济慈（John Keats）三大诗人将浪漫主义推向新的高峰。

作为英国浪漫主义诗歌的重要先驱，布莱克的作品区别于 18 世纪的典雅与含蓄，他侧重于展现深邃的想象力以及营造神秘的氛围。布莱克对法国革命抱有热忱的支持，但同时对其哲学基石理性主义持保留态度。

在诗歌创作中，布莱克构建了一套独树一帜的神话体系，其神秘主义色彩浓厚，诗作想象力丰富且个性鲜明。他的短诗意象生动，语言清新脱俗，而后期长诗的内容则较为深奥晦涩。其初期作品《天真之歌》充满了纯真的情感，《经验之歌》则透露出深沉的悲痛，两者均蕴含了浓厚的神秘色彩，呈现出朴素而和谐的抒情风格。

随后，布莱克的诗风发生了转变，开始创作篇幅宏大的长诗，如《四天神》，其中融入了一套独特的象征与神话系统。布莱克的革命性、独创性和诗歌的复杂性使他成为浪漫主义诗歌领域的杰出代表，对后世产生了深远的影响。

布莱克的艺术修养与他的诗作互相影响，成为年轻诗人眼中的偶像。但是他的神秘主义的象征犹如 17 世纪的宗教诗那样晦涩难懂。同时，他和那些宗教诗人的关系非常密切。

布莱克为浪漫主义诗歌的发展作出了卓越的贡献，在当时，他被普遍视为反理性主义者、梦幻家与神秘主义者，是一个超脱尘世且略显偏执的存在。然而，随着19世纪末叶芝等人对其诗集的重新编纂，人们开始对其纯真而深刻的艺术世界感到震惊。随后，他的书信、笔记以及画作逐步公开并广为传播，从而让诗人与画家布莱克的地位得以确立。他的作品还有《美国》《耶路撒冷》《弥尔顿》等。

珀西（Thomas Percy）编纂的《英诗辑古》激发了人们对古民歌的喜爱，开创了18世纪民谣复兴运动，也影响了浪漫主义诗歌，于是仿作者有之，伪造者有之，形成一种对中世纪神往的风气。这时从经济不甚发达的苏格兰传来了农民诗人彭斯的声音，他是苏格兰有史以来最杰出的诗人，是一位真正的苏格兰民族诗人。他熟悉古老的苏格兰民歌、民谣和传说，主要用苏格兰方言进行诗歌创作。他的思想与布莱克非常接近，都对大自然怀有热爱之情。他的诗歌题材丰富，韵律优美，情感真挚，对底层人民充满了同情。彭斯的抒情诗自然生动、感情真挚，讽刺诗尖锐锋利，妙趣横生，给英国诗坛带来了一股新鲜的气息。彭斯作为旧民歌的编纂者，亦是新诗篇的缔造者，其作品所表达的不仅是对爱情的讴歌，更是对自由、平等、博爱等全新理念的追求。这些理念，正是法国启蒙思想的精髓所在，导致了法国大革命的爆发。对于这场革命的接受或排斥、支持或反对，使英国散文作家群体内部产生了分化。然而，在革命初起时，大多数诗人对人类未来寄予了厚望。正是在这样的社会氛围与文化土壤中，浪漫主义诗歌得以诞生并蓬勃发展。

彭斯是英国文学史上伟大的抒情诗人之一，具有吸引读者和打动读者心灵的天赋。他是苏格兰的桂冠诗人，他在去世后仍然享有这一盛誉。英语语言的苏格兰分支（与其说它是方言，不如说是爱尔兰人说英语土腔）令人难以理解，但是只要把他的作品附上一两个注释，那么世界上任何说英语的人都可以理解了。彭斯所创作的歌曲《约翰·安德森》《汤姆·奥桑特》，以及其他百余首歌曲，都是他对苏格兰古老民谣进行艺术改写而成的，改写后的作品仍然保留着原有的音调，那些音调是苏格兰传统中固有的，无人知晓这些传统已经延续了多久。他的贡献远远不止于改写民歌。他原创的那些诗歌，如《致山中雏菊》《我的心呀在高原》《夜间》《一朵红红的玫瑰》，虽然也借鉴了苏格兰诗歌中的内容，但是其中更多的是融入了诗人的情感与写作技巧。然而他的失败是因为他是一个土生土长的苏格兰人，他呆板、形式化，经常误用语言，使他无法创作出像 18 世纪英国人所创造的那种现代诗歌。

湖畔诗派憎恶当时新兴资产阶级的意识形态，逃避现实，喜欢把工业城市和农村彼此对照，主张回到自然，赞美农村宗法制度，认为只有在宁静和美丽的背景中才能表现他们对外在大自然的丰富印象。华兹华斯、柯勒律治和骚塞被称为“湖畔派诗人”。前二人的诗歌合集《抒情歌谣集》以真挚的感情歌颂大自然，描写春日流动的阳光，原野上盛开的鲜花，嬉戏跳跃的鸟雀，随风起舞的柳枝……把自然人格化、心灵化，从自然美中表现诗人所期望的宁静、庄严和高尚，以此和资本主义充满矛盾的现实相对照，流露出诗人消极避世思想和某种感情寄托。作品或寄情山水，或神游异域，诗风质朴亲切，诗情单纯真挚，在对细节的描写中反映出诗人敏锐的观察力，开创一代诗歌之新风，并以理论著述奠定了英国浪漫主义诗歌的理论基础。

华兹华斯于 1843 年获“桂冠诗人”称号。他酷爱大自然，并从中汲取营养，被人们称为“大自然的祭司”。他的诗以描写自然风光、田园景色、乡民村姑、少男少女闻名于世，且善用通俗的语言描写寻常的事物，在寻常的事物中蕴含不寻常的意义。他向往旧宗法社会田园式的生活，其诗歌摆脱了 18 世纪旧的诗歌规范与体式，文笔朴素清新、自然流畅，一反新古典主义的平板风格，开创了自由抒写的新鲜活泼的浪漫主义诗风。因其诗歌成就突出，被认为是继莎士比亚、弥尔顿之后的一代大家。华兹华斯的小诗清新，长诗深刻，十四行诗雄奇，他的《序曲》首创用韵文来写自传式的“一个诗人的心灵的成长”，在内容和艺术上都开辟了时代新风。著名诗作有《黄昏散步》《丁登寺旁》《我心荡漾》《致布谷鸟》等。他的《她住在人迹罕见之乡》，用紫罗兰和星星形象地描绘了主人公的形体美和心灵美与她孤独的境遇。全诗用语言朴实无华的歌谣体描绘姑娘天真的形象，内容与形式十分切合。

拜伦、雪莱、济慈三人各有特色，但都忠于法国革命的理想。拜伦是出于对暴政的反感和叛逆，因此他的诗作表现出追求自由、反抗压迫的精神，注重揭露现实。其作品以东方叙事诗和拜伦式英雄著称于世，最显著的艺术特点是辛辣的讽刺，锋芒指向 18 世纪末 19 世纪初欧洲广阔的社会人生，而把讽刺、叙事、抒情三者融为一体，更是他独特才能的突出表现。雪莱着眼于未来的理想社会，他的诗风自由不羁，惯用梦幻象征手法和远古神话题材。在艺术领域，他们均表现出较强的创新精神。拜伦在其作品《唐璜》中，对传统欧洲传说进行了颠覆性的改写，将主人公从原本的纨绔子弟塑造为热血青年，并安排其两度穿越欧洲大陆。通过这位主人公的视角，读者得以见证并评议欧洲社会的现实。拜伦在此诗中对口语体的运用达到了前所未有的高度。其诗歌创作与其个人精神风貌相契合，始终致力于自由的抗争。他的作品还有《英国诗人和苏格兰评论家》《闲散时光》等。拜伦的讽刺诗《审判的幻想》被誉为英国文学史上最成熟、最完整的政治讽刺诗之一。他的《她在幽美中行走》一诗，描绘秾纤得衷，修短合度，具有中国美学增一分则太长、减一分则太短，着粉则太白、施朱则太赤的意蕴的特点。拜伦诗中的文字无所忌惮，洋溢着浪漫主义的新精神。

19 世纪中后期，先后出现了布朗宁、阿诺德、罗塞蒂、斯温伯恩等著名诗人，他们以各自独特的风格和接近 20 世纪现代意识的意境成为 19 世纪英国诗歌的重要组成部分。在英国文学史上，莎士比亚去世以后，没有任何一个时期有这样多的一流诗人，创作了这样大量的为后世所珍视的一流作品。其中布朗宁是维多利亚时期最杰出的诗人之一，他的诗作的特点在于善于运用戏剧独白，富于感染力，人物心理描绘细致，并按照人物特有的立场、思维逻辑和语调，表现其性格。这种心理描写或意识流方法，在英国诗史上是一种创新。他早年从事过戏剧创作，后来专门写戏剧独白。戏剧独白是一种通过主人公的自白或议论来抒发情感的无韵体诗。在《皮帕走过了》《指环与书》等作品中，诗人戴上“面具”，进入戏剧人物的内心世界，以其口吻娓娓而谈，语言极为生动，说话者跃然纸上。布朗宁的诗作以戏剧性独白自成一家，其成就在诗坛中少有人能凌驾其之上。他的诗作能给读者带来信心，甚至是宁静之感。他的《晨别》，全诗共四行，如中国的四言绝句一样对偶工整。前两行写景，意象壮阔；后两行抒情，情深意浓。以日出之景反衬离别之情，以太阳之行程对比人生的道路，自然连贯，含蓄不尽。

散文小说在整个 19 世纪更是盛况空前，有开创历史小说新领域的司各特（Sir Walter Scott）和开创风俗小说的奥斯汀（Jane Austen）等人的创作。

司各特擅长在艺术虚构的同时引入历史真实的细节，情节曲折，富于传奇色彩。其历史小说内容涉及 17 世纪英国资产阶级革命到 18 世纪君主立宪时期为止的历史事件。第一类为苏格兰小说，主要反映当时还保留氏族公社形式的苏格兰人民反抗英国侵略者的斗争。第二类为有关英国的历史小说，描写撒克逊农民反对诺曼封建主的斗争，反映17世纪英国资产阶级革命时期的斗争。第三类反映法国和欧洲其他国家历史的小说，对欧洲的历史小说发展具有很大影响。这些历史小说，涉及过去时代里民族冲突等重大事件，具有苍劲有力、雄壮豪迈的笔调，这也是浪漫主义的重要特征之一。这些历史小说再现了苏格兰、英格兰和其他欧洲国家历史上人民起义、民族矛盾冲突和近代国家在反封建的斗争中的建立等一系列重大事件，展示了历史的进程，刻画了众多的英雄人物，也创建了一个新的小说笔调。这种笔调能引起读者对中古的神往，也是司各特在艺术上的卓越建树。因此，他的文字也总是略早于他的时代的书面体，句子整齐繁复，其中词汇都是正式的，连对话都不是日常口语。他的《威弗利》不仅确立了其作为一个在勾勒角色和描绘自然景色方面有超凡能力的小说家的地位，而且使英国小说得以改变、格调得以提高、范围得以扩展、艺术性得以加强，与他之前的作家如理查逊的低沉伤感和菲尔丁、斯摩莱特的粗俗形成鲜明对照。除了将小说提升到一个更高的水准，他还编造了有关历史人物的有趣故事，从而在小说中融入了一种新元素，由此创造了历史小说。司各特因其在浪漫主义历史小说领域的杰出贡献，被誉为“西欧历史小说之父”。他的代表作《密得洛西恩监狱》和《艾凡赫》等，鲜明地体现了其独特的叙事风格。这些小说以普通人物为中心，将他们置于重大历史事件的背景下，通过讲述他们的故事，展现了推动书中人物行为的社会力量和历史力量。司各特在艺术创作中巧妙地将虚构与历史真实细节相融合，使作品情节曲折且富有传奇色彩，从而使得他的小说成为18世纪和19世纪英国文学现实主义和浪漫主义两种不同趋向的完善和发扬。司各特的去世标志着英国浪漫主义文学的结束。

（二）维多利亚与现实主义时期的文学

维多利亚时期，英国文学中的重大成就是现实主义小说。有查尔斯·狄更斯（Charles Dickens）、威廉·梅克比斯·萨克雷（William Makepeace Thackeray）、夏洛蒂·勃朗特（Charlotte Bronte）、艾米莉·勃朗特（Emily Bronte）、安妮·勃朗特（Anne Bronte）、乔治·艾略特（George Eliot）、安东尼·特罗洛普（Anthony Trollope）、爱德华·菲茨杰拉德（Edward Fitzgerald）、阿尔弗雷德·丁尼生

（Alfredlord Tennyson）、威廉·莫里斯（William Morris）、奥斯卡·王尔德（Oscar Wilde）等重要作家。狄更斯的作品在深度和广度上均超越了他的同时代作家，成为19世纪英国现实主义文学的典范。他身处英国由半封建社会向工业资本主义社会转型的关键历史时期，其作品全面而深刻地描绘了这一时期社会生活的多元面貌，鲜明地塑造了各阶层的典型形象。他基于人道主义立场，对社会中的丑恶现象及其代表人物进行了无情的揭露与批判，同时表达了对劳动人民所承受苦难的深切同情，以及对其反抗斗争的坚定支持。

狄更斯共创作了多部长篇小说，其中最著名的作品包括描写劳资矛盾的《艰难时代》，还有以法国大革命为背景，生动再现当时伦敦和巴黎的局势，情节跌宕起伏的《双城记》。《雾都孤儿》《大卫·科波菲尔》《远大前程》等均以孤儿为主人公，这与他不幸的童年经历有关。《荒凉山庄》揭露了英国司法制度的腐败与黑暗。另有《美国札记》《我们共同的朋友》《布兹素描》《匹克威克外传》《董贝父子》《小杜丽》等名作。狄更斯的作品关心社会上的重大问题，在他的小说中展示了一幅幅维多利亚时代英国社会生活的画卷，但他是一位具有浪漫、幽默气质的作家，笔下经常出现性格怪异的人物。狄更斯的笔调幽默风趣，真实的细节与诗意的气氛相结合，加上他在语言上采取莎士比亚的风格，使其在艺术上以妙趣横生的幽默、细致入微的心理分析以及现实主义描写与浪漫主义气氛的有机结合而著称。马克思把他和萨克雷等人誉为英国的“一批杰出的小说家”。从狄更斯散文的运用来看，他的作品既有具体的写实和最奇幻的气氛烘托，又有简洁明了尖锐深刻的文笔，只一个细节便透露出一大片世界，抓住真实人生的核心。

（三）批判现实主义文学

19世纪七八十年代后期出现了托马斯·哈代（Thomas Hardy）、约翰·高尔斯华绥（Hohn Galsworthy）等文学巨匠，他们运用社会心理小说和社会讽刺剧等形式，通过对资本主义社会的政治、道德及文化等核心领域的审视，对其进行了全面而深入的揭露与批判，提出了非常多深刻而独到的见解，这便是批判现实主义文学。批判现实主义作家以手中的笔为武器，反映工业资产阶级发展后的社会生活，深刻剖析了资本主义社会中人际关系的冷漠以及资产阶级的虚伪面目。值得一提的是，哈代的创作巧妙地将农村的乡土气息、诗意般的温情与深邃的宇宙观融为一体，从而铸就了19世纪英国小说的最后一批优秀成果。

哈代作为维多利亚时代的最后一位小说家，其作品根植于故乡多塞特郡及其周边农村地区。其早期作品生动描绘了英国农村的宁静画面与明朗的田园风光，后期作品则明显流露出阴郁低沉的基调，渗透着悲观情绪和宿命论的色彩。哈代作品的主题思想聚焦于无法抗拒的外部力量与内心冲动对个人命运的决定性影响，进而引发悲剧，这一思想深刻反映了19世纪末至20世纪初英国文坛以“幻灭”为核心的小说创作潮流。

哈代最有影响的代表作是两部以女性为主人公的长篇小说《德伯家的苔丝》和《无名的裘德》，讲述了英格兰南部农村青年男女走投无路、陷于绝望的悲剧故事。他的《还乡》对埃格敦荒原的描写是英国小说中为数不多的散文佳作。有的批评家从艺术性出发，认为这部小说是哈代最出色的代表作之一。

哈代写景的技巧尤为突出，在他笔下的景物都具有自己的个性，景拟人化，情景交融，在作品中景物描写起到了重要的作用。哈代另有《远离尘嚣》《卡斯特桥市长》《绿荫下》等作品。这些作品集中描写多塞特郡的农村人物，他们生活简朴而感情强烈，小说的主人公都受到了命运的捉弄，他们灵魂的善良、纯洁更加反衬出“不朽者之主管”的冷漠和残酷。

英国19世纪的批判现实主义小说是文学成就最高的文体，因为小说一直是中产阶级最喜欢的文类，它的形式较有弹性，除了呈现现实生活，也可以描绘一个想象的世界。小说中的道德寓意多附和中产阶级读者的期盼，人性本善，善有善报，恶有恶报。作者也多批判有钱人为富不仁，对穷苦人寄予同情。进入19世纪的后30年，英国小说依然活力不衰，题材范围继续扩大，有梅瑞狄斯、莫里斯、吉卜林等代表人物。小说的艺术性也有新发展，如詹姆斯、康拉德等都十分讲究小说艺术。梅瑞狄斯的文采，勃特勒的犀利，莫里斯的以古朴求新鲜，吉卜林的活泼和嘲讽，都使英国小说更加丰富多彩。

（四）现代主义文学

按照艾德琳·弗吉尼亚·伍尔芙（Adeline Virginia Woolf）的说法，1910年是英国小说从传统现实主义到现代主义变化的重要年份，英国小说也因此面目一新。重要作家有爱德华·摩根·福斯特（Edward Morgan Forster）、萧伯纳（全名乔治·伯纳德·萧，George Bernard Shaw）、约翰·高尔斯华绥（John Galsworthy）、威廉·巴特勒·叶芝（William Butler Yeats）、乔治·奥威尔（George Orwell）、威廉·戈尔丁（William Golding）、托马斯·斯特尔那斯·艾略特（Thomas Stearns Eliot）、戴维·赫伯特·劳伦斯（David Herbert Lawrence）以及凯瑟琳·曼斯菲尔德（Katherine Mansfield）等。

高尔斯华绥在《福尔赛世家》中以批判的眼光揭示了资产阶级的家庭、社会关系。他的作品文字优美，以世纪之交的英国社会为背景，用自然主义手法对道德问题进行剖析，对资本主义社会和法律进行揭露与批判。作品有《来自四季的风》《天鹅之歌》《福塞特家史》《有产业的人》《苹果树》。他的散文也写得很美，《远处的青山》即一篇名作。

安德森的作品有《小城畸人》《讲故事者的故事》等。他在语言上受斯泰因（Gertrude Stein）影响，主张语言文字必须简明流畅，反对华丽的辞藻。他的作品注重刻画人物心理，不追求情节与技巧，文章朴素无华却又有诗意，他是美国文学中现代文体风格的开创者之一。斯泰因崇尚先锋艺术，主要作品有《三个女人的一生》《美国人的成长》等。她对文学作品的语言进行过大胆尝试，反对华丽和雕琢的修辞手段，强调用重复而又有细微差别的词句来表现不断发展的景象，所取词义与常用的有所不同而令人难以捉摸，但平淡中富有深意，她关于文学改革的主张对美国作家也产生过很大的影响，因此获得“作家中的作家”之美称。

福斯特的代表作品涵盖了6部长篇小说、2部短篇小说集、数部传记及若干评论文章。其中，《霍华兹别墅》一书深入剖析了英国社会经济与文化、贫富悬殊等日益尖锐的矛盾，并寻求建立“联结”关系的可能性。而在福斯特另一部作品《印度之行》中，他将“联结”的理念拓展至更广泛的国际视野，特别是英国与其殖民地之间的关系。通过福斯特的作品，我们得以窥见后维多利亚时代至第二次世界大战后英国社会的多面性，包括英国自由主义的兴衰、中产阶级知识分子内心的焦虑、作为资本主义大国的英国在社会现实和未来命运中的角色，以及英国与欧洲大陆及殖民地印度之间的复杂关系。此外，福斯特的作品包括《看得见风景的房间》《天使不敢驻足的地方》《最长的旅程》《莫里斯》等。福斯特的语言风格清新脱俗，人物性格鲜明易懂，但命运的安排往往令人难以预料，又显得自然流畅。

叶芝的文学创作之路经历了从唯美主义、浪漫主义到现实主义的转变。19 世纪 90 年代后，他因支持爱尔兰民族自治运动，其诗歌逐渐展现出现实主义的特点，风格变得坚实而明朗。进入 20 世纪 20 年代中期后，叶芝的诗歌进一步融合了现实主义、象征主义与哲理思考，以精练的口语和富含深意的象征手法，展现了善恶、生死、美丑、灵肉的矛盾统一，展现出极高的艺术价值。其戏剧代表作包括《胡里痕的凯瑟琳》《1916 年的复活节》等，另有自传三部。叶芝的创作道路从传统逐渐迈向现代，他致力于构建自己的神秘主义象征体系，并深入探讨了人生哲学问题。他的作品反映了英语诗坛的过渡与变迁，并代表了现代诗人摆脱旧时代束缚、开创现代诗风的历程。

萧伯纳运用社会心理小说和社会讽刺剧等形式，对资本主义社会的政治、道德和文化等方面进行了揭露和批判，他是英国杰出的批判现实主义剧作家，世界著名的幽默大师，一生备受尊崇。他还是费边社会主义者，其作品广泛触及社会问题，表达作者渐进、改良、在尊重传统的同时追求进步的社会变革观，在英国绅士社会中具有广泛代表性和突出的现实意义。他的作品有《伤心之屋》《华伦夫人的职业》《苹果车》《慈善家》《鳏夫的房产》等。

五、当代英国文学

在当代文学思潮的影响下，20 世纪八九十年代，英国文坛涌现了一批杰出的新秀，其中，艾米斯（Martin Amis）尤为引人注目，成为同代人中的翘楚。

以艾米斯的《时光之箭》为例，该作品以其独特的叙述手法，将主人公成为奥茨维辛集中营里纳粹医生的过程逆向呈现，如同倒放的录像带，使时光倒流。此外，艾米斯的另一作品《钞票：绝命书》则深刻批判了英美资本主义社会对金钱的盲目崇拜。在艾米斯的创作中，他巧妙地将现实主义叙述与意识流、黑色幽默、魔幻现实主义等现代手法相融合，其创作风格深受卡夫卡、罗布格里耶、博尔赫斯等大师的影响。

在这一时期，众多小说家对历史题材表现出了浓厚的兴趣，并创作出了一批优秀作品。例如，彼得·艾克罗伊德（Peter Ackroyd）的《王尔德的最后证词》、格拉汉姆·斯威夫特（Grahm Swift）描绘东英吉利地方史的《洼地》，以及朱利安·巴恩斯（Julian Barnes）的《福楼拜的鹦鹉》等。这些作品受到后现代主义思潮的深刻影响，通过讲述历史的过程，对“真实”观念提出了质疑，并赋予了叙述者自我认识的能力，因此被评论家誉为“新型历史小说”。

在新一代妇女作家中，A.S. 拜厄特（A.S.Byatt）和玛格丽特·德拉布尔（Margaret Drabble）可谓杰出代表。她们不仅是英国文学研究的专家，也是知识型妇女作家的典范。拜厄特的《占有》一书，通过比较维多利亚时代诗人的精神境界与现代学者的精神状态，将历史与现代的感情经历在故事中平行展开，实现了过去与现在的交融。然而，当代文学创作依然保持着其独特的多样性，内容和风格丰富多彩，不断展现出新的活力和创意。

英国当今最具实力的作家之一阿莉·史密斯（Ali Smith）是诺贝尔文学奖热门人选，多次入围布克奖，被称为“当代的弗吉尼亚·伍尔夫”。阿莉·史密斯1962 年生于苏格兰因弗内斯，现居住在剑桥。她曾四次入围布克奖，两次入围百利女性小说奖，并在 2015 年凭借《双面人生》获得该奖，同时，《双面人生》斩获了首届金匠奖和科斯塔文学奖。

2017 年，“季节四部曲”第一部《秋》入围布克奖短名单，登上当年《纽约时报》“十大好书”榜首，并在《卫报》于 2019 年评选出的“二十一世纪百佳图书”榜单中位列第八名。第二部《冬》被《卫报》《科克斯书评》等媒体评为年度最佳图书，并入围英国图书奖决选。第三部《春》被《卫报》《纽约时报》《华盛顿邮报》等评为年度最佳图书，并入围奥威尔政治写作奖。第四部《夏》被美国公共广播电台、《卫报》和《科克斯书评》等媒体评为年度最佳图书，并入围高地图书奖、百利女性小说奖等。

《双面人生》中的两个故事和文艺复兴时期的绘画艺术息息相关。画家弗朗西斯科·德尔·科萨是历史上真实存在的人物，阿莉·史密斯将其引入小说中，进行了艺术化处理，让这位文艺复兴时期画家的记忆与 21 世纪的 16 岁少女乔治的生活重叠。乔治在追寻已逝母亲的艺术旅程时，感受到了母亲既永远存在，又彻底消失。这种“双面性”与另一条叙事线异曲同工：艺术（作为画作）永远存在，而艺术（画家本人）又彻底消失。

文艺复兴时期的壁画成为沟通艺术家与观者的媒介，揭示出“看”与“被看”

的关系，这也是阿莉·史密斯作品中惯常书写的主题。在层层叠叠的画笔之下，在跃出画框之外的部分，往往蕴含着更深层的东西，等待被世人发现。正如同画家弗朗西斯科的性别身份：她其实是一位女性，但被世人遗忘。通过这种意象的嵌套，小说揭示出：其实有的时候，现实才是虚幻的。

第二节　美国文学发展简史

美国文学与英国文学虽然都是英语文学，但它们仍有着自己的特点。玛西（John Macy）在《美国文学精神》一文中对美国文学与英国文学的关系做了总体概述。

其一，美国文学并不像英国文学那样源远流长，经历了长期复杂的发展演变过程，它几乎与美国自由资本主义同步诞生，因此较少受到封建贵族文化的桎梏。

其二，美国文学与英国文学各有自身的精神风貌，鉴于美国早期拥有大量未开发的土地，且人口分布较为稀疏，这为个人理想的实现提供了广阔的空间，进而塑造了美国人民独特于英国人民的性格特质。这种性格特质不仅体现在美国人民对民主自由精神、个人主义以及个性解放的崇尚与追求上，在文学作品中也得到了深刻的反映。同时表现在美国作家们敏锐的洞察力和强烈的好奇心上，他们常常能够敏锐地捕捉到社会变革的脉搏，紧跟时代潮流，不断探索和创新，始终处于文学创作的前沿。自20世纪以来，众多文学潮流均源自美国，这些潮流在一定程度上推动了世界文学的发展，但同时带来了一定的消极影响。此外，许多美国作家出身于社会底层，这使他们的作品充满了浓郁的生活气息和平民色彩，为美国文学增添了独特的魅力。

其三，美国作为一个多民族的国家，其文学风格展现出了显著的多样性和复杂性。这一特点的形成，得益于源源不断的移民浪潮，他们各自带来了本民族的文化，丰富了美国文学的内涵。美国文学的发展历程，是一部不断汲取与融合各民族文学特色的壮丽史诗。因此，内容的庞杂性与色彩的鲜明性，成为美国文学的又一鲜明特色。与此同时，美国文学中各种倾向与特点并存，形成了鲜明的对比，深刻与肤浅、反叛与顺从、高雅与庸俗、高级趣味与低级趣味、个性自由与自我克制、积极进取与玩世不恭、明快与晦涩、精心雕琢与粗制滥造、犀利的讽刺与阴郁的幽默等诸多倾向，在美国文学中得以充分展现，并相互碰撞、交融。这些倾向和特点的并存与对照，使美国文学呈现出一种多元而复杂的美学风貌。值得一提的是，美国文学从未被任何一种单一的潮流或倾向所主导。相反，它始终保持着开放与包容的态度，允许多种声音和风格并存。这种多元化的特点，使美国文学在全球范围内具有广泛的影响力和吸引力。

一、近代美国文学

（一）英属北美殖民地时期的文学

在殖民时期，北美洲的文化主要呈现为两大分支：印第安人文化与早期移民文化。印第安人作为这片大陆的原始居民，在欧洲人发现新大陆之际，他们尚处于原始公社制度的不同阶段。尽管条件艰苦，印第安人依然在与自然的斗争中创造了属于自己的独特文化，其中，民间口头创作尤为丰富，涵盖了诸多神话传说与英雄传说。鉴于印第安人并未形成文字体系，这些珍贵的传说后经整理方得以流传于世，并对后世美国作家的创作产生了极为深远的影响。

谈及美国文学，总是以移民的创作为源头。17 世纪初，一批英国人出于一些原因，开始向北美洲移民，慢慢开始了殖民时期的文学。由于在殖民地时期，移民所面临的问题是如何在这个新世界生存下去，他们忙于在陌生的荒野之乡建立自己的家园，因此没有时间和精力去专门从事写作，所以开始时文学发展比较缓慢，比较单一，也没有职业作家。早期移民时期的文学多是个人的旅行笔记与书信、记录与报告、稗史等文字，以及出版物中关于神学的研究文字，还有就是诗歌创作。第一位美国作家是约翰·史密斯（John Smith），他的作品是关于新大陆的报告文学《新英格兰记》，诞生于弗吉尼亚州。17 世纪诞生了美国诗人，他们是威廉·布莱弗德（William Bradford）、爱德华·温斯罗普（Edward Winsloe）、安妮·布拉兹特里特（Anne Bradstreet）和爱德华·泰勒（Edward Taylor）。

在殖民时期，涌现出了诸多诗歌作品，但清教思想的影响使得作品多采用叙述真实事件的形式，显得冗长乏味。布莱弗德写有《普利茅斯种植园史》，是一部无比珍贵的资料，语言质朴，感情真挚，叙述直截了当，易读且感人。他还创作了大量的信体小说和描述殖民地的散文以及叙事诗等。温斯罗普写有《新英格兰史》。这两人的作品是不可多得的历史资料，记录了他们所处时代的重大事件。他们当时的创作也并非为了文学，只是出于以永久的形式记录重大事件的需要。布拉兹特里特和泰勒两位作家把诗歌创作推向了一个新的高度。布拉兹特里特是美国最早写出真正有价值的英文诗歌的诗人，她写有诗集《美国新崛起第十位缪斯女神》，以古典的暗示手法，称赞了她自己。诗作显得做作，但也虔诚优雅，并不乏生动。她的《沉思集》受到20世纪文学批评界的重视，被认为是一部不朽之作。泰勒的诗歌采用的是17世纪英国主流诗人的写作形式和风格，语言铺张华丽，想象和思想联系在一起。泰勒的诗作反映了严格的清教主义的衰落，极大地丰富了美国的诗歌传统。在这些诗人身上，英国的影响也是明显的，布拉兹特里特得益于斯宾塞，泰勒的诗里看得出受多恩和赫伯特的影响。不过，殖民地人民在欧洲启蒙主义学说影响之下，民族独立的意识也在逐步萌发。北美出版的第一部诗集《海湾圣诗》是以民歌形式写成的圣诗。另有爱德华兹（Jonathan Edwards）的诗歌创作。

（二）北美独立革命时期的文学

独立革命时期是美国民族文学开始形成的时期。在独立革命时期，反抗与妥协之间的斗争异常尖锐，这使作家们不得不采用政论、演讲、散文等简洁而犀利的表达形式，积极投身这场伟大的斗争之中。他们为了更有效地服务于战斗的需要，不断锤炼自己的语言艺术，力求以更精确、更有力的言辞表达革命的理念与诉求。同时，此时期的诗歌呈现出强烈的政治色彩，大量革命歌谣源自民间，成为激发民众斗志、传播革命思想的重要载体。不过，在北美殖民地人民争取独立的岁月里，政治成为社会生活的中心舞台，那些有影响的作者都不是专业作家，而是独立革命的战士和参加者。

独立革命时期的美国文学不同于殖民地时期处处反映清教精神的文学，而是具有浓烈的政治辩论风格，带有强烈的政治色彩。独立革命时期在整个美国文学史上具有极为特殊的意义，斗争中产生了大量的革命诗歌和散文，造就了美国第一批有影响的散文家和诗人，为日后美国文学的独立发展创造了基本前提。有小说家和戏剧家努力从历史和文化上说明美国的辉煌传统，与弗瑞诺等人在诗歌领域的爱国主义精神相呼应，力图缔造美国的民族文学。当然，这一时期的美国文学仍带有浓厚的欧洲风格，其完全“本土化”还有待于19世纪浪漫主义文学的发展。

二、现代美国文学

随着 1781 年独立革命战争的结束，美国的政治和文化开始独立。年轻的美国使人们充满信心，并吸引着旧世界更多的人奔向新的大陆，也使人们的创作呈现出浪漫主义色彩。作家们吸取欧洲浪漫派文学的精神，对美国的历史、传说和现实生活进行描绘，一些以美国为背景、美国人为主人公的作品开始出现，美利坚民族内容逐渐丰富和充实起来，民族文学开始诞生。这一时期的代表人物主要有本杰明·富兰克林（Benjamin Franklin）、帕特里克·亨利（Patrick Henry）、托马斯·潘恩（Thomas Paine）、托马斯·杰斐逊（Thomas Jefferson）、菲利普·弗瑞诺（Philip Freneau）等。

（一）浪漫主义文学

从 19 世纪二三十年代到南北战争结束后的二三十年内，资本主义处于自由竞争阶段，民主、自由的理想鼓舞着人民和作家，文学创作中乐观的情绪处于主导地位。文学上是浪漫主义运动的全盛时期，各种不同风格的作家泉涌而出，作品从内容到形式都具有鲜明的民族特色。批评家们称这一时期为美国文学“第一次繁荣”。

1. 早期浪漫主义时期的文学

早期浪漫主义代表人物有华盛顿·欧文（Washington Irving）、詹姆斯·费尼莫尔·库珀（James Fenimore Cooper）、埃德加·爱伦·坡（Edgar Allan Poe），威廉·卡伦·布莱恩特（William Cullen Bryant）、亨利·华兹华斯·朗费罗（Henry Wadsworth Longfellow）等人。

欧文是美利坚合众国建立后的第一个职业作家，他的创作打破了美国对英国文化的依附，成为美国文学的先驱，开创了美国的浪漫主义文学运动，被称为“美国文学之父”。欧文熟知殖民地时期的逸闻掌故，虽然旅居欧洲多年，但其作品的场景都在美国，因此他的创作致力于发掘北美早期移民的传说故事。在他的小说中，“美国文学”这一概念第一次浮出水面。欧文性好吟诗怀古，对欧洲文明遗留下的残垣断壁和文物典籍怀有深厚感情，对这一历史怀有极大兴趣。现实生活和历史传说经过他的丰富想象和精妙加工，融会成一幅幅不朽的图画，为其作品增添了魅力和光彩。欧文受英国作家司各特的影响颇深，司各特的作品中引人入胜的传奇精神以及他把当地所能提供的素材加工成艺术珍品的热情，都感染和激励着欧文。欧文的第一部重要著作《纽约外史》是一部别具风格的散文作品，是历史真实和艺术虚构的巧妙结合。作者名谓写史，但是并非写纽约的历史，而是描写早期在纽约的荷兰移民的生活习俗。“尼克尔包克尔”也已成为纽约人的绰号。欧文的另一部重要作品《见闻札记》，则是一部开创了美国短篇小说传统的散文、杂感、故事集。这是他的传世佳作，在短期内被译成多种文字。虽然欧文是美国文学史上第一个发掘与表现美国历史和风土人情的作家，致力于发掘北美早期移民的传说故事，开创了美国短篇小说的传统，但他却认为美国缺乏文学创作的素材，因而他面向欧洲寻找他的写作灵感。这种观念在库珀那里得到了印证。

库珀是美国文学的奠基人之一。库珀认为美国自然单调，人民性格天真，历史短暂平和，因而缺乏文学创作所需要的素材。他指出，弥补这种遗憾的途径之一是到历史中挖掘无尽的宝藏。库珀的散文，包括他的札记、政论，都是关于英国田园式生活的作品，主要描写边疆生活。《皮袜子五部曲》开创了边疆传奇小说的先河，包括《拓荒者》《探路者》《最后一个莫希干人》《草原》《杀鹿的人》5 部长篇小说。作品以印第安人部落的灭亡为背景，描写绰号为“皮袜子”的猎人纳蒂·班波在 18 世纪后半叶到 19 世纪初近 60 年内在边疆地区生活的故事，通过描绘开拓者的形象，细腻而逼真地记录了美国向西部发展的历程，表现了勇敢、正直的移民开辟美国文明的心路历程。

布莱恩特是一位浪漫主义民族诗人，是第一位赢得杰出诗人荣誉的美国人，他创作了大量象征美国独立和民主政治的诗歌。与欧文开创美国散文新时代一样，布莱恩特开创了美国诗歌的新时代。布莱恩特气质宁静，想象力丰富，以庄重而审慎的笔触描绘了当地普遍可见的水鸟与野花，并且通过它们颂扬了人与人之间的和谐共处。由他所书写描绘的自然景色，在充满诗意的同时洋溢着浓厚的美式风格。他还有一个重大贡献就是将《伊利亚特》和《奥德赛》翻译成英语无韵诗。

朗费罗致力于介绍欧洲文化和浪漫主义文学，被誉为“革命诗人”，其一生中创作了大量的抒情诗、歌谣、叙事诗和诗剧。其诗歌作品在他生前便在美国广为流传，深受人们喜爱，同时在欧洲也备受赞誉，并被翻译成 20 余种文字，广为传播，使他扬名海外。他的诗歌虽然缺乏思想深度，但写得通俗易懂，高雅宜人，纯正而有韵味。他的思想受德国浪漫抒情诗人的影响，倾向于浪漫主义运动中的温和派。他的作品有《夜吟》《人生礼赞》《伊凡吉琳》等。其作品从题材、内容到表现手法都有美国特色，散发着浓郁的乡土气息。朗费罗还是一位文学翻译家，翻译过欧洲不同语言的各种作品，其中但丁的《神曲》译笔最为成功。大约在1864年，其作品《人生礼赞》由威妥玛逐字翻译为汉语。译者虽然对原文理解并无错，但是汉语表达力不够。

2. 先验主义与后期浪漫主义文学

19世纪30年代以后是后期浪漫主义的创作时期，其理论是先验主义，代表人物有梭罗（Henry David Thoreau）、爱默生（Ralph Waldo Emerson）、霍桑（Nathaniel Hawthorne）、迪金森（Emily Dickinson）、麦尔维尔（Herman Meville）、惠特曼（Walt Whitman）、罗威尔（James Russel Lowell）及荷尔默斯（Oliver Wendel Holmes）等人。

梭罗是一位先验论思想家，坚定的新教徒，他主张回到自然，曾在一片密林环绕的湖畔小木屋中独居两年，体验所谓的简单生活，并完成了散文集《瓦尔登湖》，主要思想是反对组织严密的社会对人性的束缚。梭罗激进的思想对后世美国小说中人物的个人主义特性产生了深远影响。他还写过许多政论，反对美国对墨西哥的侵略，支持废奴运动。其代表作还有《在康考德和梅里马克河上的一周》《郊游》《缅因森林》等。迪金森的诗作充满灵性和智慧，结构精巧，深入心灵，与当时的美国社会格格不入，很多诗作都以死亡为主题，并带有揶揄的意味。迪金森与惠特曼被称为“19世纪美国最伟大的两位诗人”，主要作品是《艾米莉·迪金森诗集》。

麦尔维尔作为美国浪漫主义时期卓越的小说家，以其精湛的笔触和深刻的思考，为世人描绘了一系列令人叹为观止的航海奇遇和异域风情。他的作品不仅充满了对海洋的敬畏与探索，更融入了诸多哲学性的思考，展现了他深厚的文学功底与思想底蕴。麦尔维尔的代表作《白鲸》是美国文学史上的一颗璀璨明珠。这部小说以其独特的叙事风格和深刻的思想内涵，赢得了广大读者的喜爱与赞誉。在小说中，那头神秘莫测的“白鲸”已然成为一种超越自然的象征，它既是对人类怀有敌意、难以驯服的神秘生物，又象征着人类面对未知与困境时所展现出的坚韧与勇气。《泰比》和《奥穆》谴责以传教为名推行殖民政策，《玛地》用寓言形式批评资产阶级社会的道德法律，并描绘了他心目中的乌托邦社会。麦尔维尔旨在人的冒险中寻求人生与宇宙的意义，他本人在有生之年并没有获得应有的声誉，直到20世纪初期他的作品才被给予公正的评价。另有作品《雷德本》《白外衣》等。霍桑也是超验主义代表人物，他的作品运用纯熟的象征手法，以人类的内疚、荣耀和情感上的压抑为主题，对“隐秘的恶”进行挖掘，反思清教教会的虚伪和不公，探讨灵魂的内部世界。霍桑坚信，“恶”作为人的本性中固有的成分，是一切不幸现象的源头。他穷尽毕生精力进行深入思考与精细描绘的核心内容，用一个字来概括，就是“恶”，即潜藏于人类内心深处的“恶”。因此，他的作品表现出一种对世界的“悲剧观”和“黑暗观”。他的《好小伙子布朗》《红字》《玉石雕像》《七个尖角阁的房子》《尽人皆知的故事》《古屋青苔》《福谷传奇》以及“两部罗曼史”等，所描写的都是生活中存在的罪恶，以人类的内疚、荣耀和情感上的压抑为主题，对“隐秘的恶”进行挖掘，反思清教教会的虚伪和不公。《红字》是他的代表作，描写一个不屈服于资产阶级社会迫害的妇女的故事，批评17世纪美国资产阶级的残酷和腐败，认为人类具有罪恶的天性。该作品内涵深刻，构思独具匠心，表现手法别具一格，堪称美国长篇小说创作领域的一大杰出成果，被誉为19世纪美国文学中最为杰出的长篇小说之一。霍桑的卓越之处还在于他能够以看似温和、实则犀利的笔触，深刻揭露和讽刺邪恶，揭示真理，展现出极为独特的文字魅力。霍桑的作品有“心理罗曼史”之称，他的象征手法运用得十分纯熟，开创了美国象征小说传统风气。

民主诗人惠特曼是美国现代文学开创者之一。他颂扬劳动的伟大，讴歌大自然的壮丽，赞美物质文明的进步，歌颂“个人”的理想形象。在他的作品中，饱含着对人类普遍而深沉的爱意。他凭借丰富、博大且包容万物的气度，深刻反映了广大劳动群众在民主革命时期所展现的乐观向上、奋发向前的精神风貌。他以豪迈、粗犷的气质，对蓄奴制及一切违背自由民主理想的社会现象表达了强烈的蔑视与批判。惠特曼的诗作热情奔放，确立了不受传统格律束缚的自由诗的地位，用新的形式表达民主思想，对种族、民族和社会压迫表示强烈抗议，不仅影响了美国和欧洲诗歌的发展，也对中国新诗影响很大。他用一生经历编撰、扩充诗集《草叶集》，歌颂美利坚民族意识的觉醒，他以无拘无束的诗体和长短不一的诗句来象征美国无所不在的民主精神，是自由体现代诗的鼻祖。惠特曼也是一位关注人的实质而非精神的诗人，他那种奔放不羁的自由诗体，在文学史上堪称创新之举，与其深刻的思想内容相得益彰，产生了广泛且深远的影响。

（二）现实主义文学

南北战争结束以后，美国经过几次经济危机，社会动荡不安。同时，随着垄断资本的逐步形成，以劳资矛盾为焦点的各种社会问题日益尖锐化、表面化，作家们对社会的前景感到忧虑和失望。于是，迫切的社会矛盾使某些作家将目光更多地投向对现实的揭示和思考之中，浪漫主义文学的基调由乐观走向疑虑，批判现实、揭露社会黑暗的作品增多，主题涉及农村的破产，城市下层人民的困苦，劳资斗争，不少作品揭露了种族歧视、海外侵略和政府与大企业的勾结，也有些作品表现了空想社会主义的情结。

1. 废奴文学——现实主义文学的先声

美国19世纪最重要的事件是南北战争。南北战争的核心问题是黑奴制。这一历史事件在美国文学上的反映就形成了以废除黑奴制为创作主题的废奴文学。除了诗歌、小说，散文在废奴文学中也发挥了巨大的作用。美国的废奴文学在19世纪盛极一时，许多进步作家都加入了废奴主义者的队伍。散文家爱默生、罗威尔等人都是这个队伍中的一员，朗费罗、惠特曼都写过反对蓄奴的诗篇。影响最大的作品是哈丽叶特·比切·斯托（Harriet Beecher Stowe）的小说《汤姆叔叔的小屋》，作品出版后立即引起轰动，在很短的时间里就被译成37种文字。诗人惠蒂埃抗议蓄奴制的诗篇数量最多，反映了19世纪废奴运动历次重大的斗争。希尔德烈斯的长篇小说《白奴》，描写黑人在南方种植园主残酷压迫下的苦难生活和他们的反抗，抨击种族歧视和奴隶制度，流传很广。他还著有《美国史》6卷，以及《美国的专制》和《政治理论》等书。废奴文学在废奴斗争中曾发挥了巨大的作用，同时有力地推动了19世纪美国现实主义文学的发展。在文学史上，废奴文学也是19世纪现实主义创作的先声。

2. 现实主义创作的高潮

南北战争后至19世纪末，美国的现实主义文学迅速发展起来。这个时期见证了美国文学尤其是小说领域的辉煌成就，它与英国的维多利亚时代相呼应。现实主义描写人生、正视人生，注重细节，再现客观。这一时期最杰出的小说家是马克·吐温（Mark Twain）、布雷特·哈特（Bret Harte）、威廉·迪安·豪威尔斯（William Dean Howells）及亨利·詹姆斯（Henry James）等人，他们描写美国风土人情，带有浓郁的乡土气息，并努力挖掘人的内心世界，其作品展现了各个阶层的生活图景及内心感受。

美国著名的现实主义作家马克·吐温以他不朽的小说名篇为人所熟识，特别是他后期的反帝政论文痛斥了帝国主义的侵略行径，表达了他对殖民地人民痛苦生活的同情和对他们反帝斗争的支持。马克·吐温被誉为幽默大师，美国现实主义文学代表人物之一，被尊为“美国文学之父”，又有“美国文学中的林肯”之称。他的创作灵感来源于密西西比河上的童年生活，善于描绘地方风物和西部主题，善于使用美国方言来刻画栩栩如生的人物形象，其作品句法简洁明了，人物对话丰富多彩，细节真实，语言幽默，被视为美国文学史上具有划时代意义的现实主义著作。早期有短篇小说集《卡拉维拉斯县著名的跳蛙》和散文集《老实人在国外》，嘲笑资产阶级的庸俗愚蠢。《败坏了赫德莱堡的人》讽刺资产阶级的贪婪残暴和假仁假义。他同华尔纳（Charles Warner）合写的长篇小说《镀金时代》揭露了美国政府机关的腐败和政客、资本家的卑鄙无耻。代表作长篇小说《汤姆·索亚历险记》和《哈克贝利·芬历险记》，借儿童的观察和感受揭露资产阶级的欺诈虚伪，谴责种族歧视。后者是马克·吐温的代表作，描绘了美国的社会生活，并将其与密西西比河上田园诗般的生活进行对比，批判了美国的社会现状，寄托了作者浪漫的民主理想。这部小说语言质朴且富有乡土气息，叙述语言时而幽默、时而尖刻，对后来的美国文学产生了极大的影响。马克·吐温致力于乡土文学的创作，吸取西部乡土文学中幽默故事的特点，采用诙谐、滑稽的夸张手法表现美国的社会生活。他对战后美国社会的批评包括政治腐败、种族歧视、教育制度等方面。这些批评都是温和的、善意的。此后，随着他对美国民主制的认识深化，讽刺成分增多，后期发展到愤怒的抗议甚至悲观失望。马克·吐温是幽默艺术的大师，他在滑稽中含有讽刺，逗趣中有所针砭，创造了独特的艺术风格。另有作品《王子与贫儿》及政论作品。马克·吐温的创作以幽默讽刺见长，语言简练生动，清新有力，审视角度自然而独特。

詹姆斯获得声誉的主要原因是他的国际主题小说，这些小说主要以欧洲为背景，集中表现了两种人群的两种价值观念在不同文化制度下的冲突，作品结构复杂，表达方式曲折，学究气较重。詹姆斯深受欧洲文化影响，着力描写上层资产阶级的精神面貌。他的风格高雅、细致，讲究表现形式，与粗犷诙谐、富于生活情趣的马克·吐温形成对比。詹姆斯将小说从报道和浪漫色调浓厚的讲故事形式转变成一种对人与社会作出精辟分析的艺术形式，转变成洞察心理的感人记录，他将心理感受定义为人生经历的最高形式。他的作品尤其是后期作品如《鸽翼》，不厌其详地发掘人物"最幽微、最朦胧的"思想与感觉，把"太空中跳动的脉搏"转化为具体形象。詹姆斯的作品心理分析精微细致，增强了小说的艺术表现力，为小说形式的日臻完善作出了贡献。他的主要作品有《贵妇人的画像》。在文艺评论方面写有《小说的艺术》，现代文学评论的许多术语，都源于他的文学评论著作。另写有《法国诗人和小说家》《霍桑论》等。

（三）自然主义时期的文学

19 世纪 90 年代，在欧洲现实主义与自然主义文学的影响下，一批新兴的作家从许多方面反映社会消极的一面，自然主义的思潮开始风行。斯蒂芬·克兰（Stephen Crane）是自然主义代表作家，他在对纽约曼哈顿的贫民区深入了解之后，创作了自己的第一部长篇小说《街头女郎玛吉》，这是美国文学史上第一次有作家站在同情的立场上来描写受侮辱的妇女的悲惨命运。这是美国第一部自然主义小说，很多细节都取自贫民窟的真实生活，使用了贫民窟的语言，真实地反映了美国大城市最底层人们的生活状况。此后他又写出了第二部小说《红色英勇勋章》，并大获成功。该作品被视为克兰的代表作，作品将枪林弹雨中士兵的心理反应描绘得淋漓尽致，被称为美国的第一部反战小说。克兰还创作了长篇小说和短篇小说集 11 部，诗集 3 部，剧本 1 部，以及通讯、随笔等 8 部。短篇小说中值得一提的有《小划子》和《新娘来到黄天镇》。

克兰作品中经常出现的主题可以归纳为以下三个：第一，自然与环境对人类是冷漠无情的；第二，战争使人丧失理智，失去人性；第三，极端严酷的外界条件使人的本性暴露无遗。克兰的描写逼真，文字简洁，意象清新独特。诺里斯（Frank Norris）也是美国自然主义有代表性的作家，他追随左拉和自然主义流派的榜样，强调遗传和环境在人生中起决定性的作用，竭力主张小说家的责任就是描写在自然环境影响下的寓言式的人物。他的作品促进了美国自然主义流派的形成。诺里斯在短暂的一生中，完成了 7 部小说和 1 首长诗。此外，他写了不少短篇小说、论文、杂文等。诺里斯早期的作品有《麦克提格》等自然主义小说。1899 年，他采用现实主义手法开始了《小麦史诗》三部曲的创作。其中最出色的是三部曲中的第一部《章鱼》，讲述的是加州的小麦生产，作者把垄断资本主义比作章鱼，它的触角伸向四面八方，无孔不入。诺里斯对美国文学的影响深远，另有重要论文集《小说家的责任及其他》。

伦敦（Jack London）是一位把美国自然主义表现得淋漓尽致的作家，他以刚健有力的文笔和引人入胜的叙述，描写那些挣扎在社会底层的工人和流浪汉，较早表现出社会主义革命的愿望。伦敦是一位思想极为复杂的作家，马克思和尼采、斯宾塞都对他产生过影响，他的作品往往既包含对资本主义社会的批判，又渗透着资产阶级思想，还反映出其哲学观——弱肉强食是生存竞争的基本法则，其作品对资本主义社会的各个侧面都有深刻揭露，但他本人又向往上流社会的奢侈和豪华。伦敦善于通过行动来刻画人物性格和揭示作品主题，小说结构紧凑，条理清晰，文笔精练，富有感染力。但评论家认为他在题材和形式的完美以及人物性格的塑造方面均有欠缺，特别是因文风粗陋而一直没有得到很高的评价。他在《热爱生命》等短篇小说中反映人同自然界的严酷斗争，长篇小说《海狼》流露出从生物学观点解释社会矛盾的倾向。另有主要作品《野性的呼唤》《深渊中的人们》等。

美国著名自然主义作家还有德莱塞（Theodore Dreiser），他深受巴尔扎克和达尔文影响，其中达尔文的“适者生存”思想对德莱塞影响甚大，同时受斯宾塞作品中社会达尔文主义的影响，把自己的小说看作整个世界中的一片丛林，自然主义风格在他的每部作品里都得到了体现。德莱塞写作的时期正值 19 世纪末美国南北战争结束之后资本主义迅速发展时期，人们追随美国梦想，纷纷从乡村、小镇拥入大城市，渴望获得更多金钱，但严酷的现实往往使他们的梦想化为泡影。20 世纪 30 年代的美国经济大萧条，加速了美国梦的破灭，使社会生活充满绝望情绪。德莱塞的作品正反映了这一图景，开创了以美国现实生活，尤其是美国城市生活为背景的多卷本小说的先河，也打破了维多利亚文学传统中的一些禁忌的主题，突破了维多利亚时期特有的拘谨和温文尔雅的风格，因而他作品中的人物带有明显的时代烙印和强大的感染力，成为 20 世纪初期美国文学界的主导因素之一，被 20 年代的作家奉为向导，被三四十年代的“左”倾和自然主义作家视为榜样。他的主要作品有《嘉莉妹妹》《金融家》等，描写劳动妇女进入大城市和上层社会后被侮辱、被迫害的遭遇。他还创作了不少散文、游记和小品随笔。他的散文杰作之一就是政论《美国悲剧》，之所以这样命名，是因为他认为悲剧是美国社会本身而不是哪个人造成的，这部小说巩固了他在美国文学史上的地位。也有评论家认为他的风格呆板，叙述缺乏理性。的确，他的叙述有时比较粗糙，但人物对话自然、真实。德莱塞不仅是一位伟大的作家，还是一位对卑劣的美国价值观有预见性的批评家。他的《珍妮姑娘》描绘了珍妮的善良品格，语言朴实无华，不事雕琢，笔调真挚而严肃。词语上多用小词，少用或不用修辞手段，如运用的动词 fall，injure，struggle，complain，give，rock，hear，think，know，occur，continue，look，long，touch，go 等，几乎全是两个音节以内的普通小词。句式也短小，基本是简单句。朴素的品格使用朴素的语言文字，真正体现了形式与内容的一致。

（四）现代主义文学

美国文学史上的现代主义时期，以第一次世界大战为起点，历经了 20 世纪 30 年代的经济大萧条，直至第二次世界大战结束。

这一时期，由于历史背景的深刻变革和社会场景的日趋复杂，价值观念呈现出混乱态势，使作家们普遍面临对现实解释的挑战。在这样的背景下，他们采用怪诞、幻想、夸张等手法，生动地再现了生活中的混乱、恐怖和疯狂，从而催生了新的创作方法和艺术形式，并孕育了新兴的文学流派。

战争结束后文学界涌现出第一波文学浪潮，即战争文学。其中的代表作有梅勒（Norman Mailer）的《裸者和死者》，琼斯（James Jones）的《从这里到永恒》。这两部作品深刻揭示了人的个性与权力机构对个性的扼杀之间的冲突，通过战争背景，展现了小兵、下级军官与军事机构之间的矛盾。与此同时，斯泰因与安德森（Anderson）等，为美国现代派小说的发展开辟了新道路。然而，到了 20 世纪 50 年代，随着右翼保守势力的崛起和对激进主义的打压，许多作家的关注点逐渐从社会进步转向个人私利。这一时期的作品往往将资产阶级描绘为正面形象，鼓吹服从权威，如《穿灰法兰绒衣服的人》等作品。这些作品试图维护既定的价值标准和现存的社会秩序，但很快就失去了影响力。1945 年以后的美国文坛的小说成就高于诗歌和戏剧。南方作家多半受福克纳以及南方传统的影响，他们的作品故事离奇，充满暴力，人物多有变态心理，表现手法往往是哥特式的。这些作家有波特、沃伦、韦尔蒂和奥康纳等。

华莱士·史蒂文斯（Wallace Stevens）创作的也是自然派诗歌，他一生追求诗歌艺术的完美，以求清楚表明一种观念的内在意义。他的作品主要是受"秩序的构想"这种信念所驱动，也就是说，真正的思想是与自然和宇宙的内在秩序相对应的，能够发现这种关系是个人与人类的一个了不起的特权。因此，他的许多佳作都是从哲理意图出发，从理性的揭示中获取情感力量的。为了反抗过去"僵化的思维""让新的思维风行"，史蒂文斯在诗中引用了戏剧的、新奇的和古怪的东西。他采用一系列实验性风格，创造出来的诗歌在表面上具有法国式的风趣，在想象上具有异域风味，在声音和创意上稀奇古怪，在类比上新奇独特，而题目又令人难以捉摸。不过，在俗气华丽的表面之下，他直面当代对传统价值观的抛弃，寻求与他这个时代的混乱达成共识的表达方式。史蒂文斯的诗歌理解起来异常困难，这限制了他的读者群，但也因此他比其他现代派诗人更受评论家和鉴赏家的关注。到第二次世界大战中期，史蒂文斯注重诗的美感，推崇象征主义的表现手法，经常利用音乐、绘画方面的技巧来增加诗的魅力。像多数现代派诗人一样，他的诗无视时间、地点和历史，扑朔迷离，难以捉摸。想象力在史蒂文斯看来既能使人在反常中见正常，在混乱中见秩序，又能代替信仰的力量，以艺术力量改变世界，把人们从贫瘠的社会环境中解救出来，找到快乐的源泉。他的诗歌形式多样，有描述性、戏剧性的抒情诗，也有沉思性、漫谈性的感想录。在诗歌的主题方面，他既不为传统的崩溃（包括美国梦的破灭）唱挽歌，也不为信仰的失去而伤心。在他看来，在这个失去宗教信仰的时代，诗人的职责是用自己的韵律、风格来提供信仰所能给予的一切愉快。史蒂文斯的诗难读，但其深邃的哲学底蕴足以启迪人的心智，发人深省。他在本质上是一位极具美学敏感的哲人，关注的是人与自然和谐的关系，他的文风文静雅致。

19世纪下半期，美国的诗歌发展正处于一个过渡阶段。继惠特曼之后，仅有一位杰出的诗人狄金森（Emily Dickinson）崭露头角。她以独特且不规则的韵律、鲜明的对照和自由的联想手法，摒弃了浮夸的浪漫主义诗风，为美国现代诗的发展开辟了新的道路。到了1912年，《诗刊》在芝加哥创办，标志着现代派文艺的正式兴起。在其前三卷的刊发中，众多作家的作品得以亮相，其中包括艾略特

（Thomas Stearns Eliot）、庞德（Ezrapound）、弗罗斯特（Robert Frost）、桑德堡（Carl Sandburg）、卡明斯（E.E.Cummings）以及威廉姆斯（William Carlos Williams）等。这些作家日后均成为美国诗歌界的杰出代表，他们的作品涵盖了田园诗、意象主义等。尽管他们的创作风格各异，但都揭示了现代资本主义社会中日益凸显的人的异化现象，并在一定程度上流露出彷徨与悲观的情绪。即便在田园诗中，弗罗斯特所描绘的新英格兰风光也透露出一种疏远、陌生与死亡的阴郁氛围。这一时期的诗歌创作，具有明显的个性化特点。随后，各种诗歌派别如“垮掉派”“黑山派”“纽约派”“具体派”“自白派”“新超现实主义派”等纷纷涌现。尽管这些派别在创作主张上各具特色，但它们共同的目标都是试图摆脱艾略特“非个性化”理念的影响。新一代的诗人们反对权力机构的束缚，蔑视传统规约的桎梏。他们强调美国本土的文化特色，不再将伦敦视为英语诗歌的中心；他们积极参与政治活动，摒弃了超然物外的态度；他们直抒胸臆，突出个人因素，展现出一种鲜明的“现时性”。这一系列变革，无疑是对西方机械化、标准化和非人性化社会的一种反叛。

艾略特的诗反映了他如何得益于法国象征主义者以及英国玄学派，同时反映了伦敦与波士顿的社会生活，表现了现代人的苦闷。在诗歌创作上，他重视乔叟、莎士比亚传统，强调运用日常口语的节奏感，追求语言的独特含义和新奇比喻。他在用字、风格和诗律方面的实验使英语诗获得了新的活力。在他看来，18 世纪的诗歌更多地倾向于理念化和概念化，19 世纪的诗歌则过分强调个性的展现，因而他更主张向 17 世纪前期及文艺复兴后期的诗歌传统学习，以寻求更为平衡与深刻的艺术表达，其代表作《荒原》被誉为现代派诗歌的典范。该作品为西方现代社会描绘了一个象征性的比喻，逐渐形成了独特的“荒原”意识。艾略特通过灵活且大胆的语言探索，揭示了现代西方文明在各个领域的衰败现象，展现了现代文明濒临灭绝而又难觅希望的困境。艾略特的作品在内容上较为晦涩，色调偏于灰暗，反映了他对现代文明苦闷的深刻洞察。尽管其后续作品仍带有现代文明的苦闷色彩，但已逐渐展现出对出路的坚定信念，色调相对较为明快，文字也较为流畅优美。这些作品展现了他对文学艺术的执着追求与不断创新的精神。与此同时，艾略特写了大量文学评论，强调作品所引起的美感与作品所表达的哲学思想无关。他的随笔集《圣木》阐述了他的美学思想，这些美学思想为现代批评提供了一个有用的工具并树立起新的理论，在提高诗歌的内在分析上极具影响，对20世纪西方文学流派也有一定影响。他的原则是关注单个艺术作品，把诗歌看作一个制成品、一个自身的有机体，它的具体元素是艺术家的想象和经验与该诗的真实联系。对理智、感觉和经验所达到的融合与集聚的程度是他判断诗歌质量的标准。他最重要的文学批评著作是《传统与个人才能》，强烈反对浪漫主义的个人独创以及表现个性的主张。

庞德是“迷惘的一代”中的诗人，是意象派诗歌的创始人，具有独创的精神和渊博的学识。他于1908年赴英国，成为伦敦现代派诗人领袖。1910年，他的文集《罗曼斯精神》出版。1912年，庞德成为芝加哥《诗歌》驻伦敦通讯员，为改变当时诗风，他发起了意象运动，主张诗歌可以不顾韵律而只注重诗歌内在冲动所产生的节奏，并于1914年编成《意象派诗选》第一辑，热衷于漩涡运动。同时，庞德对东方文学具有浓厚的兴趣，1915年发表英译中国古诗集《华夏》。1916—1917年，他又着手翻译日本俳句。从1917年到1959年，庞德一直在进行《诗章》的创作，这部诗集所涉及的内容从古希腊奥德修斯为中心的世界到当今的意大利，从东方的儒家学说孔夫子到现今的战争贩子，从对同时代人的回忆到对他所热爱的美国总统的描述，从西方的建筑到东方的伦理哲学。善于用古代神话和人物传说是庞德诗歌的一大特色。他认为，诗歌必须“把自己笼罩起来”，即诗人不能直接抒发个人的心理感受，只能通过客观的非人格化的东西来达到目的，因而他采用神话、文学典故等间接地表情达意。理解庞德的诗有三方面的困难：首先，与艾略特一样，庞德在诗歌中重新运用典故作为创作手段，理解这些手法的运用的前提是读者要有相同的文化承袭。那时是知识日益复杂、融合及专业化的时代，读懂庞德和艾略特的诗需要读者熟悉古典作品、意大利和英国文艺复兴时期的作品，以及包括法国象征主义作品在内的大陆文学。庞德的作品大部分是对早期文学，特别是希腊、意大利、普罗旺斯的诗歌用现代英语进行的“重建”。他把这种“重建”的诗歌称为他的“人物”或者“面具”，意思是指戴着传统面具的希腊戏剧。其次，是庞德对资本主义制度的强烈不信任感和他对乌托邦式概念的忠诚。他的一系列诗作就像但丁的《天堂喜剧》分三部分一样，都是轻松地连接起来的章节，但它反映的不是天堂的喜剧，而是人间的喜剧，从古代、文艺复兴和现代三个时代以对人性的不忠为由涉及了文明的破碎。这些诗章都包含着具有独创力的极需注释的诗歌片段。与乔伊斯的小说相仿，采用各种复杂的联想，包括学究的训导、人类学、现代历史和人物、个人历史、戏谑和包括汉语表意文字在内的各种语言间晦涩的文学性插入。这些涉及内容和结构的诗歌，都要费一番研究和解释，才能顺利读懂。最后，庞德注重意象，不善于理解意象且又不能善于把意象与意图联系起来的读者，便不能把握其诗歌的真义。

罗厄尔（Amy Lowell）也是意象派的重要诗人，译过不少中国古典诗歌，其诗颇受东方诗风影响。他的作品《落雪》通过意象表达了多层思想，不仅写情而且写景，情景相映，使诗的意境有所提高。“落雪”是一个隐喻，借以表现一种佛教关于人生去留无迹的思想。苏轼有诗云：“人生到处知何似，应似飞鸿踏雪泥。泥上偶然留指爪，鸿飞那复计东西。”[①] 此诗意境与此相似。

弗罗斯特是一名自然派诗人，因其诗歌多以新英格兰乡村为背景，具有浓郁的乡土气息和田园情趣，被誉为“新英格兰诗人”。其诗作充分显示出他的美国精神和自然天成的艺术功力。弗罗斯特摒弃同时代诗人新式的诗歌原则，选择了用古老的形式表达新意的方式，始终追求一种诗以情趣开始，以智慧结束的美学原则，从看起来平淡无奇的日常生活中挖掘诗的情趣，采用新英格兰乡村朴素的语言创作，与浪漫派诗作有相似之处。他把自然看作类比与象征的仓库，但是他不太相信教条或沉思冥想。他的风格朴实无华，节奏灵活，语言通俗，细致含蓄，富有和婉的抒情气氛，耐人寻味。他的作品《雪夜林边小立》使用象征手法，在表面平常的事物中发掘其内在不平常的含义。因此，虽然这是一首写自然的诗，但它并非单纯写景，其中糅合了诗人的思想，外部世界和内心感受在诗中达到了高度统一。理解此诗，必须掌握其中象征性的语言，并抓住两个关键性问题：诗人何以在林外漫步，诗人又何以离去。首节叙述诗人在林间赏雪，又因林子已有所属，诗人感觉受社会上私有制的制约而不得自由；第二节叙述连马对他停在无人之处也觉得奇怪。“马”在这里具有象征意义，马的感觉体现了一种世俗的见解，诗人通过马的意象抒发与世俗格格不入的孤独感，这不禁令人想到柳宗元描写雪景时的孤独情绪：“千山鸟飞绝，万径人踪灭。孤舟蓑笠翁，独钓寒江

① 曾国藩 . 十八家诗钞：下 [M]. 长沙：岳麓书社，1991：1179.

雪。”[①] 最后一节诗人想到自己还有社会任务需要完成，因而不得不从美好的自由天地中离去。总之，大自然的自由与社会的人为限制二者之间的矛盾构成了本诗所要表达的中心思想。本诗采用连环韵，每节四行中第一、第二、第四行同一韵，第三行的韵脚又在下一节中接续下去，直到最后以双叠句收尾。第 11～13 行轻重音分明，节奏规律、轻快自然，描绘了静夜飘雪之景，抒发了诗人陶醉于自然之情。

桑德伯格从移民那里吸取了丰富多彩的词汇和都市居民的行话，以普通人代言人的形象进行大众演说，为朴素的大众创作朴素的诗，但是陈述的大胆直率往往掩盖了他诗歌的意象和韵律的精妙，即使是象征主义手法的诗歌亦是如此。他又避免采用有规律的诗章模式和传统的无韵体，创作完全自由的无韵诗，因此有些评论家认为他的文字粗俗。但他发展了惠特曼的长句，在修辞的强度上有所缓和，语言也质朴有力，而且有委婉细腻的一面，写出的东西往往是散文的段落。威廉姆斯的诗作擅长以明晰细致的隐喻把平凡的题材写得有声有色，他反对感伤主义的维多利亚诗风，坚持“美国本色”，力求用美国本土语言写作，很少使用普通读者所不熟悉的词汇，因此他的诗给人以清新感。他的《红色小推车》有点儿像中国的五言，描绘的是一个红色的手推车在雨水中闪着亮光，旁边有几只白色的小鸡在走动。有评论者认为，它表现了诗人对诗歌的看法，即诗歌的魅力不取决于思想内容而取决于意象和结构形式。细读此诗，会发现诗人试图以一种特殊的形式诱发读者的想象。一个普通的散文句依照一定格式写成四个诗节，每节两行，二音部与单音部诗行互相交叉，词组、说明语与被说明语被一一拆开，起到突出意象和以词代画的作用。

卡明斯也对美国 20 世纪诗歌作出了独特的贡献。卡明斯诗歌的个性突出，不仅意象新颖，而且融进了绘画的艺术和音乐的节拍。在写法上，他摒弃传统的诗行排列，冲破习惯的语言结构限制，大量利用土语和铸造新词。他一反语言常规，用小写的 i 取代大写 I 来表达“我”的意思。如果说惠特曼把美国诗歌从传统的格律中解放了出来，那么卡明斯的诗歌则使自由体诗走向自由化。诗的魅力主要来自其语言、韵律与分行的形式。

① 彭定求 . 全唐诗 [M]. 合肥：黄山书社，2013：3948.

菲茨杰拉德的作品反映了美国20世纪20年代的时代精神和思想感情，有美国“爵士乐时代的优秀编年史家”之称。这个年代不只是幻想破灭和寻欢作乐的时代，也是思想异常活跃的时代，菲茨杰拉德虽然是名作家，但在许多方面他更接近那一代的普通青年。他的“美国梦”在这些青年中是很典型的。他在热烈追求这些“理想”的同时，用冷静的眼光、客观的态度去分析这一切，并加以讽刺和批判。菲茨杰拉德是美国文学史上公认的文学大师。他的风格紧扣主题，穷形尽相，又从容冷静。他的语言准确生动，观察细致入微，感情真挚，精细的描写、独创性的措辞和比喻，极富想象力，都是他小说的独到之处。代表作有《了不起的盖茨比》，生动地刻画出人们在20世纪20年代的轻浮和粗俗。另有《夜色温柔》《冬天之梦》等。

帕索斯的主要作品有《曼哈顿中转站》和《美国》三部曲等。帕索斯和海明威等同属于“迷惘的一代”，但帕索斯在展示“迷惘的一代”人的灵魂时与海明威不同，没有刻意营造一种传奇的爱情悲剧色彩或斗牛场的狂喜气氛，他认为全社会已经腐烂，只有彻底改造个人才能改造社会。帕索斯早期的这些作品取得了相当大的艺术成就，尤其是他的《美国》三部曲，集中反映了美国的现代经验和现代意识，并在谋篇布局和创作技巧上体现了一定的革新精神，使用了“照相眼”和“新闻片”手法，成为美国现代主义文学的重要组成部分。

斯坦贝克是20世纪30年代美国文坛“社会抗议小说”的主将，这一主题在当时的美国占有主导地位。他的代表作是《鼠与人》和《愤怒的葡萄》等。在艺术风格上，斯坦贝克擅长将写实和抒情相结合，他描写的环境有着浓郁的地方色彩，他笔下的人物淳朴而自然，他使用的语言是符合人物身份的地道的美国中西部方言，这使他的小说充满生活气息，具有民间文学的味道。在他创作的巅峰时期，他以富于诗意的作品生动地捕捉到了语言的实质、人物的风貌、传奇的故事以及当地人的生活禀性。

福克纳是“南方文艺复兴”杰出的、具有影响力的作家之一，是西方现代文学的知名作家，他的作品对美国小说新文学有着强有力的、独立的艺术上的贡献。他最优秀的作品是《喧嚣与骚动》《我弥留之际》《八月之光》《押沙龙，押沙龙！》4部长篇小说，多描写发生在以自己家乡为原型的虚构的美国南方密西西比州约克纳帕塔法县的故事，通称“约克纳帕塔法世系”，主题涉及南方历史、家庭、乡土人情、种族关系以至人类命运等。其中《喧嚣与骚动》颇能反映现代主义对美国小说的影响，它以意识流的手法表现人物的内心世界。作为一位具有探索精神和创新理念的杰出作家，福克纳不仅在小说艺术理论方面取得了突破性的创新，更开创了一系列独特的小说技巧和叙述方法。福克纳深信，作家的核心使命在于深入探索并高度重视人类生活所蕴含的丰富可能性。他的这一理念，为其创作注入了源源不断的活力。因此，他以不带任何偏见的客观观察，运用“内心独白”的心理描写，以“意识流”和“多角度”叙述方法，使其作品具备强烈的艺术效果，为现代派小说创作作出了卓越贡献。在语言运用上，他试图以晦涩的语言和冗长的文句来取得特殊的效果。

海明威是“迷惘的一代”的代言人，他与斯泰因、庞德、乔伊斯以及艾略特一起完成了文学语言和风格的革命。他以简单的句子结构，运用有限的词汇、精致的意象和非人化的戏剧语调为主体风格，发展了一种精悍、紧凑、报道式的文章风格。1925 年，海明威的第一部成熟力作《太阳照常升起》发表，反映第一次世界大战后知识分子对资本主义社会制度的绝望心情，从而确立了其作为“迷惘的一代”代言人的地位。另有《永别了，武器》《丧钟为谁而鸣》《老人与海》等。

三、当代美国文学

当代美国文学最突出的特征是后现代主义文学成为主流。进入 20 世纪 60 年代，在后现代主义思潮笼罩下，美国文坛流派丛生，风格各异，从 50 年代的“垮掉的一代”到 60 年代的超现实主义文学、黑色幽默、荒诞派文学、色情文学、科幻文学，不一而足。各种文学题材从不同的侧面，反映出美国社会生活和文化心理状态。

其中，突出的是“黑色幽默”派的创作。“黑色幽默”派的主要作家有约瑟夫・海勒（Joseph Heller）、托马斯・品钦（Thomas Pynchon）、约翰・巴思（John Barth）等。在深入体验生活中的“非理性”与“异化”现象之后，诸多作家选择通过文学作品传达其对现实世界的独到见解。在创作过程中，他们巧妙运用夸张、超现实的手法，将欢乐与痛苦、柔情与残酷、可笑与可怖、荒唐古怪与一本正经等元素巧妙融合，令读者哭笑不得并感到不安。这种文学表达方式，旨在引导读者对生活有更深刻的认识和反思。在探讨“黑色幽默”文学时，我们不难发现，很多作家以自身独特的视角审视着这个世界，用文学的形式将其内心感受传递给读者，引发人们对生活的深层次思考。这种文学风格不仅揭示了人性的复杂与矛盾，也展示了作者对现实世界的深刻洞察与反思。例如，海勒的《第二十二条军规》、品钦的《万有引力之虹》等作品，在深入剖析人物所处世界的荒诞以及社会对个体的压迫时，采用了一种无可奈何的嘲讽态度，旨在凸显环境与个体（即“自我”）间难以调和的矛盾，同时将这种矛盾现象加以放大、扭曲，使之呈现出更为荒诞、滑稽的面貌，其中也蕴含着深沉的沉重感和苦闷情绪。在创作手法上，“黑色幽默”作家们勇于突破传统框架，小说的情节往往缺乏明确的逻辑联系，而是巧妙地将现实生活的叙述与幻想、回忆相互交融，严肃的哲理与戏谑的言辞相互穿插，形成了一种独特的艺术风格。

还有“非虚构小说”这一新兴的文学样式。有些作家认为，现实生活中的离奇事件已然超越了作家的想象力，因此相较于虚构小说，他们更倾向于运用小说的手法来描绘那些引起社会广泛关注的真实事件。这类作品相较于一般的报告文学更为深入细致，其中融入了作者的观察与想象，因此更具个人色彩和艺术感染力。这种体裁允许报道者在描述事件时融入自己的观察和想象，并可采用各种象征手法以增强表达效果。例如，杜鲁门·卡波特（Truman Capote）的《凶杀》与诺曼·梅勒（Norman Mailer）的《刽子手之歌》便是这类作品的代表。其中，梅勒更是被誉为当代最具雄心壮志的小说家之一。

另外，除了犹太人文学、黑人文学，南方文学在这个时期仍然持续发展。老作家如福克纳、威尔蒂仍有重要作品问世，同时不断涌现出新作家，如威廉·斯泰伦（William Styron）、玛丽·弗兰纳里·奥康纳（Mary Flannery O’Connor）、卡森·麦卡勒斯（Carson McCullers）等。他们不再仅仅从历史传奇中寻找创作素材，而是更加关注现实生活中南方人精神上的苦闷与挣扎。

田纳西·威廉（Tennessee Williams）是二战后享有盛名的南方剧作家之一，其作品如《玻璃动物园》等，通过深入剖析人物的变态心理，生动地展现了生活的不幸与空虚。

而此时期的纽约作家则呈现出与南方作家不同的特点。他们之所以被归为一类，主要是因为他们都为纽约的几家重要杂志（《党派评论》《纽约书评》《纽约人》）供稿。这些杂志上发表的评论与小说往往会对美国文学产生重要影响。莱昂内尔·特里林（Lionel Trilling）是备受赞誉的评论家，而约翰·契弗（John Cheever）与约翰·厄普代克（John Updike）则以其诗意且带有嘲讽意味的细腻笔触，深入探索了大城市郊区居民的心理和意识，为东北部的中产阶级绘制了一幅幅生动且精致的风俗画卷。他们的作品不仅丰富了美国文学的内涵，更在一定程度上引领了美国文学的时尚潮流。

第二章　英美文学的内涵

本章为英美文学的内涵，主要介绍了三个方面的内容，依次是英美文学的价值意义、当代英美文学语言艺术、英美文学欣赏的层次与境界，以揭示英美文学深厚的文化底蕴和独特的艺术魅力。

第一节　英美文学的价值意义

一、英美文学的精神价值

（一）人文精神价值

从广义上来讲，人文精神指的是人类对自身的关注，体现在对价值观念、尊严、命运的期许，以及对生活的追求上。在英语中，“人文精神”应该是humanism，也可被翻译为人文主义或人本主义。人文精神代表了人类对精神文化的尊重，同时是对理想人格发展和实现的认可。这一思想体系可以追溯至欧洲文艺复兴时代，并且代表了文艺复兴运动的核心。浏览英美文学，我们会发现它所关注和宣扬的正是西方的价值观和精神。

从文化层面来看，古希腊和古罗马是西方人文主义的文化渊源。对人与人、人与环境的互动关系，以及人类在宇宙中的存在意义和本质等问题的探讨，推动了当时哲学学派的兴盛，也促进了古希腊的民主制度的发展。人文精神的基本理念是关注整个人类的命运，以理性的态度引导人们思考生命的意义和探索生存的价值。因此，它可以透过抽象特征触及人类生存的核心，并对塑造人类精神世界起着重要作用。人文主义的基本原则涵盖了个体内在的尊严和价值、个体实现自我发展的潜力和途径，以及人们追求自由、平等并为社会福祉作出贡献的理念。

现代人文主义精神受到基督教文化、文艺复兴、世俗传统和启蒙运动的影响，为现代民主思想、科学思维、人权保障乃至环境保护主义提供了理论基础和思想支持。在物质与精神之间存在一定失调的时代，人们需要对自身的精神世界予以重视。

1. 人文精神的内涵

人文指的是与自然法则有别的规律，其核心是将信仰、价值取向、理想和人类文化方式融入人们的言行和思维之中。人文精神则意味着对人类的价值追求，英美文学史主张将科学性与人文精神相结合，关怀的核心目标是实现每个具体人类的所有潜在价值。人文精神是将人类文化和生活的核心理念融入理想和价值观的探索中，强调拓展人类文化领域和提升人类生活水平，致力于促进人类的成长和发展。审美理念认为，人文精神扮演着一个人或一个民族文化生活中至关重要的角色。人文精神是人类通过不断的追求和发展自我，逐渐拓展和提升自身，从自由的状态逐渐进化到自主的状态。人文精神是对生活的真实意义和人类命运的合理理解的一种关注，重点在于探索个体的特质和主体精神的追求。

我国一些学者将人文性的内涵分为以下三个不同层次：其一，对人类的尊严和幸福的追求，也就是广义上所说的人道主义精神，即人性；其二，是人类对生存真相的所有探索，即人们通常所称的科学精神或理性；其三，是人类对他们生活中所有的追求，简单来说，就是要有关心他人的心，即超越性。需要注意的是，这里的超越性主要是尊重他人的价值，并且重视他人的心灵健康。其中，特别重要的是尊重他人，要将其视为精神层面的价值体现。

西方文化将人类对天性和理想社会的探索置于重要位置，这是因为它注重宗教和哲学。西方经典文学受到了希伯来教义、古罗马征服思想和古希腊理性主义的影响。因此，他们更注重独特个性的发展。人文主义的基本价值观念主要涵盖个体的内在价值、个体的自我成长路径以及个体的尊严、自由和平等观念。

人文主义的基本核心价值观念主要涵盖个体内在的价值、个体自我实现的途径与个体尊严、个体自由与平等观念。人文主义的价值观通过探索人类生存的本质，深入理解人类的内在世界，致力于培养积极向上的精神境界。现如今，社会正在快速向前发展，物质文明的发展极大地推动了精神文明的进步，但多元文化对物质和精神的平衡产生了一定影响，在一定程度上影响了人类的精神世界。

总的来说，一个优秀的学生需要具备优秀的专业技能和人文素养，这样有利于他们更积极地适应社会发展。因此，英语专业的英美文学教育应该被视为传承人文主义精神的重要方式。

2. 人文精神的体现

艺术是人类独有的创造性表现，是人类智慧和情感的体现。作为一种独特的文化产物，艺术承载着人文价值观念，是人类历史中不可或缺的要素之一。就发展而言，艺术在人类的历代繁荣发展过程中一直扮演着至关重要的角色。可以这样说，艺术史其实也是人类审视自我身份和心灵成长的形象化的历史。

在莎士比亚的戏剧中，一句经典台词是“世界是一个大舞台”，表达出莎士比亚的创作初衷是描绘生活的真实情感。读英国文学，一定要读莎士比亚。作为一位人文主义作家，他的作品表扬美好的品质，颂扬爱情、友谊和忠诚，同时揭露愚昧的君主和奸诈的小人。揭示人物的内心世界，恰恰是莎士比亚作品的独特魅力。这种对生活的热爱、对人类和生命的融合，展现出了剧作家包容广阔的心胸，体现出一种“莎士比亚精神”。

在美国文学中，人文精神的主要特点是追求并赞美个体的自由和心灵解放。比如，美国的诗人华尔特·惠特曼在他的主要作品《草叶集》中展现了自我创造和民主生活的氛围。华尔特·惠特曼通过他的作品反映了美国人民的心情，因此被尊称为美国现代文学和现代诗歌的奠基人。他的写作风格极具多样性：一些作品歌颂民主理念，其特点是雄壮有力、充满热情，让人印象深刻；有些作品歌颂普通人的生活感情和价值观，这种情绪表达较为坦率、大胆，甚至略显粗犷。华尔特·惠特曼的写作风格颠覆了传统诗歌的结构，开创了后来被称为自由体诗的独特形式。再如，赫尔曼·麦尔维尔是19世纪美国最具特色的小说家之一。他是一个出色的冒险故事作家，也是一个深思熟虑、勇于探索的伟大艺术家。

总的来说，西方文化的起源与中国不同，比如罗马、雅典等城市都位于地中海沿岸，其生活和发展受到空间限制。在西方文化中，人们认为人类和自然界都是由上帝所塑造的；他们强调了自然与人类之间的对立关系，将自然视为需要被征服和控制的对象，宣扬人类中心主义。他们为了追求更广阔的发展机会和空间，利用海洋作为媒介，频繁地交流互动，因而促进了商业的繁荣。同时，正是因为这些活动，西方文化深受希伯来超越思想、古罗马征服心态以及古希腊理性主义的影响。在西方文化中，这种与自然对立和疏远的现象在诗歌中得到了体现，从而形成了与中国诗歌完全不同的意境。在西方文学作品中，自然常常被描绘为与人类或物体相分离的存在，或者被赋予神秘的属性。

（二）理性主义价值

我们以英美文学理性主义的代表——著名作家索尔·贝娄为例，进行相关论述。在贝娄的作品中，深刻探讨了人类社会的理性思考，描绘了消费主义和金钱崇拜现象的社会根源，生动刻画了消费社会下人们对物质和精神追求之间的矛盾，以及由此引发的精神困境。在作品的文化背景中，展现了人们追求物质享受和精神满足之间的冲突，透露了对拜金主义形成原因的深刻理解，对当时社会具有理性的认知。

贝娄深刻揭示了工业时期人们所面临的困境，其中对后工业社会人类生存困境的揭示主要体现在人的“物化”。其中，经典的作品《更多的人死于心碎》生动地展现了工业后期人们的消费行为和社会相关情况。当时的社会强调消费至上，在这种物质主义的环境下，享乐主义和消费主义盛行。作品将对这两种“主义”的讽刺上升至文化意识的层次，希望通过文学作品的精神价值引导人们正确处理物质与精神之间的关系。作品描绘了后工业社会人们以消费为核心的生活方式，以及那些被异化为“单一维度”的个体，形象地展现了后工业社会的消费场景，对享乐主义和消费主义进行了批评，将对消费主义的反思提升到了文化和人文关怀的层面。在作者的笔下，工业化和城市化的发展导致人类与自然之间的互动转变为一种消费模式，人与人之间的情感联系变得冷漠且缺乏深度。例如，《赫索格》深刻揭示了后工业社会中人们感到自身的“异化物化”，对工业社会后期的物质化趋势有着理性的觉察，同时展现了对人际关系、社会关系中过分重视物质的反感之情，表现了人与自我之间、人与人之间、人与社会之间以及人与自然之间等多种“异化物化”关系。

在《赫索格》中，作者描绘了人与社会、人与人之间的关系发展，除了物质层面的联系，亲情和爱情已不复存在，精神上的交流也变得极为稀少。作品描绘了在工业化迅速发展的背景下，人们对物质财富的追求达到了高潮，触发了一系列悲剧。这些悲剧并非源自个人行为，而是受到当时的社会和经济环境所影响。与此同时，作者对传统而和睦的社会关系表现出深深的怀念。在那个时代，一方面，社会上普遍奉行功利主义，将 GDP（国内生产总值）视为先进生产力的代表，并将其作为衡量社会进步的主要标准，金钱因此也成为影响社会关系的重要因素；另一方面，社会舆论普遍宣扬明星的成就，群众则成为落后或愚昧的代表，这种不正确的价值观也成为当时社会的一个缩影。

在贝娄创作的《更多的人死于心碎》中，“心碎”一词描绘了当下人们内在和精神方面的真实状况，显示了现代人内心的极度痛苦，这种精神上的痛苦比肉体上的痛苦更加明显。贝娄通过描绘美国工业社会后期的现实，成功地批判了将消费置于最高地位的消费主义。贝娄的作品深刻地探讨了人们追求精神和物质需求之间的矛盾，并揭示了由此产生的精神困境。

贝娄的作品揭示了人类被视为物品的情况在当今社会是一个令人悲哀的现实，他认为科技进步并非总能带来幸福和快乐。在一个以国民生产总值为中心、以金钱衡量一切的时代，生产力被看作社会进步的标志。贝娄对科技进步和专家制度的质疑，符合当时社会物质丰裕而人文精神衰退、人们缺乏幸福感的现象。与此同时，贝娄对后工业社会科技的进步、文明的演进与文化的滞后之间的关系进行了深入的思考。

贝娄对现代社会的精神文明日益减弱的这一现象提出了批评，指出社会和经济的发展并不总是给大众带来幸福和快乐，他对工业进步与人文精神发展逐渐脱节的现象进行了反思。贝娄的作品深刻探讨了许多引人深思的哲学问题，描绘了工业社会后期的现实悲观景象，但即便如此，作者仍然表现出了乐观向前的态度。贝娄的作品大多充满着丰富的乌托邦情感。

贝娄的几部小说均反映出他对人类存在的一些永恒哲学问题的深刻思考，探讨了人类的前途、命运、伦理道德、心灵状态以及生命的最终意义等重要议题，包括自我辨认、伦理与真相、个人与集体等议题。贝娄对这些抽象问题的思考是他对后工业社会过度消费和注重物质的看法的回应，同时是他针对后工业社会中普遍存在的“无深度”“中心消解”“情感消逝”现象提出的一种解决方案，其作品透彻地展现了后工业社会的“荒原”特征。尽管身处后工业文明的废墟之中，贝娄依然怀着乐观积极的态度，心怀一种“情感信念”，小说中透露出对乌托邦的憧憬以及对文学理想主义的追求。在以物质为主导的社会背景下，贝娄表现出人类寻找精神幸福的决心和勇气。在这个追求物质享受、沉迷于娱乐、道德沦丧的社会环境中，贝娄强调了对精神世界的关注，对内心家园的探索，勇于探讨人类灵魂的主题，他提出的拯救方案充分展现了他作为文学大师的人道主义情怀。

（三）黑色幽默价值

“黑色幽默”也被称为“绞刑架下的幽默”或“大难临头的幽默”，黑色幽默小说是一种流行于20世纪60年代的现代主义小说类型，在第二次世界大战之后的西方文学界扮演着重要的角色。

黑色幽默创造了一种独特的情感体验，用幽默的方式表达悲伤。它将人物悲剧的斗争转化为对命运无力改变的认识。在绝望时，选择以大笑来掩饰内心的痛苦，用荒谬的元素削弱了传统悲剧的严肃情感。通过荒诞化传统喜剧的搞笑元素，用深沉且无奈的苦涩笑容取代了传统喜剧的轻松欢乐情节。它以笑容掩饰悲伤，用荒谬的幽默来释放悲伤的情感，从而创造了一种新的艺术情感类型，与传统的悲剧和喜剧相比具有极大不同。当时的美国处在一个拥有物质财富相对丰富但缺乏精神信仰的时代，这一时期的美国人普遍感到对现实和未来的担忧不断增加，浮躁情绪蔓延，被认为是美国历史上的混乱时期。在这种社会环境下，作家只能借助一种病态、自我讽刺且荒谬的幽默手法来宣泄他们内心的不满、愤怒和绝望。如今，黑色幽默小说在激发人们的道德意识、警示人们认识战争的危害等方面依然具有极为重要的现实意义。

《第二十二条军规》是黑色幽默文学流派的一部经典著作，作者是美国著名作家约瑟夫·海勒。“第二十二条军规”实际上是一种陷阱：认为自己患有精神病的军人如果想要停止执行任务，必须由他们本人提出请求。然而，能够提出自己有精神病不能飞行的军人又说明其思路清晰，因而不允许停飞。所以，无论人们如何努力，都无法逃脱它的限制。“军规”之所以巧妙，是因为它虽然没有被明确表述为文字，却随处可见。它神秘莫测，但每个人都能察觉到它的存在。

《第二十二条军规》这部作品一直以黑色幽默的方式描写故事情节，使读者深刻体会到了面对“第二十二条军规”的无奈。作品具有夸张滑稽的黑色幽默，将故事展现得异常怪诞有趣。主角沉溺于无望之中，情感描写稀少且隐晦，却通过荒诞情节传递出微妙情感。这些情感不温柔也不激烈，带给人们的是一种反复无常、无法自拔且深深触动灵魂的“绝望”。

美国心理学家斯金纳指出，人类社会存在两种令人费解的现象：一是机器变得越来越类似于有生命的事物，二是生命体的结构越来越类似机器。人类很早之前就开始对机械化和人的疏离感表现出了担忧。黑色幽默通过特殊的笑话引导人们思考人生的深层含义。期望人们在震惊之后能够觉醒，了解当时美国社会现状以及今天世界各国的社会情况，从而采取行动挽救社会。黑色幽默文学创作者透过描述个人在社会压力和荒谬世界中的遭遇，以一种无奈的嘲讽态度呈现出个体与环境之间的不和谐，以夸张的手法将这种不和谐拉长、放大，使之变得更为离奇荒谬，同时给人一种压抑沉重的感觉。

黑色幽默不仅在英美文学中广泛存在，同时对全球文学产生了极为深远的影响，具有极高的学习价值。在那个时代，许多作家选择用看似幽默的语言来表达他们的怒火和不满，用自嘲的幽默方式表达内心真实的欲望。

二、英美文学的教育意义

其一，英美文学教育有助于提升学生的英语语言技能，同时可以更好地促进学生英语语言和文化素养的培养。

文学是语言的艺术，最优美的语言也常常体现在文学作品中。阅读文学作品对提升英语学习者的语言技能有很大的帮助，可以为学习者提供更加真实可信的阅读材料，旨在促进学习者语言水平的提高。文学作品中的用词和句式非常重要，通过谨慎的词语选择和复杂的句子结构，可以帮助读者扩展语言能力。阅读是读者和文本之间互动的过程，需要我们探究导致语言学习者或群体在理解第二语言输入时具有不同意愿和能力的诸多因素，比如情绪、看法和经历等。

文学作品有助于提升学生的阅读能力，为他们实现学业或职业目标提供帮助。对于许多学生来说，文学作品可以激发他们的阅读兴趣，因为优秀的文学作品本身充满了趣味，让人手不释卷。文学阅读不是简单地展现文本内容，而是通过文本促使读者与作者之间进行互动交流的活动。

其二，英美文学教育有助于培养学生对文学的欣赏能力，提升其文学素养，并不断塑造其个人品格。

事实上，艺术修养并非可有可无，它的存在可以让人生更加丰富多彩，缺少它，人们的生活会变得单调乏味。优秀的文学作品能够对学生整体素质提高和审美兴趣培养起到重要帮助。艺术具有永恒性和深远性，对于提升人的精神修养和丰富人的内在世界至关重要。

从现实角度来看，具有深厚艺术修养的人将体验到丰富多彩的人生，他的生活节奏受到历代艺术大师的影响和指导，因而他活得充实、有尊严，对人类文化感到骄傲。他的感悟可能源自千年前的智慧，并且将穿越漫长的未来岁月；他通常保持着童真，以一颗真诚的心投入维系一个童话世界的工作中。无论是对个体还是群体来说，文学艺术都是至关重要的。

其三，英美文学教育有助于培养学生的文化包容性，使学生的语言基础和人文素养水平得到切实提高，有效增进学生对西方文学和文化的理解。

英美文学作品反映了英美文化的价值观和视角，与中国文化有着明显的差异。在研读英美文学文本时，学生可以认识到他们所处的世界是一个多元文化的大熔炉，各种文化元素交相辉映、异彩纷呈。教育学生认识并尊重各种文化的多样性，与培养他们具备文化包容性是同一目标。同时，开阔他们的胸襟、激发他们的想象力并增进对他人的理解，也是文学艺术所追求的一个重要目标。通过接受英美文学教育深入了解外国文化，学生能够感受不同文化的魅力，有助于其拓宽视野，逐渐培养自身的文化宽容精神以及文化包容心态。

第二节　当代英美文学语言艺术

一、英美文学语言艺术的源头及发展

古希腊罗马神话传说作为西方文化的根基，融汇了文学、绘画等多种艺术形式，通过独特的语言表达技巧塑造了一个又一个传奇故事，这就为英美文学的发

展提供了活灵活现的素材，为文学作品本身增添了较为丰富的内容，同时加深了作品的思想性。可以说，它们就是英美文学的源头，对于以后英美文学的未来发展有重要的促进意义和参考价值。

古希腊罗马文化是欧洲历史发展过程中一朵闪耀的奇葩。其丰富的内容、鲜明的人物特征、曲折离奇的故事情节，让其本身具有更强的可读性。斯芬克斯之谜、伊阿宋盗取金羊毛、潘多拉打开魔盒等故事早已家喻户晓，成为流传千古的神话故事，其中涉及宗教、哲学、思想、科学等诸多内容。这些完整的故事情节被广泛地运用到文学作品的创作中，给英美文学的发展提供了有效的支撑。古希腊三大著名悲剧作家埃斯库罗斯、索福克勒斯、欧里庇得斯的作品中都有古希腊神话的影子。古希腊罗马神话注重刻画人物的形象、个性，并追求人物的完美，这在文学作品中都有体现，也正因如此，才造就了英美文学作品的主旨：追求自然和谐之美，强调个人英雄主义、追求自我的乐观主义精神。从当代的英美文学作品来看，作品本身的魔幻性和神话特色，其实都是古希腊罗马神话的影子。

二、英美文学作品中的语言艺术

（一）英美文学作品语言特点分析

1. 语言凸显较强的社会性

研究英美文学语言的特点，可以从语言的取向上来进行把握和分析，看出语言背后较强的社会性。不管是语言的内容还是语言的风格，都与当时的社会背景有紧密的联系。就拿古希腊罗马文化来说，尽管这是被“神化”的传说，但是它也有广泛的社会根基，那就是崇尚个人英雄主义的社会心态的重要体现。此外，社会局势的安定与否，在很大程度上关系到文学作品语言基调的明朗性及情感表达的方式。总而言之，文学作为社会现实的产物，决定了语言的构建具有很强的社会性。

2. 语言强调艺术与实用并重

从英美文学的语言功能上来说，其强调艺术性与实用性相统一的原则，这是所有作品语言的共同体现。从个人心理来说，英美人们强调个人主义、完美主义，特别是在文学创作中更加强调个人情感和思想的表达，因此在语言的构造上更加注意个人风格的塑造以及语言技巧的使用，具有很强的艺术性。从社会心理角度来讲，英美文学作品都是对于社会现实的反映，具有较强的社会指向性，加上个人英雄主义情感的作用，作者更加关注社会现实，因此在语言的构造和使用上注重实用性和交际性。正是艺术性和实用性的共同体现，才使英美文学语言更具魅力，打破了纯粹的语言形式，具有多方面的指向性——文学性、思想性、艺术性等，实现了语言本身的突破，这势必会进一步促进英美文学作品的发展和传承。

3. 语言陌生化

陌生化的语言是英美文学表达中的重要体现，它打破了传统语言表达的固化特征，用一种新的构词方式和表达顺序来对语言本身进行整合，从而进一步提升语言表达的效果。

《尤利西斯》中有一段话翻译成中文可以是："我的理想支撑着我，乘一叶小舟，迎着落日的余晖，沐浴着西方的星辰，前进，直至我生命终结。"这句话就是语言陌生化的重要体现，通过使用陌生化的语言打破了传统表述方式的陈旧性，让语言画面感凸显，情感更加具有可感性，同时增加了语言的跳跃性，让作品本身充满活力。这种语言表述方式是传统语言表达的创新，推进了英美文学语言的进一步发展。

（二）英美文学作品语言美具体体现

现如今，研究英美文学已经成为跨文化沟通、比较文学研究等多学科多领域发展中不可或缺的关键议题。英美文学在世界文学中扮演着重要角色，尤其是在资本主义兴起和发展阶段对全球文学的进步作出了重要贡献。英美文学领域中有无数经典著作，这些作品无一不展现出语言艺术的迷人之处。我们可以将研究英美文学作品中的艺术美作为切入点，通过文学和语言艺术的探索来提升跨文化沟通的能力，这对我国的英美文学教学具有重要意义。

文学作品的语言美主要体现在其语言叙述、写作技巧和主题情节的处理上，通过增强人物形象、主题思想和作品的生动性、准确性与韵律感等手段来达到表达的目的。因此，语言美可以被视为艺术美的一个重要方面。在英美文学作品中，这一点主要呈现在以下三个方面：

1. 戏剧性独白的运用

戏剧性独白是指通过角色或者作者的内心独白，用语言的方式展现并加以区分。从现实角度来看，英美文学作品中最常用的写作手法是戏剧性独白的语言运用。运用戏剧化的独白，可以使读者更加客观、明晰、深入地领会作者的观点，同时更生动地展现作品中人物的情感演变。通过使用戏剧性的独白，可以使读者的思维能力得到激发和提升，从而丰富作品的层次和深度。

戏剧性独白这一写作形式的起源是索恩伯里创作的《骑士与圆颅党人之歌》。后来，直到19世纪中后期，丁尼生的作品《六十年后的洛克斯勒官》以其独特的艺术魅力，使戏剧性独白的写作手法和语言特征得到了更好的呈现。

2. 多样写作手法的使用

在作品创作过程中，运用各种不同的写作手法，可以让叙述更加优美动人，同时能够让作品中的人物角色更加生动，从而深刻展现作品人物的心理世界，增强作品的感染力。在很多英美文学作品中，多样写作手法的使用是较为常见的，诸如隐喻、反讽、自嘲、象征等，这些都是创作者广泛使用的文学表达方法。例如，19世纪美国浪漫主义作家霍桑在他的长篇小说《红字》中，就大量运用了象征、隐喻和讽刺等手法。在《红字》中，通过森林的意象，作者清晰地对比了森林与现实社会，善良、勇敢、具有反抗精神的主人公白兰最终被迫站在绞刑架下接受审判。这种反讽的创作手法的运用，揭露了当时泯灭和扼杀人性的黑暗社会状况，引发了人们的思考。

3. 多引经据典

经典作品的语言特点涵盖经典文化认同性、蕴含的哲理性以及语言层面的简洁性，这些作品通常是在历史长河中通过经验总结得出的智慧结晶，代表着人们共同的价值观和情感抒发。在实践中，我们需要重视引经据典的这一写作方式。例如，在英语文学作品中，较多地使用了引经据典这一写作手法，通过引用经典片段和词汇，并概括性地运用，使文学作品的语言更加简练和深刻，蕴含丰富的哲理性。

（三）英美文学作品的语言运用

1. 英美文学中的反讽艺术

其一，阐述性反讽。

根据相关专家的观点，表达性语言行为在表达之前需要确保说话者已经承认了所陈述命题的真实性。这种做法展示了作者对信念的真实和有效表达，同时确保了命题的有效性。当说话者说出某个陈述，但并不相信其中的内容，这就显露出了一些讽刺的意味。以《傲慢与偏见》为例，作者在第一章中似乎是客观描写，但是通过班奈特夫妇的对话，特别是开篇的那句话，可以看出其中蕴含着的讽刺意味："It is a truth universally acknowledged，that a single man in possession of a good fortune. Must be in want of a wife."[①] 这句话的意思是："一条举世公认的真理是，一个拥有财富的单身男士，必定需要一个妻子。"在这句话中，作者通过讽刺的手法揭示了当时的社会现状，为整篇文章的发展奠定了坚实的基础。其中，"一条举世公认的真理"暗示了小说所探讨的是关于真理的议题，而句子的正式陈述方式与最终的意义之间的反差则包含着反讽的元素。

与此同时，作为文学语言中的基础特点，象征手法表达了人们在言语中承诺的含义。具体来说，当一个人在多次谈论某件事并作出承诺时，却由于双方的了解或认知差异，对话的内容中未能真正表明说话者愿意履行承诺，这种表达方式也就成为一种反讽形式。例如，在小说《傲慢与偏见》中，班奈特先生忽视了对女儿的教养，尤其是对小女儿的疏忽，最终导致小女儿私奔，这可以看作他应得的惩罚；彬格莱小姐为了自己的爱情，竭尽全力对抗情敌，却意外地让她的爱人对情敌产生了更多的关注；科林斯先生向伊莎贝拉求婚，但最终与其他人结婚；威客汉姆的谎言暴露了其真实的一面；德·鲍夫人对伊丽莎白和达西的婚姻进行干涉，却让达西看到了希望，最终促使了伊丽莎白和达西在一起。

其二，指令性反讽。

从现实角度来看，指令性讽刺具有极为强大的影响力。这种行为意在促使他人去执行一件事情，表达出说话者的期望，而说话内容则是引导听者去实施一项

① 简·奥斯汀. 傲慢与偏见 [M]. 南京：译林出版社，2021：1.

行动。从当时对话的情境来看，如果听者觉得说话者的指示不合理，他们可以尝试从另一角度来理解说话者的意图。比如，在《傲慢与偏见》中，班奈特太太责备丈夫没有去看望彬格莱，最终却因自己病弱的女儿咳嗽而生气。在得知丈夫造访彬格莱后，班奈特太太感到十分欣喜，于是，班奈特先生对女儿说："吉蒂，你可以放心地咳嗽了。"在这里，班奈特回答中对女儿说的话就是一种指令性反讽。也就是说，班奈特先生是在以此方式讽刺自己的太太，而不是在让他女儿真的咳嗽。

其三，宣告性反讽。

事实上，违背诚意条件而构成的宣告性反讽，是较少会应用的。原因在于，宣告形式的语言并未与实际发生事件的条件相结合。也有观点认为，对诚意条件的反讽性操作会激发出所有反讽性语言行为的某种形式。这种形式的实施需要依赖于说话者的先决条件，交流双方都能完全了解说话者的宣传实质，说话者可以为听者带来知识，而听者本身也渴望接受说话者所作的承诺。一旦不遵守以上规定，相应的表态就会变成"威胁"，而这种言辞也会相应地带有一定程度的讽刺意味。

2. 英美文学中的象征艺术

象征通过展示现实存在的事物来传达抽象的理念，有助于读者更深入地理解文学作品所表达的情感和意义。例如，肖邦是 19 世纪美国极具影响力的一位女性作家。在文学作品《觉醒》中，女主角艾德娜倡导自由爱情，主张男女关系不应受单一规范束缚，追求独立、自由的生活理念。然而，当她意识到个人价值难以实现而被社会桎梏时，她选择以自杀结束生命，坚守对自由的追求。路易斯的死虽不像女主角那样令人悲痛，但能从她的身上看到女主角的影子。因此，可以得出结论，路易斯之死是源于过度悲伤而非兴奋。这篇短篇小说通过反讽的手法，描绘了马拉德夫人渴望自由却又受限于婚姻束缚的内心挣扎。作者通过故事中的困境和讽刺，传达了自由的重要性，甚至超越了爱情和生命。同时，这个故事深刻批判了传统社会中的婚姻观念，展现了新生命的出现带来的希望，这种表达方式具有象征性。

在大量的英美文学作品中，都能看到象征手法的运用。例如，不同的颜色有不同的象征意义，红色代表热情，蓝色象征忧郁，白色则表示和平与安静。美国著名编剧、小说家菲茨杰拉德的代表作《了不起的盖茨比》的显著特点是成功地将故事结构与场景融为一体。在这部作品中，盖茨比对戴西的爱如同一个美好的梦境，在这个幻象中，虽然有些天真，但是能让人为之动容。盖茨比对理想的追求和对爱的执着令人钦佩，作品展示了理想在生活中的重要意义。当他想要保护戴西、愿意为她挡风遮雨时，他并不知道戴西已经出卖了他，并且默许丈夫推卸车祸责任，展示了黑暗社会中人的自私和贪婪，这些因素最终影响了盖茨比的梦想。盖茨比的不幸在于他意识到自己的理想在残酷的现实中是无法实现的，并且他的努力一直被困在过去无法前进。因而，他的爱情与他的灵魂同归于尽，随着肉体一同消失了。

文学作品所展现出的语言风格，可以吸引读者的注意。因此，语言风格被认为是文学作品分类中的一个重要因素。例如，在巴尔扎克的小说《高老头》中，呈现了丰富多彩的语言风格。巴尔扎克是19世纪中期批判现实主义的典型代表之一，他通过小说来审视和揭示社会文化观念。巴尔扎克在《人间喜剧》中展现了一条历史长廊，共塑造了上千个独具个性的角色形象，将历史风云呈现在我们面前。在《高老头》中，基本的人物形象就是“被遗弃的人”。高老头在这部作品中扮演着重要的角色，同时是被抛弃的代表。

在《高老头》之前，莎士比亚刻画了《李尔王》中一个被遗忘的独裁者。李尔王打算分割他的土地给他的三个女儿，但是有一个条件，就是要三个女儿都表达对他的爱。大女儿和二女儿用花言巧语获得了李尔王的信任和赞许，但三女儿并没有做到这一点，即便她心里深深爱着自己的父亲。由于没有用言语来表达，她因此被李尔王所忽视和厌恶。于是，李尔王将自己的土地平均分给了大女儿和二女儿，而三女儿没有得到土地。但是，当李尔王需要帮助时，大女儿和二女儿互相推诿责任，最后还是三女儿在风雨中救了自己的父亲，帮助他收复土地，但最终失败了，三女儿也不幸丧生。

通过分析英美文学作品，我们可以看到，英语语言在其中起着至关重要的作用，通过使用各种不同的语言技巧，可以获得丰富多样的效果。所以，他们应当重视英美文学作品中英语语言的运用，旨在对文学创作产生积极影响，更好地推动英美文学作品的进步，切实促进创作者创造出更多优秀的作品。

三、英美文学语言艺术特色及审美性

（一）英美文学语言艺术特色及审美性分析

1. 源于现实又高于现实

英美文学在语言的使用上，是源于现实又高于现实的，这几乎在所有的文学艺术作品中都有体现，对于英美文学来说也不例外。例如，《傲慢与偏见》借助婚姻问题的讲述，以“法规与原则”“人情与爱”等问题为基础，深刻揭示了18世纪末到19世纪初处于保守和闭塞状态下英国乡镇的生活和世态人情。从中可以看出，英美文学在创作的时候，具有较强的现实性，必须以现实作为依托，同时通过合理的语言夸张和语言技巧的使用，让作品达到高于现实的效果，对于主题的表达是有很强的促进作用。

2. 戏剧性独白，扩大想象空间

在文学作品中加入戏剧性独白也是英美文学的重要特点，极大地拓展了作品的现象空间。戏剧性独白最早出现于1857年，诗人索恩伯里在著作《骑士与圆颅党人之歌》中的部分诗歌被称作“戏剧性独白”。例如，在罗伯特·彭斯的著作《威力神父的祷告》中，不仅能听到主人公的声音，还可以隐约听到作者对主人公的评价，虽然评价不具权威性，但是给作品留下了想象空间。这种独特的语言表达形式，能够使人站在客观的角度上来审视作品，从而引发遐想，给人足够的空间来感悟作品。这种表述方式对于以后中国文学也产生了较大的影响，开创了文学新形式，对于文学艺术的推进和发展有着至关重要的作用。

3. 引经据典，实现作品内涵的传承性

透视英美文学作品，不难发现作品的另一个特点，那就是引经据典，通过借用传统神话、小说中的意象，来阐明道理和意义，增加了作品内容的可读性，同时让作品本身更加具有传承性。比如希腊英雄阿基里斯的“Achille’heel”，表示“要害部位、致命的弱点”的意思，这一俗语在以后的很多文学作品中都有显现。这样一来，在解析文学作品的时候，往往能够根据特定的内容来了解其背后更多的历史故事，这不仅是对作品内容的丰富，也丰富了作品的思想内涵，实现文学作品内涵的传承。

4. 陌生化的语言造就美感

陌生化的语言是英美文学语言的重要特色，这在第二部分已经作了举例说明。语言的陌生化是语言的创新，对于语言的发展和进步都有重要的促进作用。同时，从美学的角度出发，语言的陌生化通过措辞、语气方式、语言结构的改变，带给人较强的可感性，增强了画面感，彰显了语言的魅力，让读者能够沉浸到具体的文学情境中去，这对于实现语言的建构和传承有着重要的促进意义。尤其是在文学后现代化的进程中，语言的陌生化与碎片化的呈现方式存在一部分共同点，这让语言与美学得以有机结合，极大地创新了语言表达方式，增强了语言的表现力，对文学语言的进一步发展具有不容忽视的启示作用。

5. 理性思维下的哲学精神

英文国家的文学作品传达给读者的不仅是情感，还有高度理性的哲学精神，这不仅体现了作者的思想深度，更在深层次上与社会现实达成了普遍的一致性。以贝娄的《更多的人死于心碎》为例，其小说中“对话”的哲学思想以及人物间关系的转换，构成了全文的核心理念。其中，肯尼斯与舅舅之间的“我”“你”关系，以及本诺与妻子之间的“我”“他”关系等，均深刻反映了这一核心理念的内涵。不同的人称表述方式其实都是理性精神的作用，这在无形中表明了作者的情感立场，揭示了情感的亲近和疏远的关系，这是对工业社会被异化了的人的正面描写，具有很强的现实指控性，体现了文章背后的理性精神，显示出高度的哲学性。

（二）英美文学语言艺术特色及审美性的社会渊源

英美文学语言在审美性和艺术性上能够表现出以上的特点，与特有的文化意识形态有着不可分割的关系，语言表述方式是社会文化意识形态的必然产物。首先，在英美文化体系中，强调自我的个人主义、英雄主义情感表达，这在很大程度上让文学作品更加具有独特性，实现了语言本身的灵活性，让语言本身更加有感染力，提升了表达效果。另外，崇尚自由与开放的社会现实在很大程度上为语言的表述奠定了感情基调，让语言不仅能作为艺术的表达工具，还更加有现实指向性，拓展了语言本身的维度，丰富了语言本身的意义。总而言之，英美文学作品的语言是作品得以传承和发展的重要因素，是提升文学作品内涵的重要组成部分，对于其他国家的文学表达也有着极为重要的借鉴意义，同时是研究英美文学作品不可忽视的重要层面和唯一突破口。

在漫长的历史发展过程中，英美文学在风格、内容、语言等方面都独树一帜，展现出独特的魅力和艺术性。英美文学的语言特色与特定的社会文化背景、人们心理等有着紧密的联系，它强调艺术性和实用性的相互统一，还善于进行创新，让文学作品语言展现出陌生化的特点。总的来说，英美文学语言不仅是一种语言形式，还是独特思维的展现，加上各种语言技巧的使用，强化语言本身的距离美。研究英美文学语言，对于研究语言的艺术性和审美性，准确把握语言的构成及发展等诸多方面都有着重要的意义。

四、语言学意象化的英美文学范式

在文学研究中，语言学意象化是一种全新的方法。英美文学的意象化范式在研究世界文学方面具备有效性。作者在这里深入探讨了英美文学中的意象化范式，分析了其构建过程，并对其解构和升华进行了阐述，为文学理论研究提供了坚实的基础。

语言学意象化文学范式被认为是探讨英美文学的重要方式，也代表了英美文学发展的新趋势。从实践角度出发，文学研究涉及提升语言学意象和范式。由于英美文学具有复杂的文化背景，因此，语言学意象化对于英美文学研究具有极为重要的指导作用。

（一）英美文学意象化范式的构建

1. 英美文学意象化范式的必然性

无论是语言的含义、表达方式、背景，还是语言学范式及其格式的转变，都会导致语言学意象化的产生。而提到英美文学时，一些读者可能会想起其中的人物和情境，这些记忆并非一些抽象的文字描述。由此看来，这些文学作品塑造的人物在读者心中留下了较为深刻的印象。

库恩范式理论认为，英美文学中的意象可以被视为语言的组成要素，它们在文学作品中的存在是发展的必然结果，于此，即使是使用象征性的语言表达，也需要意象来提供支撑。

从现实角度来看，使用更具象征意义的语言需要倚赖更丰富的意象来支持，需要借助语言中的意象来推动符号语言的内在力量。英美文学的意象化范式是对文学的一种传承与发展。

2. 英美文学意象化范式的出现

作为一门人类科学，文学是以人类意象为依据从而发展出来的。因此，必须从意象的角度确立可行的基础，无论是在形象表达，还是符号化表达方面，只有首次阅读文本时，才会通过文本引导文学作品来对意象进行研究和探索。

3. 英美文学意象化范式的完成

库恩范式理论是英美文学范式化的理论源点，后来，在英美工业化时期以物质为基础，并得到了后现代主义的支持，最终形成了英美文学意象化模式的双重准备，奠定了二元化的基础。

在 20 世纪中叶，美国学者马克·波斯特在他的著作《第二媒介时代》中首次提出了英美文学符号意象化的概念。意象化符号是文本意象上的最高境界，高于语言学自身以及语言学符号。这一理论是在马克思主义文艺研究范式下发展的，并在一定程度上超越了马克思主义文艺范式。

在英美文学中，透过抽象的语言表达方式，确立了一种专业的思想体系，从而更好地促进了英美文学的繁荣发展，在加入后现代主义元素后，形成了全新的主体化意象化范式。

（二）英美文学意象化范式的解构

1. 英美文学意象化范式的误解和错位

英美文学范式的发展经历了几个过程，其中包括转变、整合以及发展等。在阅读一些富有内涵的文章时，会被文章中主人公的遭遇以及情绪所影响，这就是语言学意义上的错位。在阅读完文章的全部内容之后，读者通过反复思考，就会发现主人公的情绪和遭遇实际上源于对普通生活的向往，和当时的社会背景有着很大的不同。英美文学意象化范式中出现的错位，会让读者在阅读之后出现一种思维上的错觉。

2. 英美文学意象化范式的同分和异构

英美文学的语言学意象化出现了同分和异构的情况。同分异构起源于物理，是物理中的一个名词，出现在英美文化语言学意象化之中，是因为其和英文中的同分、异构有着很大的相同之处。在英美文学作品之中，采用异构的形式将主人公的思想感情表达出来，这就是文学意象化的表现。有些英美文学作品表达的主人公的形象和现实生活中的形象相同，这就是英美文学意象化范式的同分。在英美文学作品中，我们会发现很多文学作品在表达人物的时候往往会出现同分和异构的情况，这个时候就需要我们仔细思考文学意象化范式的基本结构，从而将其中的同分和异构进行有效的区分，达到文学意象化范式的整体要求。

（三）英美文学意象化范式的升华

1. 英美文学意象化范式的全景和梳理

英美文学和我国传统文学之间有着很大的差异，这些差异不仅表现在文字方面，还表现在文化方面。这就表明文字需要有一定的开放性，还要具有一定的范式形象，使表达的事物具有意象化。英美文化将海洋中的事物转化到作品之中，从而将英美文化中特有的征服感进行充分的表达。

2. 英美文学意象化范式的语势和逻辑

英美文学的意象化范式大多数是将民族根源作为代表的，在图像导向的共同基因中，象征语言的特征在其中扮演着重要角色，英美文学展现出了强烈的语言倾向和逻辑性。通过观察汉语的使用方式可见，动词引导句并不十分普遍，然而在英美文学中，动词起着主导作用的句子随处可见，尤其是在谓语之前添加助动词或前助动词的情况。与此同时，英美文学以其出色的表现能力塑造了丰富的意象，其充满力量的语言实际上是英美国家特有世界观和方法论在文学中的呈现，源自英美文化的深厚底蕴。英美文学的意象化范式在呈现上展现出了高度的逻辑性，增强了语言文学的严谨性。这种严谨性可以让文学具有理性，还能给文学带来一定的意象，如反身代词和意象重复等。

3. 英美文学意象化范式的提升和统一

英美文学意象化范式可以将文学上所描绘的语境进行有效提升，从而提高文学语言势力。与此同时，英美文学在文化上有着很大的差异。不同国家和地区的文化存在着差别，英美文学和其他地区国家的文化也存在差异。从中我们可以发现，文学研究范围广阔，语言学意象化范式只是文学研究的冰山一角，只有在英美文学影响和作用之下，才能将现阶段的意象化范式提升到文学领域。英美文学能够将意象转化为意境，将意境转化为语势，语势又能成为一个领域，在这个领域之中形成范式。英美文学中包含着语言文学中的意象化，由于自身的符号比较平淡，但是文学意象化能让文学具有一定的优势，这就是英美文学意象化范式的提升和统一。

英美文学是语言学意象化范式的基础，已经超越了马克思主义文学理论范式，是后现代文学中的一种新型产物，是后现代文学结合的主要表现。英美文学的主体式的自我研究和完善，正在向抽象的复合文章进行意象化范式的方向完善。英美文学中的语言符号经过长时间的发展，已经逐渐成为意象化符号，这是英美文学意象化发展的必然方向。在英美文学发展过程中，要充分考虑语境和地域，这些都是意象化范式前进不可缺少的组成部分。

第三节　英美文学欣赏的层次与境界

英美文学教育的主要目标是在学生具备英语语言能力的基础上，培养他们英美文学欣赏能力，或者从发展语言技能开始，逐步提升学生的英美文学欣赏能力。因此，英美文学阅读欣赏可粗略分为语义、语篇和审美三个层次。具体而言，在教授英美文学时，应重点关注语言分析，逐步引导学生理解语篇结构，最终培养他们对文学作品的审美阅读能力。在英美文学教学中，学生会在语言技能和文学基础方面受益良多，但这并非该课程的主要目标。解除语言障碍后，英美文学教学的主要目标是帮助学生掌握一定的文学基础知识和常识，提升学生的英美文学欣赏能力。

一、语义层面——文学欣赏的开端

任何文学欣赏都必须从语义、文辞的基本层面开始，先在微观的层面获得比较“初始”的美感。文学家在运用他们的形象思维再现生活时，既要巧妙运用语言、遵守语言“规约”（norm），更要发挥自己的创造性，“偏离”（deviate）语言“规约”，另立一套自己的语言“规约”。因此，读者不仅要理解语词的“理性意义”（conceptual meanings）和“联想意义”（associative meanings），更要洞悉语词的“超常规意义”（deviative meanings），读出语篇字里行间的意义。

英美文学欣赏通常借助汉语译本阅读欣赏或直接阅读原著，不论使用何种方式，都有一个英汉两种语言词义理解问题。我们主要研究英语学生如何直接利用英语原文阅读欣赏的问题：就英语学生而言，虽然是在直接阅读原文，所欣赏的对象是英语文本，但是他们大多是借助英汉词典，或由英汉词典逐渐过渡到全英词典。在语义层面上，英语词与汉语对应词（Chinese equivalent）在语义、语用以及文化等特征上很难一一对应，英汉词语的不等值 / 不对等必然会给文学欣赏带来许多问题，影响阅读者对于原文语言信息的接受，还会影响阅读者对于原文审美意象、意境等的欣赏和感受。

一般而言，英语单词和汉语单词之间的关系可以分为三种：完全对应、不完全对应和完全不对应。特别需要关注的是不完全关系，这种关系不仅在词语的多义现象中呈现出错综复杂的特点，也体现在同一义项的内涵差异上。有时候英语和中文中的一些词看起来虽然有异曲同工之妙，但其实含义截然不同，用法也各有不同。如果我们一味地把这两个词等同起来而不解释它们的原意，就可能导致理解上的混乱。英语词在汉语中的所谓“对应词”，大致有三种情形：

（1）完全对应 / 等值：如专业术语和物体称谓，如 physics= 物理，bike= 自行车。这一情形比较少，尤其在文学领域更是少而又少。

（2）不完全对应 / 不同程度等值：英语词与汉语“对应词”在语义、语用和文化特征诸方面重合部分的大小不同。这是英汉两种语言在语义对应方面的主要情况。

（3）完全不对应 / 不等值：某些英语词汇在汉语里基本没有对应词，因为有些表示特殊的语言和文化现象在汉语文化中不存在或情形完全不同。

在英汉词语的三种关系中，最值得研究的是“不完全对应”，不完全对应的词语及句子、语段在双语转换中占大多数。因此，我们必须采用诸多变通手段。试举例说明：

例 1.Meanwhile Captain Ahab remained invisibly enshrined within his cabin.

译文：这时候，亚哈船长仍然形影不见，深藏在他的船长室里。

这是麦尔维尔在《白鲸》里描写亚哈船长的一句话，亚哈在追逐白鲸的过程中丢失了一条腿，因此他只有一个愿望——杀死白鲸，或者与它同归于尽。在船上，亚哈很少跟其他水手交流，性格孤僻，经常一个人待在自己的船舱里。亚哈高深莫测，水手们把他奉若神明。在这句话里，“enshrine”来源于“shrine”（神龛），其义有三：其一，把某某置于神龛内；其二，祀奉 / 把某某奉为神圣；其三，铭记 / 珍藏。

译文这里“深藏”与英文“enshrine”不完全对应，仅仅写出了亚哈的深居简出，而没有把“enshrine”里“亚哈就像神龛里的神明一般，令人敬畏，甚至望而生畏”这一深意表达出来。只有理解了“enshrine”的这一意义，才能感受到原文中的含义，进入词汇层面的文学欣赏。

例 2.He lisped in blueprints for the blueprints came.

译文：他还是一个娃娃的时候，就爱拿着机械图纸玩儿了。

这段话是套用英国诗人蒲伯的诗：“As yet a child，nor yet a fool to fame，I lisped in numbers，for the numbers came.”他在咿呀学语之时，就出口成章，诗句不召自来。其意是：他是天生的机械工，天生的装配工和修理工。

例 3.King：my cousine Hamlet，and my son...How is it that the clouds still hang on you？

Hamlet：Not so，my lord，I am too much i’the sun.[①]

译文：国王：……我的侄儿哈姆雷特，我的孩子……为什么愁云依旧罩在你的身上?

哈姆雷特：不，陛下，我已经在太阳下晒得太久了。

① 威廉·莎士比亚. 莎士比亚戏剧集 2 悲剧 [M]. 南京：译林出版社，2022：102.

哈姆雷特的回答借用 son（儿子）和 sun（太阳）英文同音，表达了自己对于杀父仇人称他为 son（儿子）的不满。

文学作者常常使用象征、比喻、双关语和反语等相对较为曲折、隐晦的表达方式，这让读者很难轻易理解他们所要表达的意义，需要仔细揣摩和推敲。因此，文学语言中的字词和含义之间的匹配关系并不那么直接和确定。这在一定程度上凸显了文学语言在表达方面的特质，即文学语言的含蓄性。文学语言经常运用双关，读者必须能听出双关语，参透其中的玄机，感受语言之美。哈姆雷特一句 too much i'the sun 既巧妙地回答了国王关于 the clouds till hang on you 的问题，又倾泻了自己心中的怨恨与愤怒。

在词汇这个层面，作家为了达到自己的文学目的，采用了一系列手段，选用“文化含义丰富的词汇”、用典、双关语、倒装等，使词汇的含义丰富，容量增大，让读者感到有味道、有韵味。只有当读者对这些手段了如指掌，他才能进行语义层面的欣赏，感受到文学语言之美。

二、语篇层面——文学欣赏渐入佳境

语言学家们对语篇的概念至今未达成共识。有的认为语篇包括书面语言和口头语言，有的认为语篇不包括口头语言，只包括书面语言，有些语言学家用 text 指书面语言，用 discourse 指口头语言。从功能主义、结构主义、社会互动理论等不同的视角出发，语篇的概念也会有所不同。总的来说，语篇涉及所运用的语言、句子层面或句子层面以上的语言、用于进行意义互动的语言和在不同场景和文化语境中的语言。如果说在语义层面，欣赏者是“只见树木，不见森林”，仅仅“品尝”到优美的文辞与语句而已，那么到了语篇层面，则是能够从总体上把握，高屋建瓴，可以窥见文本之全貌。文本之精髓与梗概了然于胸，避免了语义层面的“狭窄”与“局限”，渐入欣赏之佳境，为最后进入审美层面做铺垫与过渡。

进入语篇欣赏前，欣赏者必须具备“文学欣赏能力”（Literary Competence），否则，便不能从语篇的层面欣赏文学作品。这个阶段非常重要，它承前启后，承继前面语义层面的欣赏，开启后面审美欣赏。在这个过渡阶段，读者可以逐步提升文学欣赏能力。

文学欣赏者总是根据自己的人生经验和文学体验解读作品，继而加深对文学所模仿的这个世界的深刻认识。文学家往往会在自己的创作中有意打破读者的期待视野，以不断更新人们的审美经验，进而促使读者的生活实践的期待视野也得以不断更新，故意给作品一个“开放式”结局，或者对作品人物或事件不下判断，还有干脆把作品里很多在传统上“帮助读者”的线索掐掉，使整部作品的时间界限和空间界限变得模糊，把读者放在一个“智者”的位置，使阅读过程变成一个“发现”和“探索”的过程，甚至还是一个“再创造”的过程，这不仅增加了阅读的难度和挑战性，也平添了欣赏的乐趣与刺激性。20 世纪现代派文学作品就是典型的例子，到了后现代派文学甚至走得更远，读者的阅读不仅是发现和探索，而且读者永远无法知道自己在探索中所获得的和发现的究竟离作者的意图有多远，他们甚至都不知道究竟有没有作者意图这个问题。因此，他们永远处于一种“不确定”状态，让人感到作者创作之初仿佛没有任何意图或永远无法知道作者意图。

举例来说，美国女作家肖邦的著名短篇小说《一小时的故事》，创作于 1894 年。故事中的女主人公马拉德夫人患有心脏病，她的亲朋好友听说她丈夫出差坐的火车发生了意外时都非常担忧，担心这会对她的情绪造成极大打击。然而，当她独自一人回到自己的房间时，她不是感到悲伤，而是莫名其妙地感到一种让她自己都恐惧的快乐。然而正当她沉浸在对自由未来的憧憬中时，丈夫却突然现身，她无法接受丈夫还活着的事实，即刻倒地身亡，医生却判断是过度兴奋导致的。小说结局颇具反讽意味：医生和旁人都认为，小说主人公马拉德夫人因见到丈夫安然归来，心情格外激动，导致心脏病发作，不治身亡，这一解释完全符合传统的伦理道德的期望，马拉德夫人没有说一句话就撒手人寰，无法辩驳，也无须辩驳；但读者都知道，马拉德夫人看到丈夫生还，自己的自由之梦顷刻间化为乌有，绝望至极，引发心脏病猝死，这是典型的“戏剧性反讽”（dramatic irony）。当然，马拉德夫人的死因也许还有其他因素。总之，作者这个结局可以有多种不同的理解和阐释，它本身就是作家有意为之的开放性结局，谁也不能肯定自己的解答就是绝对正确的。

文学文体是一种特殊的文体，它既是在崭新的文学语言规则制约下完成的一种语言的审美创变过程，同时以构成人类重要生存基础的语言行为为依托，它与其他文体迥然不同，其特殊性在于它对于语言“惯例”与“常规”的不断“偏离”与经常“违背”。文体研究可以帮助我们理解语篇的文学含义，尤其是文学中的“偏离”现象，文学语言不见得偏离常规，但作家往往为了产生某种效果，微妙地或明显地偏离上下文的常规。那么，什么是偏离呢？语言现象出现的频率超常地高或超常地低都构成一种偏离。但是，只有出于美学目的的偏离才具有文体意义。只有作家有意识的、出于美学目的的“偏离”，才是有意义的“偏离”，才能产生美学意义。

三、审美层面——文学欣赏达到极致

审美层面应具有开放性和“无限可能性”（infinite possibilities）。如果说语义层面是欣赏的起点，是最基础的部分，语篇层面则是逐渐引入更深层次的阶段，审美层面则是文学欣赏的最高境界。在文学赏析方面，审美观点是最高的领悟。未能达到这个层次时，就不能算作真正的文学欣赏，或者可以说，文学欣赏还存在许多不足之处，需要不断努力，以期达到更高的审美境界。“审美”概念最初由德国哲学家鲍姆嘉通创立。此外，黑格尔也试图在主客体关系的层面上统一“审美”和“审美经验”的概念。在黑格尔看来，审美经验是主客体之间和谐自由的审美体验。在研究中西方美学史时，可以看到“审美”概念的演变主要围绕着“审美体验”或“审美经历”展开。一般而言，审美受审美主体的审美价值观与他的审美能力的制约。审美价值观决定审美主体对不同美学形态的喜好趋向，审美能力则直接制约着审美主体对美所感受的多与少、强与弱等。

下面以英国浪漫主义诗人约翰·济慈的名诗《夜莺颂》为例，说明审美层面的文学欣赏：

John Keats’s “Ode to a Nightingale”

My heart aches，and a drowsy numbness pains.

My sense，as though of hemlock I had drunk，

Or emptied some dull opiate to the drains.

One minute past，and Lethe wards had sunk...[①]

在审美过程中，不鼓励读者对文学进行“释义”，或用自己的语言进行“意译”，重要的是关于审美情感的理解。审美情感理解不同于抽象性的理解。我们知道，科学研究中的抽象思维也需要情感的力量，读者对文学的审美理解还是需要用语言表达出来，这样才能判别出他们的审美阅读层次和境界。如果一个读者对于济慈《夜莺颂》做以下“释义”：

（1）I feel great grief and weariness，as though I had just drunk poison or a drug，and were drifting into the sleep of death.

或如下“释义”改写：

（2）Poignant sadness fills me，and an aching sleepiness，as though I had just taken a toxic substance or a narcotic drug，and were sinking into oblivion.

读者对于诗歌的理解还是停留在表层，或者说是语言层面。如果他能作出如下的“意译”，或“释义”改写：

（3）I feel poignant emotions，while a desensitizing lethargy disagreeably attacks my nervous system，as though I had just taken poison of that noble kind so movingly associated with the death of Socrates，or had ingested a powerfully hypnogogic drug and had begun to drift slowly，vaguely，downward towards oblivion，if not actually into death.

那么，这个“释义”说明，他对于该诗的欣赏基本进入了审美的境界。当然，这个“释义”改写也有许多不尽如人意之处。在阅读过程中，感受到的许多东西是很难用语言表达出来，例如，普通的词汇被赋予了丰富的诗意，诗人在特定的情景下造的“临时词汇”（nonce word）以及象征的语言等都很难“释义”。中国古人早就注意到这个问题，画家眼中之竹、胸中之竹和笔下之竹是完全不同的，这是因为从眼中之竹到胸中之竹，画家打了一个折扣，再把它画出来，形成绘画，又打一个折扣。竹子如此，作为万物之灵长、自然之精华的人类，其情感丰富、表情变化更是难以捕捉，可见“意态由来画不成”。所以，从人对美的欣赏与描绘来看，首先是美诉诸欣赏者的情感，在欣赏者的胸中荡起巨澜，可要把这丰富

① 蒋洪新．英美诗歌选读[M]．长沙：湖南师范大学出版社，2012：74.

多彩的审美感受用语言或其他艺术手段表达出来却是乏力的，毫无疑问在语言或其他艺术手段的表述过程中，许多美感“消耗”掉了、“散失”掉了或干脆“说不出”“画不出”。难怪大诗人陶渊明在面对大自然的美景，感慨道“此中有真意，欲辨已忘言”[1]，他胸中的审美感受实在是难以用语言表达清楚，只好寄于“不言中”。

① 陶渊明．陶渊明诗选 汉文、英文 [M]. 许渊冲，译．北京：中译出版社，2021：88.

第三章　英美文学多元教学理念

本章介绍的主要内容为英美文学多元教学理念，分别从三个方面展开论述，依次是语类研究与英美文学教学、文化语言学与英美文学教学、认知语言学与英美文学教学。

第一节　语类研究与英美文学教学

一、修辞学派

（一）语类的界定

由于大多数新修辞学派的主要研究者来自北美地区，所以也将其称为北美学派。新修辞学派在传统语类概念的基础上，深入研究并将文本中的语言及其他方面的相似性与人类活动的规律性结合起来，以将语篇类型中的规律性与语言的社会、文化意义相联系。传统的语言分类主要基于文本或文字的特点，如十四行诗、悲剧、诗歌等文学作品被归类为有规律的文本，新闻报道、实验报告、商务函电等非文学性作品则被归类为以传递信息为主要特征的文本。与澳大利亚的悉尼学派侧重于系统功能语言学的研究不同，新修辞学派也着眼于语类的重要问题，例如书面文本分析的结构和准确性、框架和模式对文本与社会背景之间关系的解释力度，以及写作教学中显性和隐性教学方法的适用性，但是，二者的不同之处在于，新修辞学派的研究基于修辞转型理论和社会建构理论，对语类和修辞的概念进行了重新诠释。

斯韦尔斯（Swales）对语类的定义，在新修辞学派中得到广泛认可。语类指的是一类交际事件，它们有着相同的交际目的，这个目的是由语篇社区系统中级别较高的成员确定的，从而为语类提供了逻辑基础。这个逻辑框架为语言表达提供了轮廓，对内容和风格的选择产生了影响和限制。除了出于交流的目的，语言还以多种不同的变体形式出现，这些变体在结构、风格、内容和意图读者群等方面都具有极大的相似性。如果某个变种在这些方面表现符合预期，语言学者就会认定它为“范式”，其他变体则被视为范式的具体展现。根据这个定义，修辞是指在特定社会背景下，为了达到某种交流目的而使用的口头或书面表达方式。

（二）理论支撑

1. 修辞转型理论

在 20 世纪中叶，肯尼斯·伯克的理论引发了人类行为研究者对修辞学的关注，他和朗格、卡西尔共同强调了人类创造符号的能力的重要性。此外，他个人强调创造符号与劝说技巧之间的联系，认为语言符号具有与科学术语同等的说服力。最初，库恩（Kuhn）使人们意识到了修辞的重要性，社会科学家不断完善他们的理论，致力于探讨科学家如何使用修辞来建构特定领域的知识。接着，修辞意念很快让研究者对语类进行了重新思考，尤其是从知识构建的这一视角。

2. 社会建构论

在 20 世纪 80 年代，社会建构主义对写作研究和教学领域产生了深远的影响，其主要代表人物有哲学家理查德·罗蒂（Richard Rorty）和他的学生肯尼斯·布鲁菲（Kenneth Bruffee）等。

罗蒂曾描述人们如何通过在特定社会环境中评价一切好的和正确的事物来赋予生活意义。在这一理论框架中，知识是指通过语言建立的以适应社会背景、需求和目标为目的的一切概念。

布鲁菲曾说过，所有的概念、观点、理论，包括现实世界，都是由知识社区创造和应用的，以促进社会自然演进。

与此同时，文化人类学家克利福德·格尔茨（Clifford Geertz）还指出，语言不仅促进了知识的形成，还影响了人类的认知、情感、动机、知觉、想象以及记忆等与社会直接相关的方面。这种强调知识社群、重视社会文化的观点为重新定义语言的重要性奠定了坚实的基础。

3. 言语行为理论

约翰·朗肖·奥斯丁（John Langshaw Austin）在哈佛大学作了关于《如何以言行事》（*How to Do Things with Words*）的系列讲座。他在论述中提出将语言作为一种行为来看待的观点。关于要采取的具体行动，应当视情况而定，以当时的社会环境、发言者和听众的社会身份以及相关的权力关系为依据。

由此可以推导出两个层面的涵义，首先是语言，尤其是口头表达，是一种行事方式；其次是要将言语看作一种行为，重视言语发生的背景，并且研究者在研究言语行为时应该从当事人的角度进行分析。

从现实角度来看，言语行为理论在解释社会行为领域中复杂现象方面存在一定程度的局限，但是，作为社会行为，语篇具有强大的影响力，特别是在语类研究方面，能够为言语行为理论提供重要支持。

（三）研究成果

奥德尔（Odell）和戈斯瓦米（Goswami）率先涉足实证研究领域，研究者以"地方志"的方式研究生物学家的学术论文特征、税务文献的语类特征、实验报告的制作、中央银行文献以及各类语篇、社会工作者的记录和报告、商务报告、私营企业文献的作用，以及大学里的写作规范和限制。这些研究成果揭示了在特定环境下创作作品时，不同的社会、文化、地理等限制因素对作品最终呈现形式的影响。

耶茨（Yates）指出，管理哲学的转变和新技术的推广，促成了例如备忘录和商务报告等新型商业语类的兴起。与此同时，还有其他研究者指出了文本形式变化带来的社会影响。例如，语篇社区如何通过修辞来吸收新成员以及排除外界人士，文本自身又是怎样反过来对产生文本的社会以及物质环境造成一定影响的。

二、系统功能语言学派

（一）语类的界定

以系统功能语言学理论为基础的语类研究学派更多关注的是语言的符号系统（语法、语境、文本结构）和语言的实际应用，旨在让语言教学质量能够得到切实的提高。

尽管研究目标相同，但学派内的研究者在确定语言类型时，根据各自的研究角度，最终形成了以下两种不同的定义：

第一，研究学者认为，语类包含了描述和理解文本所需考虑的一切因素，涵盖了从语言角度把握文本的全部内容，它是一个围绕特定目标逐步展开的社会过程。根据他们的观点，在研究过程中应该关注文本参与者的意图，以及他们使用文本完成的任务。研究侧重于揭示文本步骤的过程，因为这些步骤反映了文本使用者在完成社会任务时所需采取的步骤。

第二，研究学者指出，语类是一种用于分析交际过程中程式化语言特征、语言表达形式和功能的工具，它只是整个文本结构中的一部分。因此，在研究中，他们并不专注于文本的任务目标，而是关注在特定社会情境中产生文本的结构特征，强调探究社会特征如何影响特定的语言表达方式，从而使这些社会关系和结构能够得到更好的体现。

（二）理论支撑

系统功能语言学派认为，语言不仅在意义上具有符号系统的性质，在社会情景中的使用也是符号系统的一部分，这两者之间是相互联系、相互影响的。系统功能语言学是这一学派的理论基础。

语言的意义归根结底就是语言的功能。这个功能系统由概念、人际交往、语篇组成，在实际应用中，这些元素反映出了场景、参与者、表达方式这三个变量，形成了社会符号系统，与语义系统相互作用。事实上，在语言的内部构成中，语言也是一个系统。

叶尔姆斯列夫（Hjelmsleve）认为，语言具有内容和表达两个方面。内容负责对涵义进行阐释，表达负责信息的组织形式。

韩礼德（Halliday）进一步发展了叶尔姆斯列夫的理论，提出语义可分为句法语义和语篇语义。句法语义将语言的概念、人际关系和语篇功能整合在语句或更小的单位中，语篇语义则将这些语句整合成更大的单位，即语篇。在一种较为理想的状态下，句子和段落之间自然流畅，段落包括了句子，一起构成了叶尔姆斯列夫所描述的内容层面，内容层面和表达层面共同建构了语言系统。

系统功能语言学专注于探讨语言的社会作用及其实现方式，也就是对语言形式和意义之间的内在关系进行分析和研究。

（三）研究成果

韩礼德的目标是将语言学和教育学结合起来，形成一个跨学科的教育语言学，这样一来，才能实现对语言教育的全面革新。在书籍《功能语法导论》中，韩礼德详细讨论了语言学的学习问题。韩礼德的理论概念对以系统功能语言学为基础的悉尼语类学派的研究起着极大的指导作用。

1978 年，马丁在悉尼大学为应用语言学研究生开设了功能语法课程，基于格雷戈里的语言社会功能系统理论，并在韩礼德与哈桑（1976）的基础上做了进一步的探索和发展。起初，他对多年来收集的学生作品样本进行了分析，确定了主要的文本类型，研究它们之间的语言使用范围、意义以及风格之间的关系，以及三个语境因素与语言功能之间的联系，旨在探讨语篇意义和词汇语法中情景变量的实际运用。在研究这一问题时，马丁发现韩礼德的人际功能理论难以适用于解释语篇中涉及的复杂人际关系。在这个阶段，马丁提出了评价理论，并推进了人际功能理论的发展。马丁主要研究了学生们写的短篇作文，这些作文在文体方面比较单一。渐渐地，他开始专注于科技英语文本，尤其关注科技因素对现实情况的描述所产生的影响。他探究了科技文本的语言特点，并指出了自然科学领域，比如地理和生物等学科的文本结构与“硬”科学领域，比如物理学等学科的文本结构有所不同。同时，马丁剖析了很多学校课本，提出了语类结构和语类组合的理论。

克雷斯是悉尼学派中另一位代表人物。他专注于探究学生如何习得阅读和写作能力的过程。他在专著《学会写作》（*Learning to Write*）中，首次引入了语类的概念。实际上，他在担任 Muray Park 高等教育学院文化交际系主任期间就对语类研究产生了兴趣。语言应该被视为可以独立响应社会需求的学科，然而在那个时候，语言学理论尚未充分发挥其潜力。尽管不同学科的知识存在相互关联，但它们的组织结构并不紧密，知识的应用在很大程度上取决于知识的结构形式。克雷斯认为语言是社会活动的产物，文本是通过特定文化中人们之间交流的方式组织起来的，社会与文本的结合构成语言类型。语类是社会规范的反映，它不是个人在交流时单独塑造的，为了传达意义，语类必须是群体共同认可的。在特定文化环境中，个人通过书面和口头传播的知识产生了社会影响，语言让个人参与社交并获得社会权威。

马丁和克雷斯仅代表了该学派中的一小部分研究者，还有很多研究者在进行类似的研究，如寇博和卡兰茨、罗瑟利等。

三、语类研究对英美文学教学的启示

在教授语言时，尤其是在外语教育中，应该让学生接触和熟悉特定社会和行业的语言文本，以便他们在未来的工作和生活中更好地应对各种语言形式，满足他们的实际社交需求。根据语言学研究，人的阅读和写作能力在很大程度上取决于对所属语言社区的思想和意识形态的理解，这为大纲的制定和教材的制作提供了指导。

当对文本进行分析时，应始终将语言的规律性与产生文本的背景结合起来，让学习者深入分析语篇，了解其中的文化、思想和政治基础，并了解这些因素之间是如何相互影响、相互作用的。因此，在具体的英美文学教学中，教师应该有意识地运用语类分析方法。语类研究成果不仅可以在整体上为外语教学提供指导，也对具体技能训练起到指导作用。通过语类分析，可以将结果用作图式知识，从而有助于学生提升听力和阅读能力。

语类分析方法在写作教学方面具有很好的效果。语类研究在设计语言测试内容方面，也发挥着重要的指导作用。每个句子都可以被视为对某个情境的回应，这是一种语言表现方式。只有帮助初学者理解特定语言结构和相应环境之间的联系，他们才能熟练地运用所学语言。

第二节　文化语言学与英美文学教学

一、语言与文化

（一）不同学派的不同认识

不同语言学派对语言和文化间的关系存在不同认识，有的将语言与文化割裂开来，认为文化不是语言学家所应关注的内容，如结构语言学、转换生成学派等。还有一些学派认为，语言反映了文化，文化体现在语言当中，文化因素是语言研

究必须考虑的问题，持这种观点的学派包括文化语言学、认知语言学、社会语言学等。

1. 语言与文化割裂观

索绪尔提出语言符号是一种“两面的心理实体”（Saussure），这两面分别是概念和音响形象（所指和能指）。语言符号的意义不是物质实体，而是一种关系结构。这种意义的二元观是以语言的静态、封闭的系统观为背景的，重视系统内各语言单位的对立关系，语言单位因彼此间的差别而获得价值。他强调语言符号的价值在于系统内部符号间的关系，忽视语言外因素，认为历史的、文化的、个人的因素应被统统排除在语言研究之外。

乔姆斯基代表的生成语言学派认为自然语言是一种天赋的（Innate）、自治的（Autonomous）形式系统。人的头脑中存在生成句子的系统，其核心部分包含了人类语言共同的普遍特征，它是由某些抽象规则构成的有限系统，这就是“普遍语法”（Universal Grammar）。语法的自足性和自主性决定了语法完全独立于语义之外，语法构造无须参照语言之外的其他因素，如文化因素、认知因素等。

2. 语言与文化联系观

19 世纪德国语言学家洪堡特（Humboldt）以及 20 世纪上半叶美国语言学家萨丕尔（Sapir）和沃尔夫（Whorf）（“萨丕尔—沃尔夫”假说的建立者），他们较早就对语言和文化的密切关系做了专门研究并取得丰硕成果。他们对语言和文化关系的认识对以后文化语言学、认知语言学、社会语言学产生了重要影响。

洪堡特用“语言世界观”来概括自己对语言和文化的认识。洪堡特从认识论的角度对语言世界观问题作了阐述，提出语言作为认知手段制约着人们的认知活动。在语言和文化的关系上，洪堡特强调了语言和民族文化的密切关系，民族的语言即民族的精神，民族的精神即民族的语言。二者的同一程度超过人们的想象。因此，语言揭示并影响了人们认识世界的途径和方式，语言代表了人的基本文化样式。语言世界观的提出是欧洲人文主义语言研究的一大建树，并为后来的“萨丕尔—沃尔夫假说”的产生奠定了基础。

萨丕尔对语言与民族文化、风俗习惯和信仰之间的关系进行研究后，指出语言的词汇多多少少忠实地反映出它所服务的文化，认为语言不脱离文化而存在。也就是说，语言是不脱离社会流传下来的、决定我们生活面貌的风俗和信仰的总体。萨丕尔的学生沃尔夫研究了世界上多种语言后发现，由于不同民族的语言表达不同，人们对世界的看法也有很大不同。沃尔夫曾以万有引力为例，比拟语法的形式构造规律对人类思维和精神的影响，没有受过教育的人完全意识不到任何与引力有关的法则，因为他从来不会设想这样一个宇宙，其中的物体运动方式不同于在地球表面的运动方式。萨丕尔和沃尔夫对语言和文化关系问题进行探讨的主要观点，集中反映在“萨丕尔—沃尔夫假说”当中。该假说的主要思想是强调语言的结构会影响使用者的习惯性思维，现实世界是建立在人群集体的语言习惯上的，人们对世界的认识受到民族语言的制约。这种“语言范畴影响人的思维和认知”的看法引起了语言学界极大的兴趣，并引发了一系列争论。后人将该假说分为强式和弱式两种，强式即“语言决定论”（The Linguistic Determinism），认为语言决定思维，弱式即“语言相对论”（The Linguistic Relativism），认为语言影响思维。

（二）语言与文化的联系

关于语言与文化的联系，总结起来主要有以下观点：

1. 部分观

语言不是孤立的，而是和多方面联系的。任何社会现象都不能和别的现象绝缘而孤立存在或发展，语言是人类文化不可分割的一部分，是人类后天习得的一种文化能力。语言作为民族文化的重要表现形式、建构手段和传承方式，具有其他文化形式不可比拟的重要地位和意义。同时，由于语言兼有精神文化的特点（表达抽象意义，传递抽象观念）和物质文化的特点（有物质形式，可以以文字的形式被看到，可以以声音的形式被听到），又像社会制度一样具有社会规约性和全民性，因此不可能将其归入这些文化中的任何一类。马林诺夫斯基认为，语言与物质文化、精神文化和社会组织文化是相互独立的。语言虽然受到其他文化现象的影响，但很难被简单地归类于任何特定文化现象的范畴，因而它是一种较为独特的文化现象。语言与意识文化有着极为紧密的联系，人们通常将语言描述为思维和意识的外部表达和辅助工具。可以这样说，没有了语言，思维和意识也会失去表达和传递的方式。这表明语言与意识文化之间的联系是非常密切的，因此通常被归为意识文化的范畴。然而，语言是一种由声音、文字等形式构成的符号系统，而非抽象概念。此外，语言表现为言语活动的形式，并且言语活动是行为文化活动的一部分。因此，语言不能简单地被归类为某种文化的特殊文化表现，而是具有意识文化、物质文化和行为文化这三种品格。

语言是文化的基石，是文化中核心的且具有影响力的部分。如果说任何领域的文化（如宗教文化、历史文化、政治文化、经济文化等）反映的都是文化的局部，那么作为文化一个构成成分的语言中同时包含了整个文化世界。人类通过语言把握文化的各个领域，要了解人类的文化就必须先了解语言。语言包含人类对世界的知识和行为准则，它所包含的文化意义以及在人类生活中的作用巨大。语言具有社会性和人文性，不仅是一套符号系统，更是一套价值系统和意义系统。语言结构和语义功能特点反映了特定语言文化的特性。语言是在社会生活中形成的，要想深刻理解语言的含义，就必须对其所处的社会文化环境进行深入了解。

2. 载体观

语言国情学将语言的功能分为三种：交际功能，强调语言是人类传递信息的手段，是最重要的交际工具之一；文化载蓄功能，指文化具有反映、记录和储存文化信息的功能；指向功能，指语言引导、影响和培养人的个性的功能。其中“文化载蓄功能”集中体现了语言作为民族文化的承载体和民族文化的镜像在文化形成、发展、传承和交流中的作用。

语言具有三大文化功能，即语言表达文化现实、语言体现文化现实、语言象征文化现实。由于语言中存储着各民族人民的劳动和生活经验、他们对世间万物的观察和体悟、心中蕴含的丰富情感，以及对大千世界的理性思考，因此语言是观察该民族文化的有效途径。语言是人与周围群体在交流过程中产生的，有其特定的历史文化土壤，语言体系背后是该民族的文化体系，反映了独特的民族特质。

由于语言反映了民族文化，是文化的镜像，因此，一些明显带有文化信息的语言单位（包括词汇、成语、谚语等）受到了语言研究者的关注。

语言是反映民族文化的镜子，文化精神的内容通过语言体现，语言的产生为文化的产生发展创造了条件。一个社会的语言是该社会不可或缺的一部分，正是由于它是人们学习文化的主要途径，因此通过学习语言和使用语言，人们能够了解并融入整个文化。作为文化储存器的人类语言在人类发展的各个历史阶段，记录了社会生活的方方面面，并将民族文化和集体经验固定下来世代相传。语言中反映了社会、历史、文化、心理特征，从语言中可以窥见他们的民族性格、气质情感、思维方式、价值取向、宗教信仰、风俗习惯、心理状态，以及对世界的态度和看法。文化作为人类社会演进过程中文明的积累和沉淀，通常借助语言体系来进行系统的呈现。

3. 互动观

文化和语言之间的关系极为紧密，文化是语言的轨道，语言则是文化的重要表达方式。不同民族的独特文化可以被视作管道或轨道，在一定程度上影响着不同民族之间语言的发展演变，以某种方式在某些方面或某个层面上施加一定程度的限制；不同民族的语言则可以被视为一面镜子或一本相册，展现并保存了各个民族所独有的文化特征。语言与文化始终处于相互影响、相互制约的互动关系中。语言反映文化，文化在各个层次（如词汇、语法、篇章等）均对语言产生影响；反过来，语言对文化也有影响，语言是文化形成和发展的基础，不同语言的表达特点构成了具有民族特色的文化面貌。对文化的研究不能脱离语言孤立进行，这是由于语言是文化最重要的表达手段，对语言的研究也不能脱离文化孤立进行，原因是文化对语言的渗透无处不在。

一方面，文化从各个方面影响和制约着语言的产生和发展，文化作为语言表达的内容，从根本上决定了语言作为一种文化符号的表达特点。从文化的角度看语言，语言是文化的载体和编码符号系统，文化则是语言的深层构建机制，一个民族的精神文化制约着该民族语言的形成和发展，所以，对语言的研究必须从新的高度加以认识，妄图脱离语言的产生和发展的历史背景、文化渊源、哲学精神的做法是不可取的。只有了解语言背后所蕴藏的民族的文化精神、哲学思想，才能以全面的视角、科学的态度对待一个民族的语言，才能对语言现象作出符合其本质的阐释，也才能树立正确的语言观，找到科学的语言研究方法。各种语言中都有一些词汇可以反映所属民族的特有事物，从而揭示该民族的特有文化。例如，英语中的hotdog（热狗）、cheese（奶酪）、cathedral（大教堂）、chapel（小礼拜堂）、pan（平底锅）、bikini（比基尼）、kilt（苏格兰方格呢短裙）、jazz（爵士乐）、soap opera（肥皂剧）、bungee（蹦极）等。汉语中也有一些词汇表示的事物是中国独有的，如饺子、粽子、月饼、年糕、冰糖葫芦、牌坊、花轿、唢呐、旗袍、乌纱帽、绣花鞋等。

一些习语也反映了不同民族的思维特点。例如：

（1）It is a wise father that knows his child.

直译为：明智的父亲了解自己的孩子。

（2）Birds of a feather flock together.

直译为：一种羽毛的鸟聚集在一起。

句（1）中所表达的意思是“即使是父亲也不一定了解孩子”，这与汉语中“知子莫若父”（父亲最了解儿子）的意义是相反的。句（2）表达的意思为“物以类聚，人以群分”[①]，相应地，汉语中用“一丘之貉”表示。

不同民族对世界的认识不可避免地带有自身的特点，这种特点具有约定俗成性，从不同的语言中可以窥见不同民族特有的事物、概念以及对世界的认知方式。这些均是外语专业教学中应重点注意的方面，因为这些内容的掌握将直接影响跨文化交际是否能够顺利进行。

另一方面，语言受文化制约的同时，还对文化具有反作用。作为民族文化的符号形式和承载物，其背后蕴藏着一个民族的文化精神和认知方式；语言作为人类社会发展和文化进步的重要工具，在人际交流和认知领域具有至关重要的意义。语言的结构和意义特征塑造了人们的认知过程和观念，它在维系人际关系、人与自然互动方面发挥着关键作用，同时对个体的文化心态起到了塑造作用。

人们赋予语言符号意义的同时，就决定了使用语言的人的概念化方式，不同语言中对应语言符号的赋值并非绝对相同，这影响到不同民族的认知方式和认知经验。例如，英语中一些词汇的意义范围要大于汉语对应词，如 uncle 对应汉语中的“叔父”“伯父”“姨父”“姑父”“舅舅”，aunt 对应汉语中的“姑母”“姨母”“伯母”“婶母”“舅母”，nephew 对应汉语的“侄子”和“外甥”，niece 对应汉语的“侄女”和“外甥女”，brother 对应汉语的“哥哥”和“弟弟”，sister 对应汉语的“姐姐”和“妹妹”；dog 对应汉语的“公狗”和“狗（统称）”，duck 对应汉语的“雌鸭”和“鸭（统称）”，goose 对应汉语的“雌鹅”和“鹅（统称）”，chicken 对应汉语的“小鸡”和“鸡（统称）”，lion 对应汉语的“雄狮”和“狮子（统称）”，等等。

以上英语中的词汇反映了与汉语不同的概念化方式，目的语语言单位对学习者的思维方式产生的影响理应得到充分的关注。

---

① 刘义庆．世说新语 [M]. 北京：北京时代华文书局，2014：109.

既然语言是与民族的文化精神体系同构的文化符号系统，那么在外语专业教学过程中，应认识到语言能力的培养和跨文化交际能力的培养之间的紧密联系，认识到纯粹语言的学习与真正掌握语言之间还有很大距离。学习一门语言不仅需要了解其发音、词汇和语法，还需要熟悉该语言所蕴含的社会文化内涵。学习一门语言实质上是为了了解这门语言所代表的全部社会文化，因此有关目的语社会文化的知识任何时候都不可能独立于语言知识之外。

二、语言与文化研究在英美文学教学中的应用

（一）文化导入的概念

文化导入（acculturation）这一概念最早由舒曼（Schumann）在 1978 年提出，该概念主要应用于二语习得领域。文化导入也被称为“文化植入”或“文化移入”。舒曼立足于社会心理学这一角度构建了“文化导入模式”，他认为，第二语言的学习成功与否取决于文化融合的程度，语言习得过程中社会因素和个人情感因素起着至关重要的作用。在英美文学教学中，文化引入可分为以下三个层次：首先，教授目的语言的语法结构知识，帮助学生消除外语学习中由文化差异导致的理解和表达障碍，着重介绍与课文内容相关的文化背景和词汇的文化方面；其次，整合相应的文化知识，根据每个教材的内容总结出可包含课文或整本书的文化概念；最后，涵盖更广泛的文化要素，包括某一民族的历史和哲学传统，即对于一种文化的社会模式及其价值系统的文化表现形式予以总结整理。

（二）文化导入的原则

在英美文学教学实践过程中，进行文化导入需要遵循以下三个原则：

其一，文化导入应当对目的语同母语相异的方面予以重视。

在维列夏金和科斯托马罗夫提出的词汇背景理论中，两种语言中存在的文化共性方面不应是外语教学的重点，文化导入应侧重于仅在一种语言中有文化伴随意义或在两种语言中有不同的文化伴随意义的词汇，因为这部分词汇在学习者习得过程中要克服来自母语的干扰，需要付出更多的努力。学生在学习外语和跨文化交际过程中，通常不会受到两种语言文化共性的干扰。但在面对母语社会没有的概念或母语社会与目标语社会之间的语言差异时，可能会产生困惑。这些方面

应当在编写教材、课堂授课、作业以及测试等各方面得到充分体现。在外语教学中，需要格外关注存在文化差异的语言现象，因为这可能给外语学习带来误解，从而致使学习者产生“文化休克”。

其二，文化导入应该按照一定的阶段顺序进行，同时导入文化的过程需要分阶段进行。

跨文化研究领域的专家汉威（R.G.Hanvey）指出，人们对文化差异的敏感性可以分为四个发展阶段：第一阶段是识别表面上较为明显的文化特征，人们常常会对这些特征感到新奇或认为其充满异国风情；第二阶段，人们会开始注意到那些微小但有意义的文化特征，这些特征与他们自己的文化大相径庭，通常会觉得难以置信或难以接受；第三阶段则与第二阶段相似，但经过逻辑分析认为是可以接受的；第四阶段，人能够理解并体会对方的文化，站在对方的角度思考和感受。从实践角度出发，完成从第一阶段到第四阶段需要经历一个逐步转变的过程，包括从好奇到疑惑和拒绝，然后理智理解，最终能够站在对方文化的角度感受和理解。由于人们对外来文化的认知和融入需要经历一个逐渐适应的过程，因此文化导入必须按照这个规律来进行。英美文学教学的目标只能是使外语学习者最大限度地接近第四个阶段，想让所有外语学习者达到 empathy（“神人”，即感受不到是不同的文化，认为是自然而然的，就如同母语文化一样）的程度是不现实的。

英语专业教学中的文化导入应当划分为以下三个阶段：首先，初级阶段，应当对于英汉两种主流文化在日常生活交际方面的差异进行重点介绍，以及阐述这些差异在语言使用中的具体表现，旨在让学生更进一步提升自身日常英语交流的能力，这个阶段主要涉及一些表层文化；其次，中级阶段，这一阶段的重点在于讲解英语、汉语之间因为文化差异而产生的词语和成语意义方面的差异，帮助学生熟悉英汉语义上的差异，深入理解英语表达所涉及的文化内涵；最后，高级阶段，应当重点探讨中西文化之间的根本差异，探讨中西方思维和言语表达方式的差异，以帮助学员提升语言表达能力，更深入地了解西方人际关系和交往的模式。由此看来，在学习的最初阶段，文化导入主要涉及一些易于理解的表面文化，随着学习的不断深入，学习者开始对目标语言的文化有了一定理解和接受的感性和理性认识，因而可以在教学内容中涉及价值观、思维模式等深层文化差异，从而使外语学习者更加深入、更加全面地体验这些差异，从情感上忘却文化间的隔阂。从现实的角度来看，这种逐步引入文化元素的方法可适用于各种外语教学，能够让外语教学的特点得到很好的展现，同时也与人们感知和适应不同文化的心理认知规律相契合。

其三，在文化导入的实践过程中，应该挑选优质内容，并适度控制导入数量，即重视“质的优选”和“量的适度”。

“质的优选”指的是，应当选择在目标语言社会中占主导地位的文化，而非选择仅限于少数群体或特定地区的文化。同时，重点挑选的是当代流行的文化，而不是已经过时或淡出历史舞台的文化。只有这样，才能更有效地在有限的时间内体验和了解更多目标语言文化的核心，从而促进跨文化交流的顺利展开。在实际应用中，由于英美文学教学所受的制约包括教学时间等客观条件，因此无法囊括所有文化。“量的适度”表示，文化内容的导入必然与跨文化交流紧密相关，换句话说，在英美文学课上，不应当将其与历史、地理、音乐、艺术、哲学等课程等同。文化导入应在外语专业教学的框架内进行，旨在服务语言教学，培养学生的跨文化交流习惯和思维方式，促进他们掌握跨文化交际技能。因此，知识性的内容并非越多越好，而应当适度、适量。

（三）文化导入的内容

文化导入的关键在于导入的文化内容。即在英美文学教学中，应对哪些文化项目进行讲解，而哪些对外语学习者而言是最具现实意义、最重要的。对于文化内容的分类，主要有以下几种类型：

1. 知识文化和交际文化

当人们在不同文化背景下进行交流时，知识文化是指那些不会直接影响信息传达准确性的语言和非语言文化因素；交际文化则指的是，在不同文化背景下的个人之间进行交流时，对信息准确传递（引起偏差或误解）产生直接影响的语言和非语言的文化因素。

将参与交际的文化因素在交际过程中所起的作用作为划分文化属性的标准，交际文化因素是指直接影响交际的；不会直接干扰交际的就是知识文化因素。然而，这并不代表在交际中只有交际文化因素起作用，知识文化因素则完全不参与。

交际文化和知识文化之间的不同在于，它们在跨文化背景下的交际过程中对信息传递的影响方式不同。

综上所述，这一分类方法的理念能够更好地协助外语教师辨别直接影响交流的要素和间接影响交流的要素，同时能够让教师对教授交际文化知识予以相应的关注和重视。

2. 词语文化和话语文化

词语包括单个的词和词组（含习语、成语等），词语文化中最重要的内容有：

（1）一个民族文化中特有的事物与概念在词汇及语义上的呈现。

（2）不同语言中指称意义或语面意义相同的词语，在文化上可能有不同的内涵。

（3）词语在文化含义上的不等值性。

（4）不同文化对相同的现象所做的观念划分的差别在词语及语义上的显示。

（5）体现一定文化内容的定型的习语（如熟语、成语等）。

话语文化主要包括：

（1）话题的选择（如谈天气、健康、年龄、收入等，在不同文化中有不同的社会含义）。

（2）语码的选择（如用什么风格的语言谈论是受文化条件制约的）。

（3）话语的组织（如话轮、连贯、叙述方式、叙述顺序等，均有一定的文化模式）。

3. 语构文化、语义文化和语用文化

语构文化指不同文化背景下两种语言结构方面的差异（如构词的差异、句法的差异等），语义文化指两种语言语义方面所体现的不同文化特征（如某一民族特有的词语，含有一定民族文化伴随意义的词语、成语、惯用语等），语用文化指语言使用过程中所应遵守的文化规约（如称呼、问候、致谢、致歉等）。

在此基础上，还可以增加两类，即语体文化和行为文化，从而把文化导入的内容分为五类：语构文化（语音、语法系统所体现的民族文化）、语义文化（语言单位各要素构成的意义系统所体现的民族文化）、语用文化（语言使用过程中所遵循的民族文化规约）、语体文化（语言文体选择和运用中的民族文化因素）和行为文化（语言和非语言行为所反映的民族文化特征）。

按照美国当代外语教育专家拉森－弗里曼（Larsen-Freeman）对语言教学的理解，语言教学体现为一个三角关系，即语言学习者/学习、语言/文化、教师/教学。其本质是要解决"学（教）什么""怎样学""怎样教"这三个基本问题。本书主要解决第一个问题，即"学（教）什么"的问题。语言是表达意义的符号系统，也是反映和传播文化的主要手段，其本身是文化的重要组成部分。文化是人们为了与其文化群体成员和平友好相处所应知道的和相信的一切。在语言教学中，倘若离开了文化，就无法实现对语言的正确理解和使用。

首先，语言不可能脱离文化而存在。语言的社会属性决定了不同语言所蕴含的与该社会历史、地理、信仰、政治等密切相关的独有特征。在英美文学教学中，文化因素必须得到正视。

其次，文化导入为英美文学教学提供了具体操作的模式。越来越多的学者意识到，文化导入绝不可能仅是知识导入，更包含了意识的培养和能力的塑造。

无论是知识文化和交际文化的划分，还是词语文化和话语文化的划分，抑或语构文化、语义文化和语用文化的划分，都是从不同角度使学生从习得语言的最初阶段就加强对文化因素的敏感性，并将这种意识贯穿外语学习的全过程。随着语言文化理论的发展，外语教学应当摒弃原先对文化武断评判的做法，充分认识到对异文化的一味逢迎或一棍子打死均是不理智的，只有全面、客观、理性地对待目的语文化的全部，才能深入文化的实质，也才能从根本上掌握语言。对民族中心主义思想的认识和分析是语言学习和文化学习的必经阶段，文化导入的双文化语境使外语学习者必须审视自我的文化，以包容的心态理解目的语的文化。

第三节　认知语言学与英美文学教学

一、认知语言学概述

（一）认知语言学的诞生

语言作为一种符号系统和交际手段在结构主义语言学和语用学的框架内得到全面的研究，而语言还是心智的产物，有很多语言专家已经意识到在语言和客观世界之间存在一个中间层次，即“认知”。人们通过心智活动将体验到的外界现实概念化并将其编码，形成语言。一方面，通过研究认知活动，特别是利用心理学家的研究成果，语言学家从人类的基本认知能力出发，通过人类在与外界现实相互作用过程中形成的概念结构来分析、解释语言结构；另一方面，语言提供了通向认知的窗口，通过语言可以看到人们的认知特点，探索认知能力的一般规律，从更深一层把握语言。鉴于这种将认知活动与语言相结合研究的优点，已有众多语言学家把目光投向了认知语言学体系的建立。由于认知语言学还处于初创阶段，缺乏整齐划一的分析模式，认知语言学只是由一些具有共同的基本学术观点和倾向的语言学家组成的一个较松散的语言学阵营。因此，它在探索范围和研究手段方面具有更大的开放性。

认知语言学的诞生有两个重要标志：一是莱考夫出版的《女人、火和危险事物》及兰盖克（Langacker）的作品《认知语法基础》的问世为认知语言学的建立解决了一些基本的理论问题，为其今后的学科发展奠定了基础；二是 1989 年春，在德国杜伊斯堡（Duisburg）举行的认知语言学专题讨论会，会后出版了《认知语言学》杂志，成立了国际认知语言学会（ICLA），并出版认知语言学研究系列丛书。该学派的主要代表人物有莱考夫、兰盖克和泰勒（Taylor）等。认知语言学派尽管人员研究兴趣各有不同，研究自成体系，但对语言和语言研究本质的认识是一致的，可归纳为以下几点：

（1）语言外研究：作为人类认知的一个域，语言与其他的认知域密切相关，体现了心理、文化、社会、生态等各因素的交互作用，若想揭示这种交互作用，就必须展开跨学科研究。

（2）语言内研究：相应地，对语言的理解和阐释（体现为词义）必须参照人们的常识，不把语言现象区分为音位、形态、词汇、句法和语用等不同的层次，而是寻求对语言现象统一的解释。

（3）对语言的理解：对语言进行统一的解释是把语言看作人类的认知过程，是人类认知范畴化、概念化的结果；范畴化以广义的原型理论为基础，存在于语言的方方面面，范畴化过程主要依靠隐喻投射和转喻投射；概念形成根植于普遍的躯体经验，特别是空间经验，这一经验制约了人对心理世界的隐喻性构建。

（二）认知语言学的哲学基础

语言学与其他人文学科密不可分。随着哲学、逻辑学以及心理学等学科的发展，既形成了语言研究的背景，又必然对语言研究产生相关影响。一定时期的语言学总有自己占统治地位的基本观点，总是受当时占统治地位的哲学思潮的影响。哲学观点被用来解释语言最普遍的规律，语言反过来又对解释某些哲学问题起作用。莱考夫称语言研究的老派为“客观主义”（objectivism），新派为“经验主义”（experientialism），又称非客观主义、经验现实主义。

为了区别哲学史上早期的经验主义（empiricism）和这里的经验主义（exp，rientialism）（前者指16—18世纪西方哲学史上的一个流派，后者指20世纪末莱考夫等学者的思想），有学者建议将后者换成兰盖克的术语（embodied philosophy），并译为“体验哲学”。其主要观点包含以下方面：

思维产生于生理体验，并借助想象力和语言符号对这些体验进一步加工。这种内在的复杂性和创造性，使我们能够构建出丰富多样的内心世界，并以此理解和影响外部世界。人类的思维模式与生理结构紧密相连，其演变并非孤立的，而是深深植根于我们的身体体验之中。认知的构建可比作一座结构精良的建筑，由感知、动觉、物质和社会经验等基础元素塑造而成。大脑可以将这些直接经验转化为概念、基本范畴和生动的意象框架。思维如同一支无形的绘笔，以想象为色彩，勾勒出外部世界的景象，这一过程超越了感官的限制，使我们能够构建对外部世界的认知模型，形成各种间接的概念。理解这些间接概念，往往需要运用隐喻和转喻的思维工具，例如，我们用“时间如河流”来描述时间的流逝，这种想象力使我们能够突破现实的边界，形成对世界的抽象理解。

语言作为一种符号媒介，并非与客观世界的概念一一对应，而是与我们通过认知过程构建的概念框架相呼应。例如，当我们说“爱”时，唤起的不仅是字面含义，更包括一系列与爱相关的情感、经验和理解。意义与推理也是如此，它们的产生依赖于我们自身的认知模式和通过认知产生的一系列概念。此外，我们的思维和认知模式展现出整体性的特征。学习和记忆的过程，如同拼凑复杂的拼图，既依赖于对单个符号的理解，也依赖于对整体结构的洞察。这种整体性使我们能够从纷繁的信息中提炼出有意义的模式，从而理解和适应周围的世界。

（三）认知语言学与结构主义语言学的分野

在20世纪初的学术浪潮中，结构主义语言学以其独特的视角和方法论，对语言学领域产生了深远影响。这一理论的核心在于对语言系统本身的深入剖析，旨在揭示隐藏在语言结构背后的规律。结构主义语言学家运用创新的分布分析法，通过对句子进行逐层分解，将复杂的语义关系拆解为更小的、可操作的成分，这一过程类似于解构一个复杂的机械装置，以理解其运作机制。

语义范畴的构建是这一理论的重要组成部分。语义范畴基于经典的范畴理论，即每个范畴都有其明确的边界，由充分特征和必要特征共同定义。例如，我们可以通过“有羽毛”“会飞”等特征来定义“鸟”这个范畴。任何符合这些特征的实体都将被归类在“鸟”这个范畴内，反之则被排除在外。这种对语义的分析方法，实质上是将意义单位分解为抽象的特征元素，从而为理解和描述基本语义单位提供了一种工具，这种方法被称为义素分析，即语义为义素的组合。

结构主义语言学认为，这些语义范畴的形成并非源自人类的主观构建，而是客观世界中既定的分类。它们独立于人类的认知过程，不受个体心理、文化或认知习惯的影响。换句话说，语言的语义结构被视为与客观世界的真实结构直接对应（图3-3-1），人类在语言形成过程中扮演的是一种被动的、反映性的角色。这种观点将语言的本质看作对外部客观世界的镜像反映，人类似乎在语言的诞生中只起到了被动接收和复制信息的作用。

这种观念的哲学基础可追溯至20世纪初的英美分析哲学流派，该理论与认知语言学中的能动经验主义有所区分，其强调的是极端的经验主义。在这样的哲学构架下，心理学的相应理论表现为行为主义，它将语言理解视为一种基本的刺激与反应模式。依据这一理论，儿童的语言习得可以被解析为“刺激的泛化”“刺激—反应的强化”“行为模式的塑造”过程。当儿童对环境刺激或成人语言输入做出适应性反应时，他们会获得物质或口头的正向反馈，这种刺激—反应模式随之被泛化或强化，逐渐塑造出特定的语言习惯和语言行为。

在行为主义者的观点中，语言不具有目的性、意图性或主动性，而被视为一种习惯性的反应系统，是人类生理机制的一部分，与心智活动无关。这种看法刻意规避了心灵主义，只关注语言的外部表现，而忽视了语言的内在意义。毫无疑问，这是有局限性的，它忽视了语言在人类社会发展中的地位，否认了语言的重要性和独特性，将人类语言简化为动物般的反应机制。

20 世纪中叶，转换生成语言学的兴起以及后来的认知语言学，都对这种观点提出了挑战。它们共同强调在语言研究中考虑“人”的因素，即人类的认知能力在语言现象中的作用。尽管两者在方法论和具体理论上有显著分歧，但都试图超越行为主义的限制，探索隐藏在大脑深处的普遍性人类语言机制。

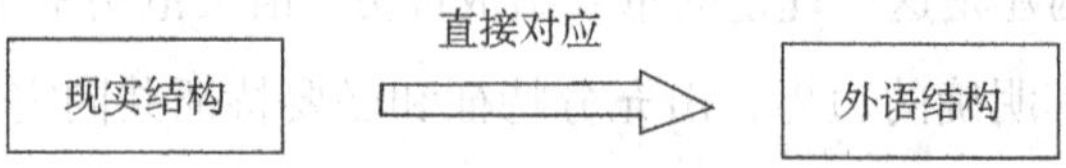

图 3-3-1　结构主义的语言结构形成过程

（四）认知语言学与转换生成语言学的分野

转换生成主义对语言的阐释，采用了一种严谨且深入的形式主义手法。该理论主张，语言是由一系列规则和原则所构成的复杂结构，这些规则和原则共同支配着语言的生成与理解过程。转换生成主义强调的是语言内在的结构特征与规律。转换生成主义将语言视作一种固有的天赋能力，认为人类自诞生之初便具备理解和构造语言的潜能。这种天赋论的哲学渊源可追溯至笛卡儿的唯理论思想。在转换生成主义的理论框架内，存在于每个个体大脑中的句子生成机制，实质上便是全人类所共有的普遍语法（Universal Grammar，简称 UG）。这种普遍语法具有自足性，它采用符号操作的数学系统来描绘语言，而将符号意义及系统外的其他因素排除在其考量范畴之外。

相对而言，认知语言学则采用了功能主义的方法来解释语言。这种方法注重自然、实际的语料，强调语言在实际交流中的功能和使用。认知语言学认为，语言不仅是一种形式结构，更是一种社会交际的工具。因此，它更加重视语义、语用和话语的分析，并试图通过非形式化的、合乎直觉的外在解释来揭示语言的本质和功能。认知语言学深受瑞士心理学家让·皮亚杰（Jean Piaget）的“建构论”影响，主张语言并非人类与生俱来的天赋，而是个体在与环境的互动中逐渐构建的产物。皮亚杰的理论是对传统经验主义和天赋论的有力挑战，他强调了主体与客体相互作用在认知发展中的核心地位。

皮亚杰认为，我们的认知结构最初是从实际的动作中产生的。人类通过反复的活动，逐渐理解了周围环境的运作方式。这些动作经过反复的实践和调整，通过抽象和概括，形成了“图式”，即一种对特定情境的模式化理解。这些图式是实践的产物，它们可以帮助我们理解和适应新的情境。随着个体的成长，这些初级的图式会通过同化和顺应的过程，发展为更高级、更复杂的认知结构。语言作为人类社会交流的重要工具，是在这个过程中逐渐产生的。虽然语言的出现极大地加速了我们思维和认知的发展，但皮亚杰强调，逻辑的形成源于主体动作间的协调配合，是我们在解决实际问题时对动作和结果进行抽象和模式化的结果。尽管语言在很大程度上影响了我们的思维方式，但其本身是建立在更深层次的逻辑结构之上的，而不是思维的源泉。建构论提供了一个动态的、互动的视角来理解语言和认知的发展。它强调，我们对知识的理解并非天生就存在的，而是后天通过与环境的持续互动，逐步构建和发展而成。

结构主义语言学，以“极端经验论”为基石，主张物理世界和大脑的生理过程是人类的心智活动包括语言得以产生的基础。这一理论强调，语言的意义是客观世界的真实反映，也就是说，有意义的表达与可观察的实体及其属性都应有直接或间接的关联。

相反，转换生成语言学则倾向于“笛卡儿唯理论”，它认为心智与身体是分离的，智能的本质是能够脱离身体而存在的思想。这种理论认为，语言作为抽象的符号系统，可以独立于任何具体的生物特性，直接与外部事物建立对应关系，语言符号用于逻辑运算。语言的意义则必须通过与外部世界建立联系而产生，用于对外部世界的描述。因此，语言符号和语言的意义是分离的。

然而，无论是结构主义还是转换生成语言学，它们在本质上都坚持一种客观主义的语义观，即意义和概念是直接与客观世界一一对应的，不受个体经验或特征的影响。这种观点认为，知识是命题性的，具有客观的对错标准，并且建立在外部世界固有的特性之上。

认知语言学的哲学根基在于经验主义，其主张的是语言意义的构建应基于生物体的生理结构和实际经验。它认为思维与身体之间存在着紧密的联系，不可孤立看待，我们的认知过程与对外部世界的感知是密切相关的，并受到物理限制和社会环境的影响。此外，该理论还强调隐喻、转喻和意象等语言现象中所体现出的思维的想象性在我们理解和表达复杂概念时发挥着至关重要的作用。

转换生成语言学与认知语言学的对比如下（图 3–3–2、图 3–3–3）：

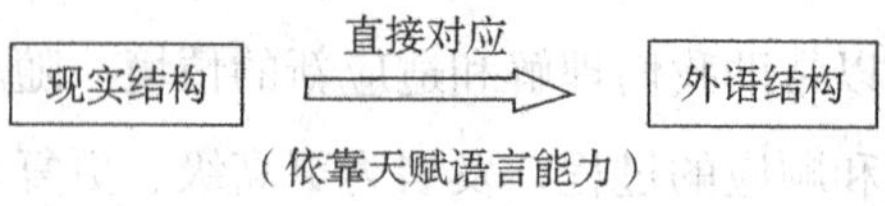

图 3–3–2　转换生成语言学的语言结构形成过程

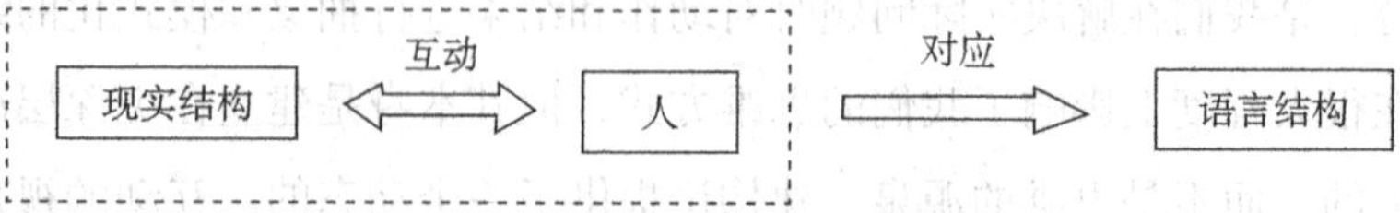

图 3–3–3　认知语言学的语言结构形成过程

（五）认知语言学的基本理论观点

由于认知语言学学派众多，且各派研究方法、侧重点都不相同，现就一些主要的观点加以总结。

1. 范畴化 / 概念化

范畴化（categorization）问题是认知研究的中心论题，因为人们认知世界的过程，其实就是将其范畴化 / 概念化的过程。如果语言学所作的研究可用一句话来概括，那它就是对范畴的研究。认知语言学的“范畴化”对应于思维过程的概念化，与数学等领域的范畴化在严格意义上并不相同，后者内部同质、离散，边界清晰，成员由充分必要的条件界定。认知语言学家认为，自然语言中语义形成的过程就等同于概念化（conceptualization）的过程，概念化过程又是基于身体经验的过程，即认知过程。概念是概念化的结果，因此语义实际上也就等于概念，同时是一个语义范畴。杰肯道夫（Jackendoff）主张概念和语义合而为一。

2. 原型观

范畴划分其实就是一种概念构建的过程。这个过程借鉴了哲学家维特根斯坦提出的“家族相似性”理论，即我们通过识别和比较不同个体之间的共同特性，将它们归入同一类别或范畴。这种分类并非基于严格的定义，而是基于一系列连续的相似性特征。在这一认知过程中，“原型”扮演了至关重要的角色。原型可以理解为一个理想化的、典型的、代表性的实例，它在我们的脑海中形成了对某一范畴的清晰图像。范畴划分就是基于这样的原型进行的。我们接触到的新实例会与我们已知的“原型”进行比较。如果它们在某些关键属性上与原型相似，那么我们就会将其归入已知的范畴。

3. 意象图式观

意象图式这一概念在认知科学领域中占据着核心地位，它被视为人类认知结构的基石，是构建和理解世界的基本单元。简单来说，意象图式就是我们通过身体经验在大脑中构建的抽象模型，它们是我们理解和组织信息的基础。这些图式源自我们与环境的互动，如感知周围环境、移动身体、施加力量或感受力量等，这些基本的、基于身体的经验构成了我们理解世界的初级框架。随着经验的不断积累，这些基本的意象图式被用来处理更复杂、更抽象的概念。例如，我们可以通过“移动”图式来理解时间的流逝。这种通过将一个概念映射到另一个概念上的过程，即隐喻，是意象图式扩展的关键机制。

意象图式对于研究人类的认知模型、语义结构和概念系统具有深远影响。它帮助我们解释和预测人类如何理解和使用语言。例如，认知语言学家莱考夫利用意象图式和隐喻的理论，成功地解释了介词“across”的多义性，他提出“across”可以从基本的“路径”图式转换为“终点”图式，从而解释了其在空间和时间上的不同用法。

4. 隐喻观

隐喻是我们理解和表达抽象或复杂概念的深层机制。作为一种语言现象，隐喻超越了简单的词汇替换，它将一个概念领域中的结构、属性和关系系统地映射到另一个领域，以此构建起一种跨域的认知对应。这种映射过程实际上是以空间概念为基础，将抽象的语义实体化，使其变得更为直观和可理解。结构隐喻、方位隐喻和本体隐喻是隐喻的三种方式。

隐喻的普遍存在和无意识使用，反映了它在日常语言和思维中的核心地位。这些隐喻语言已经成为我们思考、交流和感知世界的工具，它们能够赋予抽象概念以具象的特征，使我们能够构建起一个有序、可解释的抽象世界。

5. 百科观

认知语言学作为一种独特的语言学派，反对用传统的真值条件来解释语义和用成分分析法来认识语义，主张语义与人类的知识密切相关。这一理论的核心观点是语言的语义并非孤立存在的，理解语义不能仅停留在词汇和语法的层面，还需要深入人类的认知层面，借助我们的百科知识系统，包括常识、历史知识、社会规范等，来构建和理解语义。

传统的语义学倾向于在语言系统内部寻找语义解释，通过横组合和纵聚合关系来解析词义和句义。然而，认知语言学家认为，这种做法忽视了语义的丰富性和复杂性。例如，当我们听到“花轿”这个词时，不仅会想到它是一种古代的交通工具，更唤起了人们对封建社会、新娘的联想。这些联想并非来自语言本身，而是源于我们对历史、社会和文化的认知，是我们基于自身经验构建的百科性知识。这种百科式语义分析方法强调了语义的动态性和情境性。同一个词汇在不同的语境、不同的文化背景中，其语义可能会产生微妙的变化。

二、认知语言学对英美文学教学的指导

（一）认知语言学指导外语教学的可行性

语言学作为一门研究语言本质、结构和发展的学科，对外语教学有着深远的影响。这种影响主要体现在四个方面：提供见解、提供启示、直接应用与无法应用。这四个方面的关系共同构成了语言学与外语教学的互动模式，为教学实践提供了理论基础和指导。

首先，语言学为外语教学提供见解，揭示了语言的本质和语言学习的规律，有助于教师理解教学的目标。此外，语言学揭示了语言习得的过程，这为教师设计教学步骤和方法提供了理论依据。其次，语言学为教学实践提供启示。教师可以根据语言学理论来调整教学策略，以适应学生的语言学习需求。此外，教师在实际教学过程中，可灵活运用语言学领域的专业概念和理论，使其与教学内容紧密融合，从而提升教学的针对性和实效性，进一步优化教学效果。然而，语言学并非所有内容都直接适用于教学，有些理论可能过于抽象，或者尚未被充分验证，无法应用于教学指导中。

这种观点较为全面和客观地揭示了语言学与外语教学的关系，为人们提供了衡量某种语言学能否应用于外语教学，以及能够在何种程度上应用于外语教学的标准。按照这个标准，认知语言学在以下三个层面均对外语教学产生了作用：

（1）提供见解。认知语言学理论包含对语言本质的认识，能在宏观层面指导外语教学和外语学习。认知语言学强调语义的体验性，强调人类习得语言的过程与人类认知世界的过程没有实质的差别，人对世界概念化的过程也是逐渐形成语言概念的过程。语言知识与百科知识是不能截然分开的，所有对语言形式的分析不可能离开对意义和概念的分析，任何认知规律的获取是以大量语言事实为基础的。反映到外语教学当中，认知语言学指导下的外语教学应当是以学生为中心的，应当是侧重语义理解的，同时，认知语言学指导下的外语教学过程应当是遵循人类普遍认知规律的。

（2）提供启示。师生关系一直是教学的核心问题之一。到 20 世纪后期，人们放弃寻找“最好的”“最有效的”教学方法，转向对教的过程和学习的过程的研究，把注意力放到学习者身上，从重“教”转向重“学”。在最近几十年间，语言教学的重点有明确的转变，转向学习者的个人需求，语言教师开始通过努力完成他们不同的语言学的、交际的、文化的目的来适应课堂上的个体学习者，同时调整他们的教学以满足学生的不同语言教学需求。教学活动同时是学习活动，学生是活动的主体，了解他们的认知特点、认知模式对英美文学教学大有裨益。认知语言学指导下的外语教学是以学生为中心的，侧重关注学生在学习外语时的认知模式，并检验认知语言学的既有理论模式是否对外语习得有实际的正面效应。从这个意义上说，认知语言学对外语教学具有启示意义。

（3）直接应用。认知语言学中的一些分析方法、理论模式可以应用到英美文学教学中，为教学程序提供合理建议。例如，认知语言学中的基本层次范畴理论表明，最先被儿童习得的、词形较简单的、构词能力较强的词一般都是基本层次范畴词，这类词一般在日常对话中使用频率较高，因而在外语学习和教学中应受到高度重视，应在编写教材、编纂词典和教学实施过程中置于优先地位。

事实证明，认知语言学对于语言有了一些新的认识，同时在语言习得研究的影响也是如此。在发掘看似纷繁复杂的语言结构的系统性及其背后的动因等方面，也正在给英美文学教学注入新的活力。

（二）认知语言学指导英美文学教学的基本原则

将认知语言学研究成果应用于英美文学教学实践，需要从不同视角进行观察、分析、总结并进行原则性阐述。彭建武提出，在外语教学中引入认知语言学理论必须遵循三个基本原则，即相关性、层次性和适存性，这对现实英美文学教学提供了实际操作层面的指导，确立了理论应用于实践的标准。

1. 相关性

深入理解教学问题和目标，结合认知语言学的理论，可以为我们提供一个更广阔、更深入的视角来审视和改进教学实践。当然，我们需要识别哪些认知语言学的理论与教学研究有密切关系。另外，我们需要评估这些理论如何能深化我们对教学法的理解。理论和教学的相关性越大，意味着这些理论对教学实践的指导价值越高。因此，我们需要将这些理论有效地“移植”到教学中，使之成为我们设计课程、选择教学方法和评估学习效果的理论依据。认知语言学为我们提供了许多关于学习过程的洞察方法，这些洞察可以对教学实践产生深远影响。但是任何理论都有其适用范围，不恰当地搬用只能是牵强附会，不可能深入教学实践的本质，也不可能触碰到真正的教学规律，更加不可能在实际中对英美文学教学实践有所帮助。比如，隐喻理论是关于意义理解的理论，其适用范围应当是解释教学过程中与语义相关的内容，用其指导学生的发音和语调显然是不切实际的。

2. 层次性

英美文学教学具有复杂性和一定深度，是一个全面的教育系统工程，涵盖了语言、文化、历史、哲学等多个维度。这不仅对教师的教学能力提出了更高要求，也决定了教学研究的丰富性和多层次性。在这样的背景下，将认知语言学这一现代语言学的重要分支应用到英美文学教学中，无疑是一种创新且富有挑战性的尝试。然而，这种应用并非简单的“嫁接”，而是需要有明确的针对性。具体来说，教师在教学实践中，应根据教学目标和学生的认知发展阶段，选择合适的角度和方法，将认知语言学的理论与英美文学的教学内容相结合。教学当中通常包括语音、词汇和语法，或者说包括语法、语义和语用。不能排斥理论的多层次应用，有些理论，如概念化的原型理论，其适用面要广一些，可以指导词汇层面的教学，对语法层面的教学也有一定的启示作用，但试图用所有的认知语言学理论阐释所有层次的教学实践显然是徒劳。

3. 适存性

被移植的理论在教育教学领域具有不可替代的重要作用，它不仅能为教学实践提供有力的理论支撑，还能促进教学理论和实践方法的健康稳定发展。因此，在移植理论的过程中，我们需要通过适存性筛选、理论融合等多种手段，确保其适应教学要求，经得起检验和推敲。适存性是理论移植中的重要考量标准。其核心在于剔除不适应实际教学的理念和内容，同时对可移植的语言学理论进行深度探究，以期将其转化为符合教学需求的理论框架。我们可以借鉴并应用不同的理论来解决同一教学问题。然而，在运用这些理论时，必须确保它们之间能够相互融合、协调统一，进而形成一个有机的整体，以提升教学效果和质量。

这三个原则的提出，对于人们在英美文学教学中恰当地运用认知语言学理论具有非同一般的指导意义。对于每一个试图引入英美文学教学的理论模式，都应当对照以上三个原则，只有符合这些原则才应被认为是有效的、可行的，才有可能切实指导教学实践。

（三）认知语言学指导英美文学教学的基本思路

人们普遍认为，英美文学教学应当以学习目标（最好是交际能力和跨文化能力的目标）、学习策略和教学方法（存在明显的行为取向和以学习者为中心的方法的倾向）为中心，但这种想法忽略了学习者认知能力的方面。如果得到合适的认知途径的支持，利用认知语言学的工具来研究和描写学习策略，那么学习策略就有望更成功。将认知语言学的成果应用到现代外语教学可以遵循以下思路：

目标：交际的，最终是跨文化的能力。

方法 / 策略：行为取向的，以学习者为中心的。

途径：经由原型、基本层次、主题和背景以及完形等习得外语的认知体验途径。

由此看出，就授课目的和师生关系而言，认知语言学指导下的外语教学与以往的认知教学法和交际教学法并无根本的差异。利用认知语言学指导英美文学教学，关键在于通过合适的途径、运用合适的理论，来解决相应的问题。

英美文学作为西方文化的重要载体，其认知功能和艺术价值不可忽视。它不仅是对人生体验的深刻洞察和文化表征，更是对社会现实、历史变迁、人类情感的多维度反映。文学作品是特定历史时期意识形态的生动体现。通过阅读英美文学，我们可以洞察西方社会的深层结构，理解那些支撑表层文化的根深蒂固的思想观念、价值评判，以及西方人看待世界的不同视角，也能发现他们对这些视角的自我反思和批判。

英语以其卓越的表达能力及多样的文体形式，为作家们提供了广阔的创作空间。无论是优雅的诗歌，还是大众化的小说；无论是深沉的散文，还是生动的戏剧，英语都能凭借其独特的节奏和韵味展示出卓越的表达能力。

认知语言学是在认知科学和体验哲学的深厚土壤中孕育而生的。它在20世纪中叶的学术浪潮中崭露头角，以其独特的视角和方法论，对语言学和第二语言教学领域产生了深远影响。认知法作为与传统的听说法相对立的教学流派，并非简单地沿袭翻译法，而是对其进行了创新性的改造和提升。

认知法的理论基石在于心理学的最新发现——认知学理论。这一理论的引入，使语言教学研究开始关注学习者的心理活动，尤其是他们的认知过程，从而为外语教学提供了更为科学的理论支撑。它首次将学习者的认知活动置于中心地位，强调语言学习是一个主动的、规则探索的过程。

基于认知法的理解，语言是一种受规则支配的创造性活动。因此，在教学实践中，应该以“认知—符号”理论替代传统的“刺激—反应”模式。教师的任务是引导学生发现和理解语法规则，而非机械的记忆和模仿。同时，它强调听、说、读、写四种语言技能的全面发展，鼓励学生从学习初期就积极运用这些技能，甚至允许学生使用母语和翻译作为辅助学习的工具。

认知法认为错误是学习过程中不可避免的一部分，是学习者尝试理解和掌握语言规则的自然结果。因此，教师应系统地引导学生分析错误，通过纠正错误来促进他们的语言学习。

然而，尽管认知法在理论和实践上都取得了显著的成就，但作为一个独立的教学法体系，它仍然存在一些待解决的问题，需要我们在未来研究和实践中进一步探索和完善。

从认知法的角度改革英语专业英美文学教学，可以从以下方面入手：

（1）阅读完整作品。精选作品片段虽经典，但可能破坏作品的整体性。学生只有全面完整地阅读作品，才能真正理解其特色，进而进行讨论和撰写评论。通过整体阅读，学生才能受到震撼，获得启发。

（2）教授欣赏作品的技巧。在信息时代，学生可自行获取文学知识。因此，教师应重点指导学生如何欣赏和分析作品。

（3）撰写阅读心得。阅读与写作相辅相成，能够深化学生对作品的理解。通过撰写课程论文，学生可以将感性体验转化为理性分析，逐步养成敏锐的感受能力，掌握严谨的分析方法，形成准确的表达方式。

三、认知语言学理论在英美文学教学中的应用

以下分别就范畴理论和隐喻理论，详细探讨认知语言学在英美文学教学中的应用。这些理论的选择充分符合指导英美文学教学的原则，阐述的重点是理论的应用途径。当然，认知语言学等其他一些理论同样可以指导英美文学教学，但因篇幅所限，将主要讨论以下理论的应用情况：

（一）范畴理论在英美文学教学中的应用

范畴理论在英美文学教学中的应用，主要体现在对作品中词汇的理解。在英美文学教学中，如果词汇理解不准确，很容易造成错误地理解语篇。词汇教学一直以来是外语教学中一个重要的组成部分。语言单位形式和意义之间往往不是一一对应的关系，同一个词可以用于指代不同的事物或不同的场景，一词多义的现象在语言中十分普遍。如何利用语言学理论指导多义词词汇教学，成为外语教学中一项非常迫切的任务。传统的做法是将一个多义词中的不同意义都给予同等地位，导致各个义项之间没有必要的关联，教师会分别讲授各个义项，对于意义产生的理据不予关注或不予充分关注。

词汇的理解是语言学习的核心，尤其在面对词汇的多义性时，学习者往往感到困惑和迷茫。然而，现代语言学理论为我们提供了一种有效的解决途径，即利用原型范畴理论来优化词汇学习策略。这一理论在二语习得研究中得到了广泛的认可和应用，它揭示了词汇习得的动态过程，有助于我们更高效地掌握和运用词汇。

二语习得理论将词汇习得的过程划分为两个相互交织的阶段。首先是语义化

阶段，这个阶段类似于词汇的“解码”，学习者需要将抽象的词汇形式与具体的意义建立联系。其次是巩固提高阶段，这个阶段可以看作词汇的“编码”过程。在这个阶段，新习得的词汇不再仅仅是孤立的符号，而是被整合到学习者的长期记忆中，形成一个复杂的语义网络。在这个网络中，词汇之间通过共享的概念特征、语境信息、社会文化背景等多方面的联系相互关联。这些联系不仅丰富了词汇的语用和社会含义，也使词汇的使用更加灵活和准确。这两个阶段并非线性且独立的，而是相互依赖、相互促进的。如果在语义化阶段，学习者对词汇的理解不够深入全面，那么在巩固提高阶段就难以形成稳固的语义网络，词汇的运用也会受到限制。

语义网络理论的核心观点是人类学习者个体的陈述性知识，即我们所知道的事实和信息，都以一种独特的结构化方式存在于我们的大脑中，即语义网络。这个网络由无数的节点和路径构成，每个节点代表一个具体的知识点，如一个概念、事件、事实或观念，路径则代表这些知识点之间的联系或关系。学习的过程，实质上就是不断建立和强化这些节点和路径的过程。我们通过推理、引申、举证、图示等认知策略，将新信息与旧信息相连接，从而形成新的知识结构。

新的知识点不是孤立存在的，而是被嵌入已有的知识网络中。当新知识被引入时，它会触发学习者对相关知识的检索过程，这就像在网络中寻找与新知识相匹配的节点一样。这种检索过程不仅帮助我们理解新知识，还能激发我们产生新的联想和理解，这些新的联想和理解又会形成新的节点和路径，进一步丰富我们的知识网络。知识网络中的检索路径数量对信息的可获取性至关重要。一个信息单元与网络中的其他节点连接的路径越多，我们回忆起这个信息就越容易，因为有多条路径可供我们检索。

认知语言学家在探索人类语言理解的复杂性时，提出了多义词汇的语义不应被视为孤立的意义集合，而应被视为一个动态的、网络状的结构。他们主张，语义信息在大脑中以一种网络的形式存储，其中各个意义共享信息、相互关联，形成一个有机的整体。这种网络结构不仅反映了概念的内在结构，也揭示了多义词各个意义之间的深层联系。在语义网络中，这些不同的意义并非并列存在，而是有主次、层次之分。在这一网络中，每个意义的地位并不平等。通常有一个意义被看作“中心成员”，它代表了该词汇的基本含义或核心概念，即所谓的“原型”。

其他意义则通过这种网络状的联系与中心成员直接或间接相关，形成了一种语义的辐射结构。如图 3-3-4 所示，是理想的语义网络模式。

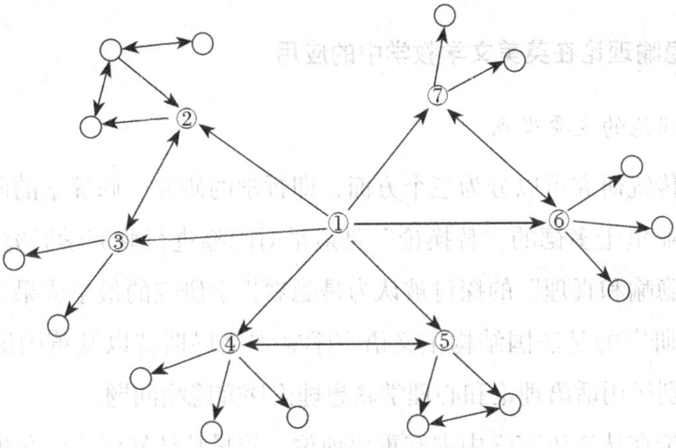

图 3-3-4　理想的语义网络模式

词汇的语义网络中每个节点代表特定的义项，节点之间的连线（路径）代表作用于意义扩展的认知规律。这些节点均由一个中心节点延伸出来，通常这个中心节点被认为是整个词汇范畴的原型意义。认知语言学的这种观点是心理词库理论的体现。认知语言学家不认为心理词库是由边界清晰的词汇范畴构成的，他们认为，词库是一个由“形式—意义”结合体组成的高度复杂和精细的网络，其中每个形式都有一个语义网络。这种研究认为词库内部的关系具有更多的理据性和较少的任意性。对于多义现象来说，节点之间的联系类型就是词汇义项之间的关系类型，词汇语义网络理论中对节点之间的联系类型的研究具有突出价值。

语义学的传统研究早已提出多义词汇语义结构包括辐射型、链型和辐射—链型三种，然而，认知语言学的语义网络理论仍具有不同于以往学说的阐释力。多义词的结构主义模式的研究目的在于描写词汇意义的共同的具体语义成分，认知语言学词汇网络模式的宗旨则是揭示存在于人的身体经验和感知中的意象图示，这些图示对解释义项间的联系起到本质性的作用。与传统的词汇意义表征的方式不同，词汇语义网络表征形式具有认知现实性。网络所表征的词汇单位的各个义项之间的联系具有自然的属性，多义现象才会如此普遍地存在。通过网络表征，可以将高度抽象的意义呈现为一个由内部关联的义项构成的结构体，这是认知心理学关于人类范畴化理论应用到语言学研究领域的结果。虽然认知语言学的网络分析是对词汇单位进行语义分析，本质上是语言学性质的，但该项分析赖以进行的理论框架在很大程度上提供了一个关于语言和认知之间关系的独特观点。

（二）隐喻理论在英美文学教学中的应用

1. 隐喻理论的主要观点

隐喻的传统研究可以分为三个方面，即哲学的研究、修辞学的研究以及语言学的研究。亚里士多德的“替换论”是最早对隐喻进行修辞学研究的主要成果，柏拉图对“隐喻和真理”的探讨被认为是隐喻哲学研究的最早成果。较早对隐喻进行语言学研究的是法国结构主义语言学家本文尼斯特以及英国语言学家乌尔曼，他们分别运用话语理论和心理学联想理论探究隐喻问题。

隐喻理论在认知语言学中占有重要地位，较早从认知语言学角度对隐喻理论作出系统阐述的是莱考夫和约翰逊。莱考夫和约翰逊的研究突破了传统的隐喻修辞观、哲学观、语言观，莱考夫等将隐喻视为构建概念系统的手段，提出了“隐喻的认知观”。这种观点的主要结论包括三个方面：

（1）隐喻的普遍性。隐喻体现了人们通过一种事物理解另一种事物的认知方式，它不是一种特殊的语言表达手段，而是普遍存在于日常语言和思维中，英语中大约有 70% 的表达方式是隐喻性的。传统上对隐喻的研究主要集中在“新奇隐喻”，隐喻是从一开始就能被明确意识到的东西。隐喻的认知观认为，人们在使用隐喻时是习以为常的、无意识的，人们使用隐喻是受到文化传统或认知习惯的影响。

（2）隐喻的系统性。隐喻不是个别的、彼此毫无关系的孤立用法，而是彼此联系，形成一个庞大系统。不少看似孤立的隐喻，其实都有这样或那样的联系，可形成某种结构化的隐喻群。

（3）隐喻的概念性。隐喻作为概念形成的机制存在，属于一种语言问题，人类的思维方式主要是隐喻式的。在人们认识外部世界、创造新的意义、接受新知识的过程中，隐喻起着重要的认知中介作用。

以上三个结论反映了隐喻的本质，隐喻从根本上讲是概念性的，不是语言层面上的隐喻性语言，是概念隐喻的表层体现。

2. 隐喻能力在英美文学教学中的重要性

隐喻性是人类概念体系的本质特征，它揭示了我们如何通过已知的事物来理解和解释未知的事物。这种“通过A理解B”的方式，是人类认知的基本模式，它使我们能够跨越具体的界限，洞察事物的共性与差异，从而构建丰富多彩的世界观。自古以来，隐喻就以其独特的魅力在人类的思维世界中占据着重要的地位。追溯到中国古老的《诗经》，这部被誉为“诗之源”的经典之作，就充满了“赋”“比”“兴”的艺术手法，这些都是隐喻的早期形式。隐喻不仅是一种修辞手法，更是一种认知过程，影响着我们的思维方式，甚至塑造着我们的行为模式。隐喻已经深入社会的日常生活中，成为我们理解和解释世界的主导方式。

随着认知语言学理论的不断深入，越来越多的学者开始研究其在外语教学中的实际应用。对于高等教育阶段的英语专业学生而言，培养隐喻思维能力显得尤为迫切，它能有效推动语言综合技能的提升。特别是在《英国文学》《美国文学》等专业课程中，含有大量的修辞表达，理解这些隐喻语言是深入理解文本内容、准确把握主题思想以及提升隐喻能力的关键所在。当前，国内的教育研究者普遍提倡在教学实践中注重隐喻能力的培养，并将其与语言能力和交际能力并列为关键的三大能力。这三大能力相互支持，共同构成了语言运用的核心素养。

3. 隐喻理论与英美文学教学融合

在英美文学教学中，隐喻理论的应用不仅可以帮助学生更深入地理解文学作品，还能提升他们的文学鉴赏能力和语言表达能力。

首先，隐喻理论有助于学生理解英美文学作品中的隐喻表达。通过分析作品中的隐喻手法，学生可以更加深入地了解作者的创作意图和作品所表达的主题思想。其次，隐喻理论可以提高学生对英美文学的鉴赏能力。通过识别作品中的隐喻，学生可以感受到作品所蕴含的深刻内涵和独特美感，从而提升自己的审美水平。最后，隐喻理论还可以帮助学生提升语言表达能力。学习隐喻理论可以帮助学生掌握更多的修辞手法和表达方式，使他们的语言表达更加生动、形象、富有感染力。

那么，如何将隐喻理论与英美文学教学相结合呢？首先，教师可以在课前为学生普及隐喻理论的相关知识，帮助他们建立对隐喻的基本认识。其次，在文学作品的讲解过程中，教师可以有意识地引导学生去识别和分析作品中的隐喻手法，帮助他们理解作者的创作意图和作品所表达的主题思想。此外，教师可以组织学生进行小组讨论或课堂展示等活动，让他们通过交流和分享来加深对隐喻理论的理解和应用。

随着现代科技手段的发展，英美文学教学也可以借助一些先进的工具和方法来增强隐喻理论的教学效果。例如，教师可以利用多媒体教学工具来展示作品中的隐喻表达，通过图片、音频、视频等多种形式来帮助学生更加直观地感受和理解隐喻的魅力。同时，教师可以引导学生利用网络资源进行自主学习和拓展阅读，让他们通过更多的实践来巩固和深化对隐喻理论的认识和应用。

总之，隐喻理论与英美文学教学的结合具有重要的实践意义和价值。通过有效地将两者相结合，不仅可以帮助学生更深入地理解文学作品和作者的创作意图，还可以提升他们的文学鉴赏能力和语言表达能力。因此，在英美文学教学中，我们应该注重隐喻理论的应用和实践，让学生在欣赏文学作品的同时提升自己的综合素质和能力。

第四章　英美文学课堂建构

本章为英美文学课堂建构，分别介绍了英美文学课堂教学设计、英美文学课堂建构理念与原则、英美文学课堂的架构与实施三个方面的内容，为读者提供了一个全面而深入的英美文学教学框架。

第一节　英美文学课堂教学设计

在英美文学课堂中，教学应以学生为中心，保持开放性和建构性。在教学中，教师的角色至关重要，既要主导课堂，又要尊重学生的开放思维。教师不能自我边缘化，而应积极参与并管理课堂。课前规划和课堂引导是教师管理职责的体现。教学设计应涵盖目标、方法、组织形式和环境四个方面。

一、教学目标的设计

教学目标是教学的核心，研究教学目标能增强教学有序性，确保各因素协同作用以达成教学目的。教学目标分析旨在为生成性目标创造条件，而非限制教学。明确教学目标可避免非理性教学，而以目标为导向的“意义建构”能减少课堂管理问题。偏离基本目标可能导致教学混乱。教师应动态地在英美文学教学中预控目标，注重目标的整体性、发展性和多维度。在管理教学目标的过程中，对学生及教学内容的深刻理解与全面分析至关重要。学生是学习活动的主体，教师需要深入剖析学生的学习能力、学习风格以及学习状态，以便更有效地激发学生的主体性，促进其全面发展。同时，教师要结合学生的知识结构和成长阶段，对教学内容进行细致的剖析与解读，确保教学内容能够成为促进学生知识掌握和能力提升的有效载体。基于对学生的理解和对教学内容的分析，教师才能设定适当目标，创设有意义的教学情境，并设计适合学生的学习任务和小组活动，从而促进学生的自主探索和合作学习。

二、教学方法的设计

教学方法对教学效率和学生的学习成果具有决定性影响，教师应当强化教学方法的管理，各教学环节都应运用科学的策略，以提升教学的质量。在选择教学方法时，首要考虑的是如何将多种教学方法有机结合，以适应不同的教学目标、学生群体、学科内容和实际环境。其次，应探索在特定情况下能实现最优教学效果的方法。此外，应该将现代科技有效地整合到教学过程中，进而丰富教学内容，激发学生的主动学习意愿。

教师在具体实践中应注意：

（1）理解各种教学方法的理论和背景，做到灵活运用。

（2）根据具体教学条件选择和组合教学方法，以应对复杂的课堂情况。

（3）将选择的教学方法具体化为教学方案，实现系统细致的课堂管理。

（4）不断创新教学方法，形成个性化教学风格，从而提高教学效果。

三、教学组织形式的设计

全面的课堂管理设计要进行严密的组织计划。英美文学的教学活动形式多样，包括教师讲授、学生自主探索和小组合作。教师要把握各个教学环节的重点。

首先，教师要深刻理解情境创设在教学中的关键作用，应充分进行课前准备，并运用恰当的教学方法进行教学，以促进学生快速进入学习模式，为后续的教学活动奠定基础。其次，当学生进入自主学习阶段时，教师应发挥指导作用，激发学生的学习动力，培养他们的批判性思维和解决问题的技巧。同时，教师要创造各种条件帮助学生适应自主学习，如采用提问、竞赛等手段来保持学生的学习积极性。此外，在小组合作环节，教师应清晰设定小组划分和职责分配，以防止教学管理的混乱。分层分组的方法可以有效适应不同学生的学习兴趣和能力差异。同时，教师应鼓励学生积极参与讨论、表达观点和进行总结。在这一过程中，教师要灵活选择和应用教学方法，并注意教学时间的管理，以免浪费课堂教学时间。

四、教学环境的设计

教学时空设计、教学资源设计和教学心理环境设计是教学环境设计的三大主要环节。

教学时空设计分为教学时间设计和教学课堂空间设计。教学时间设计是影响教学质量和秩序的关键因素。教师要根据教学内容、课程类型和学生能力科学分配时间，同时利用学生注意力规律来增加学生专注学习时间。教师应采取适当的方法保持学生的学习兴趣，如穿插互动环节。教师还要规避教学时间的浪费。教学课堂空间设计应注重教室内部设置。舒适的学习环境能有效减少课堂问题行为的出现，有助于形成良好的课堂秩序和氛围。教室布置应让学生参与进来，这样可以增强他们的秩序感、舒适感和责任感。另外，座位的安排是影响教学效果的重要因素，教师可以采用合适的座位安排来解决英美文学课堂教学易出现的课堂问题。座位安排应根据教学内容、学生特征和教学目标灵活调整、优化，以提升学生的学习效果。

教学资源设计包括各种教学资源和工具的选择、设计。教师应采用有效的教学方法和教学资源、工具，进一步丰富课堂内容，提升教学效果。教师需要针对英美文学教学的各个环节，采用多样的多媒体资源来帮助渲染课堂氛围和进行背景介绍等。同时，教师要谨记教学的本质，避免过度依赖技术，以防教学资源和工具喧宾夺主。

教学心理环境设计是影响课堂氛围的主要因素。教师应当致力于创建一个积极的课堂心理环境，以提高教学效率并维护师生的心理健康。一方面，教师需要推动班级集体心理氛围的塑造，因为群体心理对个体的效能感具有显著影响；另一方面，教师自身的积极情感、威信以及对教学难度的适当调控，都是营造和保持积极课堂心理气氛的关键要素。总之，教学心理环境的设计要以尊重和关爱为基础，教师应与学生建立和谐的人际关系，这样才能产生情感共鸣，从而激发学生学习的积极性和主动性。

第二节　英美文学课堂建构理念与原则

一、英美文学课堂建构理念

在当前的教育改革浪潮中，建构主义教学理论以其独特的视角和创新的教学理念，对我国的教育领域产生了深远影响。然而，任何一种理论都不应被盲目崇拜，建构主义教学理论也不例外。在我们激烈讨论和积极实践建构主义教学理论的同时，更要保持冷静的头脑，以一种批判性的思维去审视它。

对于建构主义教学理论，我们需要进行深入的探讨和分析，客观地评估它在英美文学教学理论上的创新性和实践中的可行性。同时，要关注其局限性，探讨如何在英美文学教学中对其进行修正和优化，以更好地适应我国教育发展的实际情况。

（一）建构主义教学理论对英美文学课堂教学的指导价值

1. 为英美文学课堂教学提供了先进的理念

建构主义教学理论在全球课程改革中扮演着关键角色，其核心理念在于对传统教学模式的批判及其对先进教育思想的推崇。该理论从以下几个维度解析英美文学课堂：在教学目标上，旨在提升学生的自主研究能力和主动性，以实现对知识的“意义建构”；在教学主体性上，强调学生是学习的主体，应主动建构知识，教师则扮演引导和调控的角色；在教学环境上，教师要主张创建生动、积极且能激发认知冲突的环境，以促进学生间的互动和合作学习；在教学原则上，注重建构性、活动性和主体性原则的实施；在教学评价上，倡导创新，强调目标的灵活性，重视解决实际问题的能力，并推崇多元化的评价方式。

2. 为英美文学课堂教学提供了实践参考模式

在英美文学课堂教学的具体实践中，建构主义提供了以下三种实践模式：

一是情境性教学，也称“抛锚式”教学。它强调教师创造包含真实问题和事件的教学环境，促使学生主动进行意义建构。教学流程包括五步：第一，创设情境，建立与学生经验和需求相关的情境，激发学生兴趣；第二，确定问题，选择与学习内容紧密相关的真实问题，鼓励学生自我发现和提出问题；第三，解决问题，学生自主学习，并独立探究解决方案，在适当条件下，教师要提供必要指导；第四，交流讨论，学生分享自己对当前问题的理解与想法，通过交流深化对问题的认识；第五，效果评价，通过解决问题的过程反馈学习效果。

二是支架式教学。其理论根基源自维果茨基的“最近发展区”理论，该理论提出，教师可以通过构建一种概念结构框架，逐步引导学生提升其认知能力。具体实施步骤如下：第一，建立支架，即在确定研究主题后，设计并构建一个概念框架；第二，进入支架，引导学生进入这个框架中的某一点，并以此为起点引导他们进行知识建构；第三，独立探索，学生在设定的框架内自主进行问题解决的探索；第四，协作学习，通过小组讨论，学生们交流各自的观点，以达成共识和深化理解；第五，评价阶段，包括学生自我评价和来自他人的评价，以评估学习效果。

三是随机进入教学。此模式旨在从多个维度处理相同信息，以增进学生全面理解。其具体步骤如下：第一，构建问题情境，创建与学习内容相关的情境框架；第二，随机进入学习，展示各种相关情境，培养学生的多角度思考能力，并随机选取角度进入学习；第三，思维能力培养，提升学生的思维技能，增强他们的元认知能力并促进他们发散性思维的发展，使学生能建立多元思维模式；第四，合作学习，通过小组讨论以共享和深化理解；第五，实施评价，包括自我评价和他人评价，以确保学习效果。

3. 为英美文学课堂教学改革指明了道路

首先，建构主义强调学生的主体地位，并从多个角度给出具体的实践指导，以此弥补了未能充分体现学生主体性的不足。其次，建构主义倡导学习的工具性和发展性。它主张通过创建真实问题情境来促进学习，强调学习的实用价值，并认为学生的学习是动态、连续的过程，教师应引导学生自主学习，培养其解决问题的能力。最后，建构主义教学理论强调英美文学教学与现代信息技术的融合。信息技术为教学提供了平台，建构主义理论借助信息技术将理论应用于实践，同时推动了教学软件的优化和信息技术的进步。

（二）建构主义教学理论实践指导的局限性

建构主义教学理论在教育领域引起了广泛的关注，为教育实践提供了全新的视角和方法。然而，建构主义教学理论在实际应用中也面临一些挑战和局限。

1. 建构主义教学理论不利于系统知识的学习

建构主义教学理论主张“意义建构”，但并非所有知识都需要学生进行自主建构。对于常识性和具体知识，直接接受可能更为有效，过度的自主建构只会造成知识结构零散、知识量下降。学生自身知识和经验常处于发展阶段，这会导致他们建构出片面、不连贯的知识，存在偏差和错误。此外，该理论容易出现过度相对主义和主观主义倾向。因为建构主义否定固定真理，强调知识的多样性和个体差异，这可能导致学生在众多不同的知识解释中迷失方向，难以辨别真伪，从而使学生获取的知识不够科学和全面。

2. 建构主义教学理论的实践领域有限

建构主义学习理论的出现并非横空出世，而是认知主义学习理论的自然延伸和深度创新。这一理论为理解认知领域的知识学习提供了新的视角，尤其是对于抽象概念、复杂关系的理解和创新思维的培养。然而，当我们把目光投向情感领域和技能领域的知识学习时，建构主义的教学优势似乎显得有些黯淡。在这些领域，许多知识和技能，如记忆类知识、常识类信息和动作技能，往往需要通过反复练习和直接示范来习得。例如，在学习英语中的语法规则时，通过教师的直接讲解和大量练习，学生可以更有效地掌握。反之，如果过度依赖建构主义，让学生自我探索，可能会消耗大量的时间和精力，且效果并不一定理想。因此，教师应当根据具体的学习内容和目标，灵活地结合各种教学策略，而不是盲目地、一概而论地应用建构主义教学理论。

3. 实践建构主义教学理论对人力、物力、时间要求高

在英美文学教学中实施建构主义理论，面临人力、物力和时间的挑战。人力上，教师要有深厚的专业功底，还要有跨学科融合、创设情境、组织合作、引导学生的能力，并需要具备心理学和教育学知识。学生则需要有一定的知识积累，并具备自学能力。物力上，虽然多媒体技术改善了教学环境，但当前硬件设施环境仅能满足部分学生需求，尚未达到满足建构主义教学的程度。时间上，建

构主义教学过程包括教师设计、情境创设、学生自主建构、合作交流等，整体较为耗时。加之实际课堂时间有限，难以在短时间内完成所有英美文学作品的教学。

二、英美文学课堂建构原则

英美文学课堂作为培养学生人文素养和审美能力的重要课程，其建构原则至关重要。这些原则不仅关系到课堂的教学质量，更影响着学生对英美文学的理解和兴趣。因此，在英美文学课堂建构中，我们需要遵循以下几个核心原则：

第一，遵循经典性与时代性相结合的原则。经典文学作品是英美文学课堂的基石，它们代表了英美文学的精髓和传统。通过引导学生阅读这些作品，能够让他们领略英美文学的魅力，并培养他们的审美能力。然而，经典并不等于过时，英美文学课堂同样需要关注当代文学作品。这些作品反映了社会的变迁和人们的思想变化，能够帮助学生更好地理解当代英美社会和文化。因此，在英美文学课堂中，教师既要注重经典文学作品的传授，也要关注当代文学作品的引入，实现经典性与时代性的有机结合。

第二，注重人文性与思想性的统一。英美文学作品往往蕴含着丰富的人文精神和思想内涵。通过阅读这些作品，学生能够感受到人性的复杂与多样，进而理解人类社会的多样性和包容性。同时，英美文学作品是思想交流的重要平台，通过深入剖析作品中的思想观点，可以引导学生进行批判性思考，培养他们的独立思考能力。因此，在英美文学课堂中，教师不仅要注重作品的人文性，还要深入挖掘其思想内涵，帮助学生形成正确的世界观和价值观。

第三，强调互动性与实践性。文学课堂不应该只是教师的独角戏，而是应该成为师生互动、生生互动的平台。通过组织课堂讨论、角色扮演、创作实践等活动，可以激发学生的学习兴趣和积极性，培养他们的团队合作精神和创新能力。同时，实践性是英美文学课堂不可或缺的一部分。通过实地考察、文化体验等方式，学生能够更直观地了解英美文学背后的文化和社会背景，进而加深对作品的理解。

第四，关注多元化与个性化的特点。英美文学作品风格多样、题材广泛，每个学生都有自己独特的兴趣和偏好。因此，在英美文学课堂中，教师需要尊重学生的个性差异，提供多样化的教学资源和活动形式，以满足不同学生的需求。同时，教师要鼓励学生发挥想象力和创造力，参与到文学作品的创作和改编中来，从而培养他们的创新意识和实践能力。

第三节　英美文学课堂的架构与实施

一、英美文学课堂的架构

英美文学课堂作为高校人文教育的重要组成部分，承载着培养学生人文素养、拓宽国际视野、提升跨文化交流能力的重任。这一课堂架构的精心设计，不仅有助于学生深入理解英美文学作品的内涵与魅力，还能帮助他们更好地掌握文学鉴赏与批评的技巧，为未来的学术研究和人生发展奠定坚实的基础。

英美文学课堂的架构通常包括以下四个核心环节：文学作品阅读、文学理论阐释、课堂讨论与互动、作业与论文写作。

（一）文学作品阅读环节

在教学过程中，教师要精心选取一系列具有代表性的英美文学作品，旨在通过引导学生进行深入阅读、细致分析和客观评价，使学生能够全面理解并深入体验这些作品所蕴含的主题思想、艺术特色以及深厚的文化内涵。这一环节不仅有助于培养学生的阅读能力和审美能力，更能使他们领略到英美文学作品的独特魅力，从而激发他们对文学的兴趣和热爱。

教师要选择具有鲜明特色和广泛影响力的英美文学作品作为教学材料。这些作品包括经典小说、诗歌、戏剧等，涵盖了不同历史时期和文学流派。通过对这些作品的研读，学生可以接触到丰富多样的文学风格和表达方式，从而拓宽视野，提升文学素养。

在阅读过程中，教师要引导学生运用各种阅读技巧和策略，如预测、提问、概括等，以帮助他们更好地理解和把握作品内容。同时，教师要鼓励学生进行批判性思考，对作品中的观点、人物、情节等进行深入的剖析，从而培养学生的独立思考能力和批判性思维。

在分析作品的艺术特色时，教师要重点关注作品的叙事结构、语言风格、修辞手法等方面。通过对比不同作品之间的差异和相似之处，学生可以更深入地理解英美文学的艺术魅力，并学会如何运用这些艺术手法来表达自己的思想和情感。

此外，教师要引导学生挖掘作品的文化内涵。英美文学作品往往蕴含着丰富的历史文化信息和社会价值观念，通过对这些内容的探讨，学生可以更好地了解英美社会的历史、文化和价值观念，从而增强跨文化交流的能力。

（二）文学理论阐释环节

在这一环节，教师要结合具体的英美文学作品，对英美文学理论进行详细的介绍和深入的讲解。这些文学作品既可以是经典的传世之作，也可以是当代文坛的杰出代表，它们不仅是文学的瑰宝，更是理解英美文学理论的重要载体。

在英美文学理论的学习中，教师要系统地梳理文学流派的发展脉络，帮助学生了解各个流派的形成背景、主要特点和代表作品。例如，浪漫主义、现实主义、现代主义等文学流派，它们在英美文学史上占据着重要的地位，对后世文学产生了深远的影响。教师要通过具体的文学作品，引导学生感受这些流派的艺术风格和创作特点，从而加深对英美文学理论的理解。

此外，教师要介绍文学批评方法，包括形式批评、社会历史批评、心理分析批评等。这些批评方法不仅有助于学生更深入地理解文学作品，还能够培养他们的文学鉴赏能力和批评思维。教师要引导学生运用这些批评方法，对文学作品进行多角度、多层次的解读，从而发现作品中的深层含义和艺术价值。

在英美文学风格的学习上，教师要着重讲解不同风格的特点和表现形式。比如，哥特式风格的神秘恐怖、讽刺幽默风格的辛辣犀利、田园诗风格的宁静优美等。通过具体的文学作品实例，学生可以直观地感受到这些风格所呈现出的独特魅力，进一步加深对英美文学风格的认识和理解。

通过这一环节的学习，学生能够掌握一定的文学理论知识，这些理论知识不仅有助于学生更好地欣赏和理解英美文学作品，还能提升学生的文化素养和审美能力。同时，通过对英美文学理论的深入学习和研究，学生还能从中汲取灵感和启示，为自己的创作提供有益的借鉴和参考。

（三）课堂讨论与互动环节

课堂讨论与互动环节在英美文学课堂中占据着举足轻重的地位，它不仅是教学过程中的一个重要组成部分，更是培养学生综合素质和能力的关键环节。在这一环节中，教师扮演着引导者和促进者的角色，通过巧妙的设问和适时的引导，激发学生对于英美文学作品的兴趣和热情，进而促使他们展开深入的讨论和交流。

在讨论与互动环节中，教师通常会围绕英美文学作品的主题、人物、情节等方面设置讨论话题。这些话题往往具有一定的开放性和深度，能够引发学生的思考和探讨。学生在教师的引导下，会积极表达自己的观点和看法，也会倾听其他同学的观点，从中汲取灵感和启发。在讨论过程中，学生需要清晰地表达自己的观点，对文学作品进行深入的分析和思考，并用恰当的语言进行阐述。这不仅能提高他们的语言表达能力，加深他们对作品的理解，还能增强他们的自信心和勇气，培养他们的批判性思维能力和独立思考能力。同时，通过倾听其他同学的观点，学生还能丰富自己的认识和理解。每个人的观点和看法都是独特的，通过交流和分享，学生能够了解不同的思考方式和角度，从而拓宽自己的视野和思路。

在英美文学课堂中，课堂讨论与互动环节还能够增强学生的参与感和归属感。通过参与讨论和交流，学生能够感受到自己在课堂中的价值和地位，从而更加积极地投入学习中去。

（四）作业与论文写作环节

作业与论文写作环节则是检验学生学习成果的重要途径。在这一环节中，学生需要根据教师的要求，完成相关的阅读报告、分析论文等作业。这些作业不仅要求学生对英美文学作品进行深入的分析和评价，还要求他们运用所学的英美文学理论知识进行论证和阐述。通过这一环节的学习，学生能够提升自己的学术素养和写作能力，为未来的学术研究和职业发展打下坚实的基础。

二、英美文学课堂的实施

（一）英美文学课堂实施原则

1. 学生研讨与教师讲授相结合

在当前的英美文学课程中，教师应调整教学策略，重点讲解文学发展历程、作品的评论方法、文化背景和重难点段落。课前学生要查阅作家资料，预习作品。在课堂上，教师简要介绍作者后，引导学生有针对性地讨论，鼓励学生表达独特观点，实现信息交流。之后，教师根据讨论进行点评和总结。

文学作品反映了作家对社会、人生的洞察，英语具有丰富的表现力，是作者的重要表达工具。教师应引导学生感受作品情感，培养学生独立研究的能力，欣赏英语的语言之美，深入理解作品。教师应引导学生自主思考，激发学生主动性，通过对比《上邪》《永不凋谢的美》《当你老了》等相似主题的诗歌，让他们在讨论中领悟诗歌的情感。

2. 作品阅读与写作练习相结合

文学作品能够反映时代审美，阅读英美文学作品能洞察其中包含的丰富文化内涵和思想观念。阅读与写作可以相互促进，阅读可以丰富学生的知识储备，写作则能加深学生对知识的理解。教师应鼓励学生互相讨论，指导学生用正确的方法和理论表达对作品的理解，采用合适的途径，如写读后感、读书笔记、讨论报告或短论文，从简至繁提升学生文学鉴赏能力和书面表达能力。以维多利亚时代诗歌教学为例，教师可以先介绍时代背景，然后让学生分组讨论诗歌艺术形式和语言特色，通过对比研究完成读书笔记，最后在教师指导下提交阅读笔记。

3. 学生主讲与教师引导相结合

学习动机会影响学生的学习主动性、教学氛围和学习过程，最终影响教学效果。传统教学模式主要采用直接教授法，这可能导致学生形成惰性思维，缺乏独立思考能力。因此，建议教师尝试让学生主导课堂，教师仅在必要时给予指导。研究显示，小组活动是学生参与教学的有效方式。教师应引导学生分组合作，研究英美文学作家及其作品。在分组研究学习的过程中，学生要主动通过各种渠道寻找知识，拓宽他们的信息来源，小组活动还能锻炼他们的研究和交际技能。特别是在准备和讨论过程中，学生要深入理解作品，提高自身文学鉴赏能力。课堂上，学生自主制作课件和讲解，其他学生也会专注倾听并参与讨论，增强了全体学生学习的专注度和参与度。

（二）英美文学课堂实施策略

1. 深入研究教学内容

英美文学涵盖英、美两国的全部文学形式和多元思潮，其内涵深厚，需要教师指导学生进行深度探索和赏析。在教学过程中，教师要避免程式化和刻板化教学，注重教学的趣味性。因此，教师应深入研究英美文学的各个部分，确保对教学内容的全面理解。接着，应精选核心内容进行详细的解析，确保学生能深入理解并掌握。对于非重点部分，教师应引导学生自主阅读并设计相关问题与作业，以促进学生对这些内容的学习。例如，英国文学的重点是人文主义（如莎士比亚等）、浪漫主义（如拜伦、雪莱等）和批判主义（如狄更斯等）文学，教师应着重讲解这些作家及其作品。

2. 组织丰富多彩的文学课外活动

英美文学涵盖广泛，包括众多历史时期的流派和作家风格。然而，实际教学的时间有限，通常每周仅 2～4 节课，总授课学期不超过三学期。因此，教师应扩展教学方式，增加课外活动，以拓宽学生的文学视野。同时，要利用互联网促进学生进行自主学习，鼓励学生通过社交网络与全球文学爱好者建立联系。这些活动不仅能充实学生的课外生活，还能提升他们的文学素养、表现技巧，进一步发展他们的语言能力。

3. 改变教学模式

文学本质上是社会生活的浓缩，它超越了语言艺术，需要读者的解读和参与。英美文学作品反映了作者对人生的理解和思考，读者需要通过与作者交流，将个人体验融入其中，并产生共鸣。因此，文学教育应激发学生积极参与其中，引导他们产生情感共鸣，使他们全身心投入作品，感受大师的语言艺术，增强语感。同时，教师应鼓励学生在阅读后，结合个人理解撰写评论，通过评论前人的观点，培养独立思考和文学鉴赏能力，提升写作技巧，从而在实践中不断提升他们的语言运用能力。

4. 充分利用现代教育技术

随着科技的发展，网络技术对高校教学水平的影响显著增强。多媒体技术在高等教育中的应用已成为一种趋势。英美文学课内容丰富，理论性与形象性并重，影视作品的视听元素使抽象的文学材料变得更加生动，激发了学生的学习兴趣和想象力。因此，教师需要利用网络搜集作品最新的评论和研究，制作多媒体课件，以清晰的结构展示教学内容和关键概念，增强学生对所学内容的记忆。课件中的图片和文字应相互补充，包括作家、人物画像和精彩画面，使教学更生动。课后，教师可通过电子邮件与学生互动，解答疑问，指导学生学习，扩展他们的知识领域，并有效引导和激发学生的学习兴趣。

第五章　英美文学教学方法

本章为英美文学教学方法，主要介绍了三个方面的内容，依次是翻转课堂教学法、文学圈教学法、产出导向教学法，旨在为读者呈现三种富有创新与实践性的教学方法。

第一节　翻转课堂教学法

一、翻转课堂的内涵

翻转课堂，即“Flipped Classroom”或“Inverted Classroom”，其核心理念在于对课堂内外时间进行重新配置，以突出学生的主体学习地位。在此模式下，课堂时间主要用于学生的主动学习和对现实问题的深入探讨，以进一步加深其对知识的理解。教师的角色发生了转变，不再是单纯的知识传授者，而是引导学生在课前通过自主学习，如观看教学视频、听取播客内容、阅读电子书等方式进行知识预习，并在线上进行讨论交流。课后，学生则根据自身学习进度和需求进行规划，教师则通过针对性的讲授和协作，满足学生的个性化学习需求，进而促进其学习效果的提升。

翻转课堂作为现代教育运动的一部分，与混合式学习等教学方法存在诸多重叠之处，共同致力于使学习过程更加灵活和主动。

翻转课堂的出现引起了众多专家学者的研究与讨论，但是学术界对于翻转课堂的定义并没有统一。张金磊认为：“翻转课堂是教学环节的颠倒，通过信息技术的辅助完成在课前对知识的传授，教师在课堂中帮助学生完成新知识的巩固和深化。”[①] 钟晓流提出：“翻转课堂是一种通过信息化手段将知识以教学视频形式呈现

① 张金磊，王颖，张宝辉．翻转课堂教学模式研究 [J]. 远程教育杂志，2012，30（4）：46-51.

给学生们的新型教学方式，它与传统教学的不同在于颠倒了课堂学习环节，更新了传递知识的手段。”①

尽管翻转课堂的概念在表述上呈现多样性，但实质并无本质差异，仅是表述手法各有千秋。翻转课堂的核心在于，教师在课前运用导学案、PPT、微课视频等现代教学手段，预先将知识传递给学生。在课堂上，教师则采取积极引导的方式，鼓励学生通过小组讨论的形式，对所学知识进行深入探讨与理解。课后，教师要布置相应作业，以巩固学生的学习成果。

二、翻转课堂的特点

使用视频进行教学的模式，在多年前人们就进行过探索。事实上，早在 20 世纪 50 年代，全球多国便已启动广播电视教育项目，这充分证明了当时对此模式的探索与尝试。然而，尽管该时期已初步展现出视频教学的形态，但并未对传统教学模式产生显著影响。相对而言，“翻转课堂”这一教学模式备受瞩目，其之所以受到高度重视，归因于以下几个显著特点：

（一）教学视频短小精悍

在“翻转课堂”这种模式下，教师会将原本在课堂上进行讲解的知识点，通过预先录制好的教学视频发放给学生，使学生能够在课前或家中自行观看和学习。这些教学视频通常都经过精心设计，虽然时长较短，内容却是对知识精华的精准提炼。这些教学视频的特点是时长控制得相当紧凑，大多数视频的长度仅有几分钟，极端情况下也不会超过十几分钟。这种时长并非随意设计，而是经过深思熟虑的。这些视频的长度，恰好控制在学生注意力能够比较集中的一段短时间内。这不仅符合学生的身心发展特点，而且有助于提高学生的学习效率。因此，通过控制视频时长，可以使学生在这段时间内集中注意力，更好地吸收和理解知识。此外，每一个视频都聚焦于一个具体的问题或知识点进行深入的讲解，因此具有很强的针对性。这样的针对性不仅使学生在观看时能够迅速锁定自己需要掌握的知识点，而且在查找时也更为便捷。这些通过网络发布的教学视频，具备暂停、

① 钟晓流，宋述强，焦利珍. 信息化环境中基于翻转课堂理念的教学设计研究 [J]. 开放教育研究，2013（1）：58-64.

回放等多种功能，学生可以自行控制学习进度。这种灵活性不仅有利于学生根据自己的学习节奏和理解程度进行学习，还可以在遇到问题时反复观看，从而更好地掌握知识点。这极大地有利于学生的自主学习，能够培养他们的学习兴趣和学习能力。

（二）教学信息清晰明确

通过对一些典型的“翻转课堂”教学视频进行深入的分析，我们可以发现，它们具有一些共性特征。例如，在萨尔曼·汗的教学视频中，唯一能看到的画面就是他的双手在屏幕上不断地书写着各种知识内容，并逐渐地占据了整个屏幕。与此同时，我们能够听到他的讲解声音。这种形式的教学视频与传统的教学录像存在显著的区别。在传统教学录像中，教师的形象以及教室内的各种物品摆设等元素都会出现在画面中，这可能会分散学生的注意力。尤其是在学生进行自主学习时，这些干扰元素的影响更为明显。

（三）重新建构学习流程

在大多数教育模式中，学生的学习过程大致可被划分成两个主要的阶段：初始阶段——“信息传递”。“信息传递”本质上依赖于教师与学生间以及学生彼此之间的互动交流。这一阶段是知识传授的黄金时期，教师向学生传授知识，学生则接收、学习知识。紧随其后的是第二个阶段——“吸收内化”。“吸收内化”是一个更为独立的过程，主要在课堂之外由学生自主完成。这一阶段要求学生将所学的知识进行消化吸收。然而，现实情况却是因为缺乏教师的直接指导和同学的支持，“吸收内化”阶段往往成为学生学习之路上的绊脚石。不少学生在面对复杂问题时，难以独立解决，从而感到沮丧和挫败，进而影响他们的学习动力。

在“翻转课堂”模式下，原本应在课堂上完成的“信息传递”被前置到课前。教师为学生提供了丰富的学习资源，如精心制作的教学视频，同时提供了在线辅导服务，随时解答学生的疑问。这样，学生在上课前就能对知识点有一个初步的理解和掌握。课堂上的时间主要用于“吸收内化”。在这一阶段，教师能够事先了解到学生在学习过程中遇到的难题和障碍，从而在课堂上提供针对性的指导。与此同时，学生之间的交流和讨论也得以加强，这种同伴间的互动不仅能加深对知识的理解，还能激发学生的学习兴趣，促进知识的进一步吸收内化。

（四）复习检测方便快捷

在观看精心设计的教学视频之后，学生是否真正吸收和理解了视频所传授的知识，这是一个至关重要的问题。为此，视频结束后通常会配套提供4～5个针对性的小问题，这些问题的设计旨在帮助学生即时检验自己的学习成效，并据此对个人的学习状态进行自我评估。通过这种做法，学生可以在没有教师直接指导的情况下自主发现学习中的不足。一旦学生在回答这些问题时遇到困难，就要重新观看视频，仔细分析自己在哪些知识点上理解不到位，哪些部分掌握得不够扎实。这样的自我诊断过程对于学习进步至关重要。

此外，学生对问题的回答将通过云平台进行实时统计和分析，这不仅为学生提供了即时的反馈，同时让教师能够快速且准确地掌握每个学生的学习动态。这种数据支持的评估方式，为教师提供了学生学习过程的实证资料，使教师能够更全面、更真实地了解学生的学习情况，而不是仅仅基于传统的考试或测验。

教学视频的另一个显著优势在于，学生可以根据自己的记忆和理解情况，选择合适的时间和节奏，通过视频再次学习，强化记忆，巩固知识点。综合来看，这种结合了教学视频、即时反馈和数据支持的现代化教学方法，不仅提升了学生学习的自主性和效率，也为教师提供了了解和指导学生的有效工具。这样的教学策略，无疑有助于构建一个更加高效、互动和个性化的学习环境。

三、英美文学翻转课堂教学法实施的必要性

在全球化的浪潮中，我们的学校教育，尤其是高等教育，正面临着一个至关重要的任务，那就是培养全面发展的“全人”。在全球范围内，人们普遍认识到学生的全面素质培养是教育的重要目标，通识教育因此成为我国高等教育领域高度关注的问题。在通识教育中，培养学生的人文素养和良好的道德情操占据着重要的地位。如何让学生具备优秀的个人品质和修养，这是通识教育中一个不可或缺的部分。文学课程的教学正是实现这一目标的有效手段。因此，为了更有效地开展文学课程的教学，尤其是英美文学课程的教学，翻转课堂模式的应用显得尤为重要。

（一）英美文学课程的性质使翻转课堂成为必要

作为深入探究人性与社会的学科，文学的核心在于培养个体的人文素养。在新时代的教育背景下，高校教育必须是全人教育，即融合知识技能、生命与生活以及人性与文化教育，以达成个体全面发展的目标。英美文学作为全人教育的关键组成部分，其教学内容不仅涵盖了英语语言的运用，更涉及了文化理解、文学鉴赏以及健康价值观的塑造等多个层面。该课程不仅是英语专业学生的核心课程，更是培养学生全面素质的通识教育课程。为了培养全人品质，教师在教学过程中应充分尊重学生的个性差异，实施因材施教的教学策略。教育应以学生为中心，满足其个性特点和发展需求。同时，教师要转变角色，成为优秀的组织者、促进者、咨询者和创造者，为学生的全面发展提供有力支持。

在翻转课堂的教学模式下，学生能够在课余时间广泛涉猎英美文学，深入领会经典作品中的思想内涵。通过小组活动的形式，学生能够进行交流与探讨，并在课堂上进行互动展示。这种方式不仅有助于提升学生的人文素养和专业能力，还能增强他们的团队意识和协作能力。

全人教育理念与翻转课堂模式相契合，都强调了学生的主体地位和自主学习能力。在英美文学课程中，学生需要通过审美和批判性的思考，形成自己独到的见解。翻转课堂模式为学生提供了广阔的思路，使他们能够充分发挥自己的想象力和创造力，从而更好地实现自我发展和成长。

（二）英美文学教学所面临的困境使翻转课堂成为必要

高等教育的重要性主要体现在它的人文性上。在当前的商品化和市场经济模式下，所谓的“快餐式”学习方式以其快速、高效的特点，猛烈地冲击着传统的教育模式。

幸运的是，翻转课堂教学模式应运而生，为当前英美文学课程教学开辟了一条新的道路。这种新兴的教学模式，以学生为中心，注重培养学生的自主学习能力，不仅能激发学生的学习兴趣，提升学习效果，还能充分发挥教师的主导作用，实现教学资源的优化配置，为英美文学课程的教学提供了新的可能性。

（三）英美文学课堂教学改革使翻转课堂成为必要

当前面临的主要挑战是如何在有限的课时内，高效传递海量的文学知识。教师应更加注重学生的主体地位，为他们提供更多的学习时间、空间和自由，使他们真正成为学习的主人。翻转课堂教学模式以其强调学生自主学习和互动讨论的特点，与英美文学教学的性质高度契合，值得我们在教学实践中予以借鉴和采纳。

四、翻转课堂在英美文学教学中的实施

翻转课堂在英美文学教学中的具体实施体现在以下几个方面：

（一）功夫在课外

在翻转课堂的实施过程中，对教师与学生的要求均有所提升，以确保教学质量与学习效果的同步提高。

对于教师而言，翻转课堂的实施并非减轻其工作负担，而是对其提出了更高的要求。在课前阶段，教师需要精心选择教学内容，设计富有启发性的问题，布置恰当的学习任务，并制作高质量的课件和视频资源。同时，教师要准备相应的阅读材料，并对这些材料和问题进行深入的了解，以应对学生可能出现的各种疑问。

对于学生而言，翻转课堂的学习模式要求他们从被动学习转变为主动学习，并付出更多的努力。学生需要认真阅读教师指定的材料，积极参与小组讨论，共同解决学习任务，并制作汇报材料以展示学习成果。此外，学生要在课外时间充分了解英美文学的相关知识，以进一步提升自身的文学素养和综合能力。

（二）展现在课堂

在翻转课堂的模式下，英美文学课堂不仅是一个简单的教学场所，更是一个多功能的平台，在这里学生们可以充分展示他们的学习成果，面对在学习过程中遇到的问题进行深入的探讨与解决。同时，翻转课堂模式下的英美文学课堂也是一个思想碰撞、火花四射的地方，学生们可以在交流中进一步拓宽视野，深化对文学的理解。在这样的课堂上，学生们的活动主要是进行小组讨论，这不仅能锻炼他们的团队协作能力，还能激发他们的创新思维。此外，学生们需要组织并展示他们的汇报，通过这种方式，他们可以将所学的知识进行归纳和整理，进而提升逻辑思维和表达能力。在展示结束后，学生们还需要对其他小组的汇报进行评

价，这不仅能提高他们的批判性思维，还能帮助他们更好地理解和学习他人的优点。教师在课堂中的角色也是多元化的，教师需要对学生的汇报进行打分和点评，这可以帮助学生了解自己的优点和不足，从而更好地改进和提升。同时，教师需要对一些关键的知识点进行补充和解答，确保学生能够全面、准确地掌握。在适当的时候，教师会参与到课堂讨论中，引导学生们深入探讨特定章节的核心内容，帮助他们更好地理解和吸收。

（三）评价侧重"形成"

翻转课堂将原本线性的教学流程转变为多维度的教学行为。对学生的评价方式也需要发生相应的改变，不能再仅仅依赖于笔试成绩，而应该全面考虑学生在课堂上的表现，包括他们的参与度、合作能力、问题解决能力和创新思维等。这种评价模式的转变体现在以下几个方面：

1. 考勤

翻转课堂这种模式将学生置于核心位置，强调的是学生的主动性和参与性。学生在课堂上需要与其他同学进行合作，分享观点，以及进行深入的讨论和评议。这些互动环节是翻转课堂的重要组成部分，如果学生缺席，他们将失去这些宝贵的互动机会，这些机会是无法通过其他方式来替代或弥补的。因此，学生必须确保出勤率，积极参与课堂活动。由此可见，对于教师来说，他们需要对学生出勤作出更为严格的要求。这是为了确保每个学生都能充分利用课堂时间，提升自己的学习效果。

2. 课堂表现

翻转课堂作为一种创新的教育模式，其核心宗旨在于推动学生进行深度、有意义的课堂参与。在此模式下，学生的角色不再是传统的被动接受者，而是转变为课堂讨论的积极参与者与实践者。学生要主动加入小组讨论，共同解决特定问题，并完成既定的学习任务。在此过程中，学生要展现个人才智，并通过集体智慧寻求最佳解决方案。这不仅是对学生知识储备的检验，更是对其团队协作与创新能力的一次全面挑战。完成学习任务后，学生还要在班级中向全体师生汇报成果，此环节既是成果展示的机会，也是接受师生共同评价与反馈的过程。对教师而言，其职责不仅限于知识传授，更需对学生完成任务的态度、成效与质量进行全面、细致的评价与指导。这不仅有助于学生及时发现并纠正问题，还能促进他们学习效果的提升与学习质量的优化。

3. 课外学习任务的实施情况

在翻转课堂的教学模式中，学生获取信息的主要途径已经从传统的课堂讲授转变为课外的自主学习。为了达到英美文学课程教学的最终目标，学生不仅要专注于教师在课堂上直接教授的知识，还要在课外阅读一定数量的文学原著，从而能够对英美文学有更深入、更具体的理解和感悟。因此，为学生在课外布置阅读任务是英美文学课程教学的一个不可或缺的环节。在这个过程中，教师要对学生的阅读过程进行全方位的监督和评估，包括但不限于学生的阅读进度、阅读理解程度以及阅读的深度和广度。教师还要根据学生的阅读情况给出最终的评价，以便学生能够了解自己在阅读过程中的优点和不足，从而更好地调整学习策略，提高阅读效果。

4. 改革终结性考试形式

在传统的英美文学课程设置中，期末考试的形式往往较为单一，主要侧重于测试学生对教师在课堂上传授的知识点的掌握情况。在这样的考试体系中，学生的学习过程和思考过程往往会被固定在一个区域，考试成绩在很大程度上反映了学生对教师讲授内容的记忆程度，较少体现学生的独立思考、批判性分析和创造性表达能力。

然而，随着教育模式的变革，特别是在翻转课堂的教学模式下，这种传统的期末考试方式正在经历深刻的变革。学生的每一个学习环节，包括自主学习、课堂参与、小组讨论、项目作业等，都成为评价学生学习成果的重要部分，并且这些环节的表现会在期末考试中占有一席之地。在这种模式下，期末考试不再仅仅是学生对教师讲授内容的复述，而是对学生整个学习过程的全面评价。

此外，期末考试的试卷设计也必须进行相应的调整，以适应这种教育模式的变化。以客观题为主的试卷需要转变为以更多主观题为主的试卷，这样的试卷能够更好地促进学生发挥个人见解，展现批判性思维和创造性写作能力。同时，将学生的课外读物纳入考试内容，也是推动学生主动拓展阅读范围、增强文学素养的有效方式。通过这样的考试内容设计，可以更全面地评估学生在英美文学课程中的学习成效，促进学生深入理解和掌握文学知识，提高他们的综合素养和批判性思维能力。

第二节　文学圈教学法

一、文学圈教学法的内涵与原则

（一）文学圈教学法的内涵

文学圈教学模式起源于 1982 年，这一理念由美国亚利桑那州菲尼克斯城的卡伦·史密斯老师首次正式提出。卡伦老师观察到学生们对废旧书刊展现出了强烈的阅读兴趣，并自发组织进行阅读与讨论。鉴于学生的自主性，卡伦老师给予了相应的指导与支持。在这一过程中，学生的阅读理解、言语表达以及人际交往能力均获得了显著提升，其阅读成绩亦取得了显著进步。这一创新教学方法随后在同校教师群体中广泛传播并得到了普遍认可，逐步演化为具有正式教育意义的文学圈教学法。文学圈以临时性阅读小组形式开展，小组成员自主选择阅读材料。在小组内，成员们根据特定角色和职责为接下来的讨论做准备，并在讨论会上依据预先设定的提纲进行发言。讨论结束后，小组将集中展示讨论成果，随后进行成员轮换，选择新的阅读材料，开启新一轮的学习与讨论。

1.“文学圈”里的学生

在“文学圈”里，学生群体扮演着核心的角色，他们以文学为媒介，构筑起属于自己的精神世界，这个过程不仅体现了个体独特的创造力，也激发了他们对文学的无限热爱和深入探究的兴趣。在阅读经典作品时，学生会动用多元化的阅读资源，通过与教师和同伴们深入的探讨和交流，逐步培养起独立思考和判断的能力，同时共同承担起探索知识的重任。

在文学圈的学习模式中，学生的角色远不止于被动接受知识的“消费者”，他们更是在这个过程中转化为知识的“生产者”。学生在吸收文学营养的同时，也在不断地与周围的同学进行知识与经验的分享，他们共同制作和完善学习资料，相互促进，共同成长。这样的互动模式不仅丰富了学习的内容，也提升了学习的效率，更重要的是，它让学生在实践中体验到文学的魅力，学会如何用文学的眼光看待世界，用文学的方式表达自我。

2.“文学圈”里的教师

在“文学圈”这一学习环境中，教师的角色已不再是传统意义上的课堂主导者，而是转变为学生学习道路上的辅助者和推动者，在学生学习过程中起着“桥梁”的作用。教师需要细致地审视每位学生的能力和潜力，深刻理解学生之间的个体差异，旨在为每一位学生营造一个目标明确、富有深意的阅读学习环境，确保学生能在这样的环境中有效地汲取知识。

在此过程中，教师的身份具有多重性。他们既是研究者，深入探索文学作品的内涵；又是学习者，与学生共同成长；同时更是教育者，引导学生构建新的知识体系。教师不再单向地传递文学作品及其深层含义等知识，而是与学生携手并进，共同探索，共同构建。

3.“文学圈”的教室

“文学圈”的教室作为一个严谨而富有挑战性的学习空间，致力于为学生提供一个开放、自然、丰富且愉悦的学习环境。此教室鼓励学生进行深入探讨和研究，通过实践与交流，不断提升其个人能力与素养。在此环境中，学生得以自由思考，将所学知识应用于真实情感中，以寻求解决问题的方法。

为了满足学生的学习需求，“文学圈”的教室通常设有资料角或资源角，其中陈列着各类书籍、文章、研究报告等学习资料，使学生能随时获取所需知识，以更高效的方式进行学习。在此环境中，学生的思想受到教师、同学、教室布置以及学习材料等多方面的影响。在“文学圈”的教室里，学生能在轻松愉快的氛围中学习，通过不断的探讨、实践与反思，提升其文学素养和批判性思维能力。这里不仅是学习的场所，更是培养学生人格与思想的摇篮，促使他们在成长的道路上持续吸收知识的滋养，茁壮成长。

（二）文学圈教学法遵循的原则

1. 学习过程从整体到部分

在传统教学方法中，教师倾向于让学生先学习部分再逐步构建整体。然而，这一方法将语言与上下文割裂，不仅增加了学生的学习难度，还可能导致学生对整体内容失去兴趣。

在文学圈阅读教学中，我们倡导一种更为全面和深入的方法。教师应坚信完整语篇能够为学生提供丰富的语言素材，阅读学习的核心在于信息的提取和意义的建构。只有当学生真正感受到阅读和写作的乐趣时，他们才会主动运用语言，从而进一步提升语言能力。我们强调，理解文章的整体结构和深层含义比仅仅正确读出每个单词更为重要。文学圈教学理念强调，通过创造一个多彩且富有深意的文字世界，学生能够在完整的篇章中自然而然地识别单词，进而深入理解语言的运用。这种教学方法遵循了语言学习从整体到部分的自然过程，有助于学生在实践中不断提升自己的语言技能。在文学圈课堂中，学生将沉浸在各种读写项目中，教师要鼓励他们进行自主探索，从而培养学生的独立思考和创新能力。

2. 以学生为中心展开活动

文学圈理论强调的是一个全面的学习者概念，也就是说，在教学准备和实施过程中，教师应当全面考虑学生的各种因素，包括但不限于他们的需求、兴趣、个性、文化背景以及生活经历等。教师要尽可能地激发学生的学习主动性和积极性，让他们在学习过程中扮演主体的角色，鼓励学生不仅作为一个主动的读者去汲取知识，也要作为一个有创造力的作者去表达思想。通过这样的方式，可以使语言学习变得生动有趣，从而提高学生的学习效率。

这种教学理念与美国在母语教学中的常见做法有着异曲同工之妙。在美国，教师在阅读教学中普遍重视对学生进行背景知识的传授，尤其是关于作者本人及其所处的时代背景。这样的教学策略能极大地帮助学生深入理解作品内容，因为只有当学生对作者和其时代有了全面而深刻的认识之后，他们才能更加轻松地学习作品内容，对作品的理解和感悟也会更加深刻。这种方法不仅丰富了学生的知识储备，也培养了他们的批判性思维能力，对提高学生的综合素质有着重要的作用。

文学圈教学呼吁教师为学生提供广泛且丰富的参与机会，从而让阅读学习和讨论交流的过程都以学生为核心。这种教学模式将学生置于主体地位，让他们在学习过程中发挥出更大的主观能动性，从而提高他们的学习效果和综合素质。通过文学圈教学，学生可以在互动交流中不断提升自己的思维能力、表达能力和创新能力，为未来的学习和生活打下了坚实的基础。

3. 突显学习的意义与目的

在文学圈课堂的构建中，我们始终坚守以学生为中心的教学理念，并深刻认识到调动学生的学习热情是其核心要素。使学生能够积极参与学习活动的关键，在于引导他们深入理解学习活动的真正意义与目的。我们强调基于学生个人经历和兴趣的教学内容设计，这样的教学内容更易被学生接受和理解。然而，我们同样重视将学习内容与实际生活相联系，以明确学习的目标和应用场景。

为了进一步增强学生的学习动力，要给予学生充分的选择机会。例如，他们可以自编、自导、自演“读者剧场”，或深入研究自己感兴趣的话题。这样的实践机会不仅能让学生感受到学习的乐趣，更能让他们意识到自己是学习的主人，从而更加愿意尝试学习新的事物。

4. 提供交流互动机会

学习活动必须明确意义与目标，此类活动通常无法仅凭个人之力完成。它依赖于学生间的互动、师生间的沟通，通过协作与交流才能达成共同目标。学生可以通过共同研读文本，或者围绕某一主题进行深入的交流及讨论，甚至组建多元团队，就共同感兴趣的话题或问题进行深入的研讨。在此过程中，学生不仅致力于解决问题，也会获得交流互动的宝贵机会，进而语言的运用也就成为不可或缺的一环。根据文学圈的理论，促进学生语言学习的核心在于情景的精心策划、动机的有效激发、互动的坚实建立以及对情景中各元素的深入理解。教师应倡导学生参与形式多样的交流活动，通过互动实践，构建并巩固语言知识。教师要激发学生的学习热情，通过创设引人入胜的情景、构建高效的互动机制，使学生在交流中学习，在学习中交流，从而提升他们的语言表达能力。此类学习活动不仅有助于学生掌握语言知识，更能培养他们的思维能力，提升他们的社会交往能力，对其全面发展具有深远的影响。

5. 信赖并发挥学生潜能

很多时候，教师会因为对学生能力的不信任而不敢采用新的教学方法。教师需要明白，学生的能力远远超出了我们的想象。他们不再是知识的被动接受者，而是积极的探索者。他们需要的是一个激发他们潜能的环境，而不是被束缚在传统的教学模式中。因此，教师应该摒弃错误的观点，相信学生的能力，给他们更多的自由和空间去学习和成长。

在文学圈教学法中，教师不再是知识的传递者，而是学生学习的引导者和合作伙伴。教师要以严谨、稳重的态度，准确评价学生的能力，并对此持以坚定的信心。这种信心是驱动教师勇于在教学实践中大胆尝试，鼓励学生挖掘和展现自身潜能的基石。教师应该鼓励学生去思考、去探索、去创新，而不是把知识简单地灌输给他们。只有当教师摒弃过度保护学生的倾向，相信学生具备独立探索和理解知识的能力时，学生方能实现潜能的最大化释放，进而达到最佳的学习效果。

二、文学圈教学法的文化氛围构建和活动特点

（一）教室文化氛围构建

文学圈教室的布置应追求舒适与人性化的设计理念，课桌要分组摆放，确保学生在学习中处于主体地位。教室内应设置图书角，陈列包括文学书籍、杂志等在内的丰富读物，并特别展示学生的创作成果，以激发学生的创作热情。同时，应设立多功能学习中心，涵盖阅读、写作、视听等多个功能，营造良好的学习氛围。

在文学圈阅读教学中，应以学生为核心。教师不应强制学生进行技巧练习，而应提供必要的支持与指导，鼓励学生进行自主学习。同时，积极开展多样化的学习活动，鼓励学生间的交流互动。文学圈教室应支持学生的多元表达，如说、演、唱、写、画、舞等，以培养学生的综合素养。整体而言，文学圈教室应呈现活泼、动态、互动的特点，以学生为主导，营造有趣而令人向往的学习环境。

1. 教室设备

在文学圈的阅读课堂上，学生不仅是在吸收知识，还在进行一场深入的、互动式的学习体验。他们集结想法，将各自的观点和理解汇聚成智慧的火花；他们相互讨论，激发着思维的碰撞，使每个人都能在集体的智慧中发现新的东西。这样的学习方式，要求课堂在安排上灵活多样，不仅要考虑学生、材料和设备之间

的互动，还要考虑如何让学生在课堂上能够更好地展现自我，发挥他们的主动性和创造性。

为了实现这一目标，教师必须巧妙地细分并解构他们的教学空间，使之成为学生学习的乐园。教师要创造或再造一个充满活力的学习环境，让学生的学习兴趣得到激发，让他们的学习潜能得到挖掘。这样的环境既有助于学生对文本的理解，也有助于增强他们对文学的热爱。

在文学圈的教室里，通常都会配备电视机、电脑等教学设备，以便学生查阅与文本相关的信息资料。这些设备的运用，使学生能够更加方便地获取知识，更加深入地理解文本，从而提高他们的文学素养。这样的教学方式既符合现代教育的要求，也符合学生们的学习习惯，是一种非常有效的教学方法。

硬件设施的优化固然是学校提升教育质量的重要一环，但对于学生的身心健康而言，还要采取更为人性化和全面的措施。在教室的布置上，应致力于营造一个轻松愉悦的学习氛围，可以在墙壁上悬挂学生们的作品，这些作品不仅彰显了他们的个性和创造力，更是他们才华的直观展现。整个教室的设计要摒弃传统狭隘观念的束缚，为学生们提供了一个自由发展的广阔空间。这个空间成为学生们挥洒才华、展现自我的舞台，是他们放飞想象、拓展思维的场所，更是他们通向未来无限可能的桥梁。

2. 教室布置

（1）一般性规定。在每个教室内，墙上的公告栏以及黑板上都贴满了各种文字信息，这些信息主要用来阐述阅读的相关规则和指南，教师要巧妙地利用这些信息来激发学生的阅读兴趣。有些教师已经总结出了一些能有效激励学生阅读的策略和规则，具体如下：

首先，教师可以每日公布一些引人入胜的引言或者激发思考的问题，每周公布一些课程中会出现的词汇，这样可以有效丰富学生的词汇量，同时培养学生对学业内容的兴趣和热情。

其次，教师可以在教室的天花板上悬挂一些动态的词汇或者概念，这样可以在学生抬头观看的时候，潜移默化地加深他们对这些词汇或者概念的理解和记忆。

再次，教师可以为教室里的海报、黑板以及学生刊物添加一些名称或者标签，这样可以帮助学生更好地理解和记忆这些名称和标签，也激发他们的阅读兴趣。

最后，教师可以在特定的位置放一些提示和留言板。通常情况下，学生对于教师公布的内容都会感到好奇，他们会迫不及待地想要了解教师将要公布哪些新的信息。因此，教师可以利用学生这种好奇心理，鼓励学生在课余时间进行非正式的阅读和写作，从而提高他们的阅读和写作能力。

（2）词墙。词墙是一种极富创意的教学工具，它适用于各个年级的学生，目的在于帮助他们学习新词汇。在使用过程中，有的教师会选择在教室的某一墙面绘制一个字母表，当教授到新的单元内容时，教师可以在相应字母下面列出本单元中大多数学生尚不熟悉的单词。通过这种方式，本单元的关键词汇得以直观、醒目地呈现在学生面前，有助于他们加深记忆和理解。随着教学活动的不断深入，词墙上的词汇量也会逐渐增加，从而使墙面变成一个内容丰富、全面的单词资源库。词墙的维护和更新至关重要，为了确保其效果，教师需要定期对词墙进行更换，每教授一个新的单元便更新一次。在更新过程中，教师还要注意词墙的布局美观和整齐有序，以激发学生的学习兴趣。

3. 教室图书角

文学圈教学法的物质基础就是文学圈阅读中的书籍，班级图书角的创建有利于解决书籍来源问题。

（1）书籍来源。书籍的来源主要包括用学校经费购买以及学生自愿捐赠。我们鼓励教师及学生不定期地将个人书刊加入图书角，以丰富图书资源，或者每月使用固定经费订购适合学生阅读的图书，旨在增加图书的多样性和新颖性。考虑到每班约 50 名学生，图书角将初步配备约 50 本书籍，以保障学生两学期的阅读量。为应对图书资源的潜在不足，我们将利用网络作为后备“仓库”。通过网络平台下载学生感兴趣的文章和阅读材料，以满足他们的阅读需求，并助力培养学生良好的阅读习惯。

在对规模较大的班级进行教学时，教师需要深入认识到每个学生所处的发展阶段和他们的个性化兴趣点。在此基础上，教师应当精心挑选出既能激发学生阅读兴趣，又符合他们当前阅读能力的材料。这样做的目的是确保在阅读教学过程中，每一个学生都能获得与自己发展水平相匹配的阅读材料，进而在阅读活动中提升自己的阅读水平。这样的教学策略不仅能促进学生对阅读的热爱，还能在提高他们的阅读技能的同时，促进他们对所学内容的理解和吸收，达到全面发展的教育目标。

（2）书籍管理。在文学圈里，书籍的数量往往十分庞大，因此对书籍进行有效管理就显得尤为重要。这需要我们制定出一套细致且全面的规则，这些规则主要包括以下五个方面：

第一，需要对每一本书进行编号，并将其纳入册子中，以便于查找和管理。同时，需要按照一定的标准对书籍进行归类，如按照主题、风格、系列、作者等进行分类摆放，这样既方便学生查找，也能使整个书架看起来更加整洁有序。

第二，为了方便借书和登记，需要在每本书的封面上贴上编号，并按照编号的顺序进行排列。这样，当有人想要借书时，就可以很快地找到并登记相应的书籍。

第三，为确保图书角的秩序稳定和书籍的完整性，需要设立轮流值日的图书管理员。每日安排专人负责整理图书角的藏书，细致检查书籍的借阅情况，并精确记录每本书的借阅数据，以确保借阅信息的准确性和完整性。这不仅能确保图书的整洁和有序，还能及时了解图书的借阅情况。

第四，图书角的管理员还需要学会修补图书的方法。这是因为在使用过程中，图书可能会出现破损或者磨损的情况，如果能够及时修补，既可以延长图书的使用寿命，也可以避免因为图书破损而影响其他人的阅读。

第五，需要教育学生爱护图书，并制定出相关的注意事项。这是为了确保图书能够得到长期的保护和使用，也是为了培养学生们爱护公共财物的良好习惯。

4. 座位安排

在传统课堂环境中，往往采用秧田形的布局方式，教师主导讲授，学生则保持静听状态，这种布局在一定程度上限制了信息的流通和学生的参与度，从而对教学效果产生了一定影响。相较之下，文学圈教学模式则倡导一种更为积极、动态的布局设计，如“U”字形、马蹄形、内外圈型和会晤型等。然而，“U”字形和马蹄形的布局模式通常需要较小的班级规模或较大的教学空间，并配备相应的移动设施才能实现，因此在实际操作中实施难度较大。内外圈型布局虽然空间位置比较固定，但也可能在一定程度上限制了学生间的交流。相比之下，会晤型布局更适应我国的国情，不仅方便省时，还特别适合进行小组讨论。在文学圈教学模式中，小组是主要的组织单元。小组成员彼此靠近，成员们相视而坐，组与组之间则保持一定距离，这样的布局设计既便于小组内部成员间的讨论，又避免了对其他小组的干扰，有效增加了沟通的渠道，有助于提升讨论效果。教师在此模式下鼓励学生专注于阅读、讨论和分享，通过激发学生的积极性，促进其对文学作品的理解和感受。

（二）活动特点

1. 圈内成员紧密依赖

在文学圈中，小组成员之间会紧密依赖，这种依赖是一种积极互赖。积极互赖并不是单向的，而是双向的。文学圈基于学生之间的合作互助、共同学习，学生不仅要对自身的学习负责，还要积极帮助文学圈的其他成员。具体来说，主要有三点：

第一，目标互赖。为了让学生深刻领会到他们之间存在着密切的利害关系，并且能够互相监督、共同进步，教师必须设定一个具体且明确的小组目标。这个小组目标就是指导文学圈阅读活动的方向和航标。通过这样的目标设定，学生们才能更好地理解每个人的学习状态和进步，直接关系到整个小组的学习效果和成绩。因此，小组成员之间需要互相帮助、互相鼓励，共同为实现小组目标而努力。这样不仅能提高每个人的学习积极性，还能培养他们的团队协作意识和合作共事能力。

第二，角色互赖。在文学圈的某次特定的阅读活动中，为了有效完成分配的任务，每个小组成员都扮演着独特而又相互补充的角色。这些角色不仅为小组合作奠定了基础，而且使每个成员都能在不同的方面为小组作出贡献。小组成员之间需要相互依赖、相互协作，就像一个精密的机械装置，每个齿轮都发挥着不可或缺的作用，共同推动整个阅读过程的顺利进行。

从对某一文本的初步阅读开始到深入地讨论，再到对阅读内容进行评价，直至最后小组将各自的阅读成果进行汇总。在这个过程中，每个成员不仅要履行自己的职责，还要与其他成员协作，确保整个小组的阅读活动能够连续、有效地进行。每个角色都是相互依赖的，一个成员的进展可能会影响到其他成员的工作，因此，每个成员都需要密切关注整个小组的进展，以确保最终能够达到既定的阅读目标。

这种小组合作模式不仅锻炼了每个成员的阅读能力，也提高了他们的团队协作精神。每个成员在阅读过程中都能从他人那里获得新的见解，同时能为自己的角色带来新的创意和思考。这种互助互赖的合作关系，不仅让阅读任务变得有趣，也极大地提高了阅读效率和质量。通过这样的互动，小组成员不仅能共同完成阅读任务，也为他们的文学之旅增添了丰富而宝贵的经验。

第三，资料互赖。在文学圈的活动中，为了促进小组成员之间的合作与交流，可以采取一种策略，即让每个成员只拥有完成小组任务所需资料的一部分，而不是提供全部资料。这种做法可以在多个层面上促进成员的学习和合作。例如，在进行小说的文学圈阅读时，可以设计每个成员只阅读并深入研究小说中的某个特定章节或片段，而不是整篇小说。这样每个成员都需要对所负责的部分进行细致的理解和分析，从而达到对小说内容的全面掌握。

这种分工合作的模式不仅促进了成员之间的资料互赖，还激发了每个成员的责任感和投入感。在小组讨论或汇报时，每个成员都可以基于自己负责的部分，分享见解和理解，同时能听到其他成员对不同部分的认识和分析。这种互动的过程不仅丰富了整个小组对文本的理解，也锻炼了成员之间的沟通能力和团队协作能力。

当小组成员在分工的基础上完成了各自的任务后，他们需要将各自掌握的资料进行整合，形成一份完整的资料。这一过程就像是将分散的拼图碎片重新组合成一幅完整的图画，每个成员的资料都是拼图的一部分，只有将它们合并在一起，才能呈现出完整的内容。这种从分散到集中的过程，不仅加深了每个成员对资料的理解，也强化了他们的团队意识和集体荣誉感。

2. 个体、小组职责分明

文学圈学习小组高度重视分组后的责任意识与团队协作精神的培养。我们要求每个成员必须明确自己在团队中的角色与任务，树立强烈的责任感，以营造积极健康的合作氛围。在文学圈的学习过程中，学生们被赋予明确的阅读任务。通过对学生的表现进行评估，能够明确体现个体的责任担当。在文学圈中，小组成员需要共同承担小组职责，明确任务与目标，以确保活动的有效进行。这种合作模式不仅有助于提升学生的合作交流能力，还能增强他们的团队协作意识。我们鼓励学生为团队命名，鼓励学生庆祝小组取得的成果，同时，教师将提供适当的奖励以表彰小组里表现好的学生，进一步激发学生的积极性。

3. 面对面的互动交流

在筹备文学圈小组活动时，务必确保每个成员均能全面融入活动之中。在小组内部，每个成员不仅要作为积极的发言者，更应成为优秀的聆听者，以确保活动过程中交流的畅通与深入。文学圈强调促进性互动的核心地位，即学生间应相互鼓励与支持，共同为实现优秀成绩、完成任务和得出结论而努力。这种互动模式对于提升学生的学习效果与团队合作精神具有显著意义。

在文学圈课堂中，积极的互动体现在多个方面：第一，成员间需提供充足且有效的互助，以促进任务的高效完成。第二，应充分交流所需信息与材料，以便更好地处理与加工信息。第三，需提供及时的反馈，以优化作业质量。第四，对彼此得出的结论与推理进行质疑，以增强决策的科学性与对研究问题的深入理解。第五，成员间还需互相支持，为实现共同目标努力。在活动进行中，成员应以互信和值得信赖的态度进行合作，确保活动的顺利进行。第六，双方需共同付出努力，以确保双方均能从中获得益处。

在文学这个充满思想碰撞与智慧交流的圈子中，我们不仅要用精确而生动的语言描述自己的观点和表达自己的情感，确保他人能够准确无误地把握我们的想法，同时要以一颗虔诚的心去聆听和解读他人的话语。这种双向的交流方式，是文学圈互动中不可或缺的一部分。

我们倡导一种更加积极和有效的倾听方式。在每一个小组成员发言之前，他们必须先复述并理解前一个同学所说的内容。这样不仅可以确保每个成员都能真正听到并理解他人的观点，还可以促进同学们之间的思考和探讨。通过提问、讨论以及巧妙地表达自己的看法，我们能够更好地鼓励和激发学生的热情，使文学圈成为一个真正意义上的思想交流和知识共享的平台。这样的交流方式，不仅能提高学生的理解和表达能力，还能培养学生的同理心和团队精神。

4. 评价体现反思分享

文学圈评价是一个由学生自评、组内互评和教师评价三大模块组成的综合评价系统。这个系统的核心在于促进个体与群体之间以及师生之间的深入交流与互动，从而确保评价结果的全面性和客观性。在这个系统中，评价的主要目的是帮助学生明确学习任务，为后续活动提供明确的方向，并激励他们进行自我反思和策略调整。

文学圈评价体系的建立，旨在通过严谨、理性的方式激发学生对文学的热爱，优化他们的学习策略，并丰富他们的生活体验。此外，该体系还鼓励学生充分展示自己的独特个性和才华。在小组内的评价环节，特别强调成员之间的相互促进和知识分享，以实现共同进步。

文学圈评价是一个持续进行、循环往复的过程。它旨在为下一次的文学合作提供宝贵的经验借鉴。在反思过程中，学生要重点关注哪些优点需要发扬，哪些不足需要改进，以推动他们的个性品质和自我意识的全面发展。

最终，通过文学圈评价，学生将能够为下一轮阅读实践活动作出更为明智的决策。这种评价方式不仅有助于学生提高文学素养，还能促进他们综合素质的提升。总的来说，文学圈评价是一种有效的教学评价方式，它能够激发学生的学习兴趣，提高学习效果，同时能够培养他们的自主学习能力和团队合作精神。

5. 学习角色轮流有序

在获得学生对文学圈学习活动的广泛认可后，应该采取严谨且合理的分组策略，组建由 4～8 人组成的“异质分组”，这一策略充分考虑了学生的个体差异。分组依据涵盖了学生的知识基础、学习能力、发言水平以及兴趣爱好等多方面因素。为了确保小组活动的顺利进行，还要设定明确的角色分工，包括“讨论指导者”“文艺指路人”“摘要神童”“词语奇才”等，旨在发挥每个学生的特长。

在角色分配上，要遵循科学合理的原则。“讨论指导者”这一关键角色，初期由综合素质高、组织能力强的同学担任，以确保讨论的有效进行。其他角色则由具备相应特长的同学担任，以实现小组内成员间的互补。

为避免交流过程中出现混乱，还要规定发言顺序。首先由“讨论指导者”发言，随后按照其指定或成员自荐的顺序进行。在小组讨论过程中，坚持“补充、修改、质疑”的原则，鼓励成员间相互启发、共同进步，同时避免内容重复。

在角色轮换方面，采取逐步过渡的策略。在活动初期，角色将固定一个月左右，以便学生熟悉文学圈学习模式及各自角色责任。待学生适应后，将实施每周轮换一次角色的制度，旨在让学生有机会尝试不同的角色，实现多元发展。

三、文学圈教学法的优势与局限

（一）文学圈教学法的优势

1. 学习内容具体明确

在文学圈中，学生们都十分清楚自己所要学习的内容，他们可以自主决定阅读哪一类的材料以及自行规划需要讨论的课题。教师在赋予学生选择图书的权利的同时，也要求他们进行自我管理并对个人的阅读学习负责任。在开始个人阅读之前，小组成员已经共同商定了活动前需要阅读的数量，并清楚了解到下次活动时应该读多少页书以及在讨论中扮演什么角色。

学生自己设计讨论题目可以使他们更清晰地确定学习重点，因为这需要他们深入理解和熟悉所学内容之后才能进行思考和撰写。丹尼尔斯指出了文学圈活动中的两个关键要素，即学生自主选择阅读材料和自行确定讨论议题。小组成员遵守设定好的时间安排，共同阅读并讨论内容，随后确定下次讨论的时间和主题。

2. 合作方式巧妙灵活

（1）活动前协作。学生们在活动开始之前需要根据文学圈讨论的要求进行分工合作，以便完成所有的学习任务。协作通常涉及将整体任务分解为多个子任务，并让小组成员负责不同的子任务。最终，整个小组的任务将在每个成员完成其子任务后完成，而成员可以在不同时段内完成各自的任务。在文学圈小组活动中，每个人扮演着不同的角色，并且他们需要阅读一定数量的材料。因此，文学圈小组活动的顺利与否取决于成员之间的分工合作。

（2）活动中讨论。在文学圈活动中，讨论是至关重要的环节，即小组成员在课堂内互相交流、讨论，以共同完成学习任务。在讨论过程中，小组成员不仅需要分工明确，还要紧密配合；他们可以自由地发表自己对问题的观点，也应该虚心倾听其他成员的见解，并有机会与他人就同一个问题的不同观点进行讨论。在小组讨论中，除了发表个人观点，还需要积极回应其他人的意见。关于对不同观点的讨论，不仅可以纠正原有看法，还能进一步拓展学生思考的广度和深度。文学圈的讨论有利于激发读者的深入思考，学生参与这些讨论，也会逐渐培养出批判性思维。

（3）活动后反思。活动结束后的反思体现在文学圈小组成员的回顾总结上，他们回顾了整个小组学习活动，讨论了活动中未解决或值得深入探讨的问题，并在课后展开了更深入的讨论和交流。小组内成员之间的相互支持，促进了集体进步和共同提高。

3. 师生关系民主和谐

在文学圈中，师生关系呈现出一种民主、互助的模式。教师扮演的是分享知识，提供协助、支持以及示范的角色。学生是意义的构建者、阅读者、作者、积极学习者和知识的传播者。教师和学生之间建立了一种相互理解、坦诚和信任的关系。

概括来说，文学圈中的师生之间的互动方式已经超越了传统课堂的范畴。在文学圈中，学生们表现出了前所未有的积极性，他们能够自己作出选择和决策。教师积极地与学生互动，通过观察学生并激发其学习兴趣来促进他们的发展。在很多情况下，教师会与学生一起讨论、合作、选择和安排学习内容。教师不再依赖预先准备好的教案，而是要持续探索、学习，以满足学生对知识的需求。在文学圈中，学生是课堂的主人，在教师的辅助和支持下高效率地阅读；教师则需要引导学生的思维，拓展学生的思维广度，激发学生的情感并为其营造自由思维的环境。

（二）文学圈教学法的局限

1. 角色要求较高

在文学圈的阅读活动中，深入讨论和明确角色的定位，可以帮助学生更加明确教学目标。通过角色扮演，可以激发学生对学习的热情。对问题的探究意识是人与生俱来的本领，学生准备好对某一问题进行深入探究后，他们会开始独立思考，并与他人探讨，在探讨过程中可以让不同的思维产生碰撞，最终产生新的灵感。文学圈中的角色分工，可以确保小组成员在活动中保持高度的专注，同时能培养他们克服困难的毅力和品质。

在文学圈活动中，每位参与者的角色都至关重要。在每次活动中，要求小组成员扮演不同的研讨角色，提倡换位思考，以便为讨论提供更多元的观点和分析，从而深入探讨作品的内涵。为了胜任所需完成的工作任务，教师可以引导全班同学通过扮演不同的角色来熟悉讨论内容，比如在小组讨论中，全部同学都担任“讨论指导者”，之后全部担任“文艺指路人”，再接着扮演“绘图天王”等。经过一系列角色的尝试和体验，学生将逐渐熟悉各种角色的责任，并根据小组需求扮演不同的角色。

2. 所需时间较长

文学圈的目标就是要培养具有终身阅读习惯的读书人，这一目标的实现需要大量的投入和经过长期的训练，无法一蹴而就。文学圈的成员事先协商好了每次活动前要阅读的内容和自己在讨论中扮演的角色，确保每个人清楚自己需要读多少页书和负责何种研讨角色。所有成员需要合作共同确定进度，并且要为每个学生制定个性化任务，以确保阅读有效、有条不紊地进行。定期组织阅读讲座讨论会，有助于每个小组成员认识到阅读需要持之以恒，并投入大量的精力才能取得成效。在文学圈中，需要经过一个学期，甚至更长的时间的阅读教学才能取得显著的成果。

教师应该遵循丹尼尔斯的建议，至少需要持续一个学期，最好是进行一个学年的阅读教学，只有这样，教师才能发现文学圈的教学效果。教师可以在每堂课上组织作品讨论小组，每组讨论时间为 30～50 分钟，目的是促进分享和各方参与，让学生与书本进行最自然、最真诚的互动。

文学圈鼓励以学生为中心的学习方法，让学生自主管理学习过程以提升他们的各项能力，但若是教师完全放任不管，可能会产生不良影响。教育包含了长期和短期的学习目标，学习者有时会集中精力在短期目标上，而忽视了长远目标，这可能是由于他们缺乏相关经验而造成的。如果教师在这时候没有及时给予指导，学生阅读能力的提升就会受到影响。因此，师生需要长期密切合作，以有效避免这种问题的发生。

3. 各讨论组进度不一

由于文学圈中各讨论小组成员的能力有所不同，因此每个小组的进度不同步，有些小组可能会在规定时间内提前完成任务而变得无事可做，其他一些小组可能表现出拖延的态势，导致无法如期结束。为了应对这种情况，教师需要仔细观察各个小组，并在观察后给予他们恰当的支持和帮助。对于那些进展较快的小组，教师可以建议他们深入探讨内容；对于那些进展缓慢的小组，教师应该协助他们找到问题出现的原因，引导学生正确解决问题以提升讨论的效率。

4. 教师负担加重

文学圈中强调个人化的阅读体验，主张让学生自主选择阅读材料并对学习过程中的进步情况进行自我监督。然而，在将这些概念付诸实践时，教师面对着多种挑战。首先，个人化的课程要求教师保持较强的记忆力，此外，这种课程对教师备课的要求也比较高，许多教师难以胜任。其次，监测每个学生的发展并据此调整教学方法和内容以满足他们的需求，这对教师来说是具有挑战性的。最后，由于文学圈活动需要进行许多准备工作，包括选择阅读材料、组建阅读小组、准备研讨角色和填写角色日志等，因此，教师在其中给予的专业指导是至关重要的。学生从初步了解文学圈到熟练运用文学知识，需要投入大量时间和精力，教师也需要付出同样的努力才能看到效果。

5. 选材令人困惑

学生应该根据个人的独立阅读水平来选择阅读材料，还是需要根据依赖教师指导的水平来选择？如果他们根据独立阅读水平来选择阅读材料，那么他们在阅读过程中就不再需要依赖教师的指导。如果选择的阅读材料符合需要教师指导的水平，那么教师又面临着可能无法在每个小组学生需要帮助时及时作出回应的难题，因为每个学生的需求和阅读水平是不一样的。实践证明，由教师代为挑选书籍有其利弊。其中的好处是：首先，由于大多数书籍都是由同一人挑选的，有效地避免了书籍的重复。其次，教师比较了解学生的阅读能力，并对书籍的内容和深度进行了详细了解，从而能作出正确的选择。教师在选择经典作品时会考虑学生的阅读水平，而不仅仅只关注读物的知名度。最后，教师会选择适合班级学生的读物，确保每个学生都有机会阅读既有挑战性又适合自己的作品。只有选择一些有趣但不过于困难的书籍进行阅读，才能够有效提升读者的语言水平。晦涩难懂的文章容易打击学生的阅读信心，扼杀他们的阅读热情；对于学生来说，阅读简单的文章可能会使他们变得自满，并减弱他们的学习动机。由教师挑选读物的不足之处在于：教师所选用的书籍主题反映了部分个人喜好，与学生的阅读兴趣可能存在差距，可能使部分学生难以找到符合他们需求的阅读材料，导致与学生生活脱节。

四、文学圈教学法在英美文学教学中的基本程序

（一）选择阅读材料

文学圈的理论先驱哈维·丹尼尔斯特别关注的一个方面是“真实选择”。他坚信，学生在选择阅读材料方面应该享有自由，同时应该对自己设定明确的目标并承担起自我阅读学习的责任。在传统的英美文学教学中，学生缺少自由选择的权利，他们通常需要阅读规定的教材和教师额外指定的读物。然而，要使学生养成良好的阅读习惯，最好是让学生自行选择自己感兴趣的读物，这样才会激发他们的阅读热情，使他们自发地产生阅读行为。

学习需要学生自发地参与，达成这一目的最好的方式是激发学生对学习内容的兴趣，从而让他们产生内在动力来主动学习。学生对自己选择的阅读材料充满兴趣是非常关键的，因为“兴趣是最好的老师”。

在文学圈中，学生在选择阅读材料时有很多选择，通常包括英美小说、英美诗歌、英美戏剧、传记以及其他流行的作品或经典作品。为了保证学生所选的英美文学作品是有阅读意义的，教师可以组织一个小型的书展，让学生携带自己阅读过、被推荐过或一直想阅读但未能有机会阅读的英美文学著作，然后在课堂上与同学分享经验和见解。在这段时间里，教师也可以向学生推荐自己钟爱或非常推崇的英美文学著作。教师应该给予学生正确的建议，即在他们选择英美文学作品时要考虑那些有助于他们建立科学知识结构和培养良好品质的优秀作品。教师和学生经过交谈后，共同确定一份“推荐书单”，书单中的英美文学作品应涵盖与学生生活相关的事件或话题，这样有助于激发学生的阅读兴趣，引发他们更深层次的思考。

（二）组成阅读小组

文学圈的分组原则并非根据学生的阅读和理解水平划分，而是先让学生根据自己的兴趣自主选择英美文学作品，教师再以此来进行分组，这样可以确保组内成员都是对相同作品或书籍有共同兴趣的人。小组人数最好为 4～8 人，这样的设置有助于确保小组成员都有机会表达自己的想法。尽管他们在知识、能力和个性等方面可能存在差异，但这种多样性使小组本身就拥有丰富的学习资源。

文学圈在帮助班级成员顺利进行交流与合作方面起着关键作用，通过师生之间的相互启发和学习来促进互动。学生对文学圈的认识比较有限，教师需要引导他们积极参与文学活动。教师可以与学生一起探讨如何处理英美文学作品中的生词，如何看待组内其他成员的观点和想法，共同挑选适合讨论的话题，以及如何在讨论过程中与同伴和睦相处，避免冲突。这样可以为即将进行的小组讨论做好准备。

在文学圈小组阅读过程中，每个小组成员都要阅读同一本英美文学作品。选择共同阅读一本书有助于加强小组成员之间的互动，便于促进更加顺畅且高效的交流和沟通。在这个小团队中，学生们的阅读能力不一样。阅读困难的学生可以通过参与小组合作获得有益的学习机会，通过相互交流讨论的方式获取灵感。对于阅读能力较强的学生来说，可以增强他们对小组中其他成员的责任感，使其学会理解与尊重小组中每以位成员的观点和意见。

（三）准备研讨角色

在自读准备阶段，每个小组成员都需要自主阅读指定的英美文学作品，学生们要认真完成这一过程，然后根据个人喜好或特点选择适合或感兴趣的角色扮演。自主选择角色给学生提供了一个良好的机会，能让他们在自己喜欢的角色中探索和发挥自身的潜力，并且在这个过程当中体验责任感和使命感的重要性。

在文学圈中，学生可以在小组中进行分工合作，通过扮演不同的研讨角色来参与讨论，这样不仅可以促使每个成员明确自己的职责，还有助于学生拓宽自己的视野，以多样化的方式和角度来分析文学作品。学生在自主选择角色的过程中，也能学到如何在小组内平衡和管理不同的人际关系。由于每个人在团队中扮演着不同的角色，小组成员因此开始认识到他们需要对自己所学的内容负责，并学会倾听各种不同的看法。文学圈已经变成了学生们互相分享、交流、学习、体验和展现思想的乐园。学生通过与同学合作学习，培养了其倾听、合作、诚实的品质，为教室营造了一种充满民主和多样性的学习环境。

通过角色的设定，可以引领学生们发现知识中的重要细节，体验解决难题的乐趣和互相交流的乐趣；让阅读变得更有趣味、更有吸引力，让课外阅读成为启迪思维、提升洞察力、理解和追求知识的有效途径；让学生与书籍互相沟通交流，感受到文学作品带来的精神上的愉悦，为英美文学课堂注入新的活力。

在展开讨论之前，每个参与文学讨论的成员都应当明确自己在其中扮演的角色。通过仔细阅读英美文学作品，学生们可以选择他们感兴趣的人物进行角色扮演。

（四）扮演讨论角色

1. 讨论中的分享

在讨论中，教师要引导学生平等待人、尊重他人，以此为基础发表自己的观点。引导学生在和别人交流的时候，要学会认真听取他人的观点，并且将自己阅读的内容做一个清晰的总结和整理。这样可以激发学生的多元化思考和创新思维，促进思想的活跃，让阅读和学习更加高效。文学圈的讨论和分享息息相关，讨论中的分享主要包括以下三种情况：

首先，分享热情。人们与他人谈论一本英美文学作品的目的，在很大程度上是希望能够与他人分享自己对这本书的喜爱，并促使他人也开始阅读这部作品。在班级里，学生们通过不断交流并相互分享，逐渐培养出了参与讨论的热情，创造出了良好的交流氛围。

其次，分享困惑。因为语言和文化差异等种种原因，学生在阅读英美文学时可能时常会感到困惑，例如，在安排学生自行阅读某部英美小说时，他们可能会提出一些关于小说细节方面的问题。这种情况很普遍，因为他们正在阅读中培养质疑的态度，并且会在提出疑问后积极寻找答案解决疑问。在文学圈的讨论中，学生通过互相沟通、交流和阐释疑惑的问题，能进一步深化对英美文学的理解。

最后，分享关联性。学生作为英美文学作品的读者，他们在阅读过程中，通常会利用日常生活中的经验来解读这些作品的意义，或者通过对一部作品的解读来辅助理解其他作品。在讨论时，学生会在无意中对两部不同的作品进行对比，将两部英美文学作品的异同进行了比较，分析了书中角色的特点。通过这种比较评论的方式，能够加深学生对英美文学的认识。

在文学圈的交流中，小组成员间互相分享想法，共同努力解决各种复杂问题，从中获得更多的智慧和启示。同时，这个过程能够产生新的想法，深化学生对文学作品的理解。值得一提的是，学生在未经文学圈讨论的影响之前对作品的初始认识通常是“知其然，不知其所以然”[①]，经过文学圈的“融化、磨合”后，他们对一部文学作品才能有准确、全面的认知，进而为日后的文本阅读打下良好的基础。可以看出，文学圈倡导的合作阅读氛围能够促进学生阅读能力的提升。

一旦每个文学圈的参与者都已完成自主阅读并为即将扮演的角色做好了准备，他们就应该聚在一起开始讨论。讨论是一个自由而开放的学习方式，在这种学习环境中，学生可以自由表达自己的观点和想法。在讨论过程中，小组成员可以查阅他们的“书面记录”或“角色日志”，以帮助他们更好地参与小组讨论。在文学圈的探讨中，强调通过自然、开放的方法促使学生对书籍内容展开讨论，重视学生个人独特的观点和见解。讨论会强调以学习者为中心，将学生看作讨论中的主体角色，但也重视教师的指导作用。

2. 讨论实施

在进行文学圈小组讨论之前，教师应该首先明确地告诉学生文学圈小组讨论的规则是什么。如果没有明确的规定，文学圈的讨论可能会变得混乱不堪，导致多人同时交谈并会产生争执。因此，教师和学生在讨论之前可以一起商讨制定规则，这些基本规则包括：第一，小组成员轮流发言，并且每人每次发言的时长应控制在 5 分钟以内；第二，发言人在发言时要吐字清晰，声音洪亮，将自己的想法准确地表达出来，并且要围绕主题展开讲述，避免跑题；第三，仔细聆听他人的观点，并且尊重小组成员不同的想法；第四，可以对小组成员的发言进行延伸，

① 朱瑞玟 . 成语探源辞典 [M]. 北京：首都师范大学出版社，1996.

也可以陈述个人看法；第五，除了固定的发言人员，通常由教师指定发言者，如果存在异议，需要先征得教师的同意才能发言。

在文学圈的讨论中应做到四要：一要做好充分的准备，在发言之前准备好发言稿和讨论大纲；二要确保发言时的语言表达清晰流利；三要提高讨论的启发性和引导性；四要确保在课堂讨论结束时及时对内容进行总结。这四点要求清楚地表明仅仅将学生分组并促使他们展开讨论，并不能确保学生们能够进行高效的讨论。学生需要具备相关知识和沟通技巧以参与讨论。按照班杜拉提出的“榜样示范”理论，教师可以通过播放影片或组织小组讨论的方式展示“专家”如何进行发言，从而协助学生进行模拟练习。当然，在小组讨论中，教师需要示范并指导学生掌握良好的讨论技巧，但学生自己的领悟能力是培养讨论技能的关键。因此，教师应该协助学生发展自我监控和审视的能力，从而使他们的讨论技能得以提高。

教师不仅应该在学生讨论之前认真准备，还要在学生讨论时扮演指导者、推动者和参与者的角色。在课堂上进行讨论，通过集体讨论使思维不断拓展，这是一个漫长的过程。这种思维过程不是简单地联想，而是持续不断演化的过程。因此，在引导集体思维的过程中不断指导，是确保教学顺利进行的关键。

总的来说，教师在讨论过程中应该激发学生的批判性思维，让他们提出各种问题，培养学生多角度看待问题的能力，从而促使小组成员们集中注意力，积极参与讨论的过程。

五、文学圈教学法给英美文学教学的启示

在我国英美文学课程中，从文学圈教学法中可以汲取许多有益的经验，这种教学方法在选择教材、设计课程活动、确定教师角色以及进行阅读评价等方面都有自己的独特魅力。

（一）注重阅读材料选择的开放性

在文学圈中，学生有自由选择英美文学阅读材料的机会，并且他们的阅读倾向和兴趣也会备受关注。由于材料更加丰富、新颖，能够更好地激发学生的阅读热情，同时能促使教师改变以往的教学观念。

关注学生的阅读兴趣和动机对于推动英美文学教学摆脱学科教材的限制至关重要。鼓励学生以自己感兴趣的主题展开研究并发表见解是英美文学学习的重要意义。

（二）重视阅读思维的训练

如今越来越多的人开始意识到阅读是一种智力活动，他们也越来越明白认知方式在阅读过程中的重要性。专家和学校阅读课教师也越来越倾向于研究阅读中的思维活动方式和规律，他们希望激发学生的阅读兴趣，并鼓励学生在进行英美文学阅读时积极思考，以提高思维能力。文学圈的阅读活动有助于促进学生在不同智力水平和思维方式上的互相交流和学习。在文学圈中，合作互助、相互尊重、和谐相处始终是学习的关键。学生的思维要始终保持积极、活跃和主动的状态，交流方式由传递信息转变为互相交流，让课堂教学变成了学生主动发起和整合主题活动的过程。

当前的英美文学教学旨在帮助学生跨越语言和思想之间的障碍，通过探索从语言到思想的过程，然后回到语言的循环中。语言文字到思想内容的过程，涉及学生通过对文字的解读来理解文章的主旨。通过对作者的思路进行理解并观察作者的选择素材的方式、语言组织的结构以及表达方式，从阅读中学习写作技巧。我们鼓励学生不仅要在文学圈中进行创造性阅读，还要引导他们去领会、去思考作者的观点和情感。我们需要教导学生在阅读时，努力去理解作者的意图和情感，以此挖掘文本的美感。只有在理解的基础上，他们才能展开批判性思考和个性化阅读。

（三）强调口头与笔头能力的一致性

在文学圈中，利用听、说、读、写的综合交流方式有助于学生全面提升语言能力。

教师在教授英美文学时应该采用主题教学方法。这意味着英美文学的教学目标不再只是培养学生的语言技能，而是让学生通过围绕特定主题，在实际情境当中进行综合的听说读写训练，以提升他们的语言运用和阅读理解能力。

（四）侧重教师角色的中介性

在文学圈的阅读教学中，强调学习者要在阅读过程中积极参与，融入学习环境中。他们应该与同学互动沟通、共享信息、共同解决问题。教师和学生互相合作构成一个学习团队，一同讨论、制定和调整学习目标。教师在学生学习过程中充当了学习的合作伙伴和榜样的角色，扮演了连接学生学习的纽带角色。目前，在英美文学教学中，通常采用预先设计好的教学计划，教学方式主要是通过教师向学生传达信息，学生大多处于被动接受的状态，他们要么被限制在框定的范围内思考问题，要么按照教师的意图来解答问题，以满足标准答案的要求，达成最终的教学目标。这种教学方法无法有效地激发学生的参与感，也无法帮助他们对阅读材料进行个性化的反思和理解。我们需要重新审视英美文学课堂中教师的责任和对学生产生的影响，以促进学习者自主学习能力的培养。教师需要转变成为教学活动的引导者，不再扮演主导者的角色，而是真正成为学生学习的组织者和对话者，扮演协助者的角色。根据学生的独特需求和学习风格来调整教学方法，与学生进行有意义的互动和沟通，分享阅读学习的乐趣，激发他们的学习积极性。

（五）关注评价的非形式化

在文学圈的阅读教学中，教师要通过观察学生在阅读中的表现，与他们进行互动交流，全面了解学生的阅读进度，以便对学生给予及时的反馈与指导，从而推动他们的学习取得进步。

要确保评价起到有效的作用，我们需要更加密切地观察学生的阅读活动，以便了解他们的语言习惯。通过观察和记录学生的表现，我们能够给予学生及时的反馈，激励他们思考，并最终培养他们的自我发展能力。在对学生进行评价时，要注重学生自我评价，教师应该指导学生在学习中与同伴进行知识的分享，并学会欣赏自己和他人在学习方面取得的成就。除此之外，教师在评价中还要注重对学生进行鼓励，善于发现学生的长处，让学生树立自信心并激发他们学习的动力。

第三节　产出导向教学法

一、产出导向法的定义

产出导向法的原型是“输出驱动假设”。2007 年，文秋芳教授在“首届全国英语专业院系主任高级论坛”上首次提出了“输出驱动假设”。2008 年，文秋芳教授首次阐述了“输出驱动假设”的概念和具体内容。该假设借鉴了国外若干理论，如语言“输入假说”和语言“输出假说”。只有以学生进行语言“输出”为导向的教学，才是一种有效的语言课堂教学法。相较于教师输入，让学生进行语言输出，更能驱动学生进行语言学习，因为没有学生输出，哪怕教师提供更优质的语言输入，课堂教学也不会有好的效果。

2013 年，文秋芳教授试图将“输出驱动假设”理论拓展到大学英语课堂教学中，探究其提升教学效果和学生成绩的可能性。2014 年，产出导向法团队对“输出驱动假设”的理论进行进一步订正，从而提出了新的假设“输出驱动—输入促成假设”。新的假设明确指出了语言的“输入”能促成语言的“输出”，奠定了“语言输入促进语言产出任务”。同年 10 月，产出导向法团队将其正式更名为“产出导向法”。“产出”既强调过程，也强调结果：以输出带动输入，并界定“产出”与“输出”的定义区别。语言的“产出”指的是运用语言进行口语表达、运用语言进行写作和翻译；语言的“输出”指的是运用语言进行口语表达和写作，可以说“产出”包括“输出”。2016 年，产出导向法新设“以评促学”假设，该假设指的是，学生通过教师的指导，明确从评价中获得的反馈信息用来提升自身学习效果，也称为“师生合作评价”。

二、产出导向法理论体系

文秋芳教授于 2015 年提出产出导向法的理论体系，并于 2017 年、2018 年进行了两次修订。该理论体系主要分为三部分，即教学理念、教学假设与教学流程。在这三个部分中，教学理念指导教学假设和教学流程；教学流程以教学假设为理论依据，是教学理念和教学假设的实现。

（一）产出导向法的教学理念

产出导向法的教学理念包括“学习中心说”“学用一体说”“文化交流说”“关键能力说”。

1. 学习中心说

“学习中心说”是指教师在课堂上的教学活动，其主要目的是确保学生通过学习获取知识。我们可以发现，这与过去的课堂教学中以学习者为中心的理念有一些相似之处，但也存在一些不同之处。一方面，“学习中心说”强调学生在语言课堂教学中扮演主体角色，同时肯定教师在引导和协助学生语言学习方面的关键作用。其核心观点是通过教师的引导实现学生学习效果的最大化。另一方面，“学习中心说”认为教学的最终目标在于确保学生能够获得知识，而不是过分强调学习过程的中心人物或主导学习过程的角色。

2. 学用一体说

“学用一体说”指的是教师在教学过程中要确保所教授的知识可以让学生应用到实际生活中，学习知识和应用知识之间的联系要紧密，避免出现过长的时间间隔。“学用一体说”中的“学”是指“输入”，即听和读；“用”指的是“产出”，涵盖说、写和译。在教学过程中，学生可以通过将课堂所学知识运用到实际任务中，从而展现他们的“英语应用技能”，实现理论知识与实际操作相结合的目标。

3. 文化交流说

“文化交流说”强调，不同文化下的语言教学应以语言作为媒介，以促进学生之间的交流与学习。在对外汉语教学时，应该在其中融入文化交流的元素，因为学习者来自各个国家，具有各异于中国文化的背景。因此，在传授知识的过程中，教师既需要引导学生了解和尊重中国文化，也需要鼓励他们用汉语来表达自己的文化，推动跨文化交流。

4. 关键能力说

针对不同的学习对象，需要培养的关键能力各有侧重，但是他们最需要具备三个能力，即迁移能力、学习能力和合作能力。“迁移能力”指的是学习者能够成功地将他们学到的新语言知识和技能应用到不同的情境中。“学习能力”是指这些学习汉语作为外语的人自主获得汉语知识的能力。“合作能力”是指这些学习汉语的人需要具备彼此尊重并共同合作的能力。

（二）产出导向法的教学假设

产出导向法的教学假设包括“输出驱动假设”“输入促成假设”“选择性学习假设”“以评为学假设”。

1. 输出驱动假设

“输出驱动假设”强调的是学习的目标是为了增强语言技能，从而推动学生的语言习得进程。有学者指出，教师可以通过引导学生进行语言表达，帮助他们发现知识存在欠缺的地方，并在此基础上向他们传授语言知识。在这一假设中，通过进行语言“输出”可以激发学生的学习兴趣，促使他们主动学习，并意识到自己的不足之处，从而加强对未来学习的重视。

2. 输入促成假设

“输入促成假设”是指在强调“输出驱动”的基础上，教师提供适当的“输入”来促使学生产出，从而帮助他们更好地学习语言。在这个过程中，发生在教室里的教学活动需要充分发挥教师的支持作用，教师应及时引导学生，并为他们提供合适的学习材料和讲解，帮助学生更好地理解知识，从而提升他们的学习效果，顺利完成学习任务。

3. 选择性学习假设

优秀的学习者能够有效地筛选和记忆重要信息，无论是在课堂上还是日常学习中，学生会从教师提供的语言材料中选取适合自己的语言知识进行学习、强化和记忆。在时间有限、课业繁重的情况下，为了增强学习效果，学生可以有选择性地阅读教师提供的学习资料。

4. 以评为学假设

“以评为学假设”是指在教师的引导下，学生在评价中学习。这个假设一方面可以解决外语教学中评价与学习分离的问题，还能帮助教师更全面地了解学生评价的意义和重要性。具体来说，教师会在课程开始前对学生的现状进行评估，以便为他们挑选合适的学习资料。教师在课堂上根据学生的表现进行深入思考后给予学生有建设性的评价。学生在课余时间根据教师的建议，通过自我评价和同伴间互相评价的方式来提高学习效果。由此可见，“以评为学假设”可以使课堂评价方式更加多元化，从而促进学生实现更加高效的学习。

（三）产出导向法的教学流程

在教学过程中，产出导向法包括驱动、促成和评价三个环节。这三个教学环节之间紧密联系，先以小循环的形式完成子产出任务，再进行整体大循环完成总的产出任务。

1. 驱动环节

在产出导向法中，驱动环节是其中的第一个环节，其目的不是为后续的知识输入做准备工作，而是在于激发学生的学习动力。在“产出导向法”中，教师要考虑学生的特点，设定具有一定挑战性的语言产出任务，确保任务难度适中。此外，教师要为学生创设相应的交际环境。学生应当尝试完成任务，以便发现并克服自己的弱点，从而激发自己的学习动力。

在课前进行驱动环节可以减少课堂教学时间的浪费。因此，未来的研究可以深入探讨如何利用信息技术在课前进行驱动环节的教学，借助“线上线下”学习模式实现以学生为中心的教学，以提高产出导向模式的效果。

2. 促成环节

在产出导向法中，促成环节是其中的第二个环节，教师的主要职责是向学生提供语言学习资源，并帮助他们作出有针对性的学习决策。促成环节包括“输入”和“输出”活动，这充分展现了将学习与实际应用结合起来的理念。在这个环节，教师会首先向学生解释语言产出任务，以确保他们理解任务的步骤和要求。学生根据任务要求，在已熟悉的语言材料中挑选相关内容进行学习。

3. 评价环节

评价环节是产出导向法中的第三个环节。文秋芳提出了两种产出评价方法：即时评价和延时评价。即时评价是指教师在课堂对学生选择性学习和产出内容进行观察后所进行的评价，通过这种方式，教师可以迅速了解学生的学习状况，进而对教学活动进行及时调整。延时评价是对学生在课外展现的学习成果进行评价，可以通过口头或书面方式进行。在确定延时评价的标准时，需要综合考虑教学目标、内容复杂程度和学生对所学知识的接受程度等要素。

三、产出导向法在英美文学赏析课程中的应用

产出导向法在英美文学教学中的应用越来越多，其理论体系也在进一步完善，越来越多的学者开始研究和讨论在英美文学领域中产出导向法的应用实践。

根据产出导向法的教学方法，本书将课堂分为三个阶段，包括课前、课中和课后。另外，在以产出为导向的原则指导下，评价贯穿于整个教学过程之中。作者在英美文学赏析课程中探讨了产出导向法的应用，包括课堂三个阶段、评价方式以及分析并引导学生合理应用网络资源等五个方面。

（一）课前阶段

在英美文学教学实践中，教师需要将学生分成人数相近的若干组，有时可进行随机分组，有时也可以根据课堂需求进行分组。确定要教授的文学作品后，教师需要提前分析文学作品，解读其中的重点内容，并安排相关的学习任务。教师可以在布置任务时提醒学生查找相关的资料，以便他们能够自主探索学习的方向。要为每组同学分配不同的任务，旨在激发学生积极思考，帮助他们从不同视角更加深入地理解文学作品。最后，各组同学共同协作，携手完成一份读书报告。为了让学生在课程开始前就能提交本组的报告，任务需要提前发布。在课前，教师需要提前了解学生的学习状况，了解他们的学习进展，这样在课堂上就能有针对性地教学，缩小知识差距并进行总结。除此之外，无论是在整体层面还是具体细节上，教师都需要对自己提供的几个分析方面进行深入钻研，综合总结并扩展知识内容，这样才能帮助学生更深入地理解和认识该作品。

（二）课中阶段

在课堂上，教师首先需要通过多个角度深入地赏析文学作品，以便让学生意识到他们在哪些方面对作品存在理解不足的情况。教师还应该运用联系的观点来分析各个角度之间的联系，帮助学生准确分析他们理解不完整的部分。通过这种全面而深入的分析方法，可以有效地激励学生，帮助他们认识到自己的学习目标。

然后教师应该细致地分析作品，让学生了解作品是如何逐步达到艺术巅峰的过程。在这个过程中，教师需要通过提出相关问题，逐步引导学生深化对作品的理解。结合学生事先准备的读书报告，在整个课堂过程中，教师扮演着引领的角色，学生则是课堂的主体角色。教师还需要根据读书报告，提出引人思考的问题，帮助学生深入理解作品。教师需要有目的性地引导学生回答问题，在学生做出回答后立即提供反馈，并让学生明白自己有哪些方面依然存在可以提升的空间。学生在收到教师的即时评价后，会更进一步地激发自己的学习兴趣。

（三）课后阶段

英美文学赏析的课后任务通常需要关注两个方面的内容：首先，考虑到在课堂上时间的限制，教师无法对所有细节知识进行深入探讨，因此通过课后作业的方式鼓励学生在课后进一步思考、讨论和深入挖掘作品的内涵。这种作业应当包含论述题或简答题。其次，英美文学赏析课程强调学生要广泛阅读文学作品，因此课后作业的重点是促使学生在课后积极独立地阅读英美文学作品。这种类型的作业包含选择题或填空题的题型。所有类型的课后任务都旨在提高学生独立思考的能力，并帮助他们逐渐学会解读文学作品的技巧。

（四）评价方式

在英美文学赏析课堂教学中应用产出导向法时，其评价方式强调用评价促进学生更好地学习，即所有学生和教师都参与到评价过程中来，共同成为评价的主体。在课堂上，教师要及时向学生提供反馈。在学生表达自己的想法后，同学或教师进行及时的回应，如有异议，则会展开针对性的讨论。在评价学生的课前准备和课后复习时，通常采用延时评价的方法。学生可以将阅读报告或书面作业上传到蓝墨云班课。教师会先让学生进行匿名评价，接着再由教师对学生的学习成果进行评价。无论教师如何进行评价，都应该附带对学生的表现给出评语，而不是仅仅给出一个评分数字。只有通过评价，才能帮助学生认识到自身存在的问题，从而促使他们的学习效果得到进一步提升。

（五）分析并引导学生合理应用网络资源

随着信息技术的快速发展和网络资源的不断增加，学生和教师的学习和教学方式正在逐渐发生改变。学生现在可以通过网络资源来丰富学习经验，而不再只依赖于课堂和教材。显而易见，教师需要随时了解专业领域的最新发展动态，整合各种各样的网络资源，并在合适的教学时机与学生分享，以帮助他们拓展思维。这将大大激发学生的学习兴趣，拓展他们对英美文学作品的理解。此外，教师的教学职责已经不再局限于向学生传授教科书和课堂知识，而是更注重促进学生的个性发展，强调在教学中师生之间的沟通互动。总体而言，在教师适时且得当的指导下，网络资源在英美文学解析课堂上将会产生更为广泛和深远的影响。

第六章　英美文学类型及教学实践

本章为英美文学类型及教学实践，分别介绍了散文教学实践、小说教学实践、诗歌教学实践、戏剧教学实践四个方面的内容，为读者呈现了一幅丰富多彩的英美文学教学画卷。

第一节　散文教学实践

一、英美散文概述

（一）“散文”的英语表达

“散文”在英语中有两个词可以表达：一个是“prose”，一个是“essay”。相对韵文（verse）或诗歌（poetry）等讲究韵律的文体而言，“prose”指广义的散文，包括文学体裁中的艺术散文和非文学体裁中的实用散文，还有除了诗歌的一切非韵文体裁，诸如小说、戏剧、传记、政论、文学批评、随笔、演说、游记、日记、书信等。可见，“prose”作为范围更加宽泛的散文，包括小说性散文（fictional prose）和非小说性散文（nonfictional prose），自然也包括“essay”。黑格尔《美学》及苏联什克洛夫斯基的《散文理论》中所论散文也是如此。从这个意义上看，“prose”是自有书面语创作以来始终不间断的语言活动，其历史悠久，成就斐然。“essay”指的是较狭义的散文，它在内容上指那些由一件小事生发开去，信笔写来，意到笔随，揭示出微言大义的文章，也指议论时政、评价文学现象的气势恢宏、洋洋洒洒的政论和文论。这些散文的文字大多以严肃的论题、犀利的笔触和雄辩的论证为特点，一般译为“随笔”。随笔散文历史较短，虽然随笔起源于西方，早在古希腊和罗马时代即以正式或非正式的作品形式存在，常见的有反对偶像崇拜和抨击教条的作品，但直到法国蒙田赋予“随笔”这一名称，且以深沉、直率和恳切的文章为私人随笔创立了标准，才确立了这一文体。

（二）英美散文的功能

散文主要具有记叙、描写、说明、议论四大功能。

1. 记叙

记叙文，顾名思义，记叙本人的亲身经历或作者所见所闻的奇闻逸事，所记之事或为新近的事，或为陈年旧事，同时包括何时、何地、何人、何事等要素。但记叙文并非单纯地讲故事，而是通过叙述故事将自己的感受与体验传达给读者，使其如临其境，在不知不觉中体味其中甘苦，接受作者对人生乃至对社会的见解。如史蒂文森的《骑驴旅行》（*Travels with a Donkey*），叙述自己的一段亲身经历，记叙中流露出自己对世界、对人生乃至对政治的看法，描述的虽是细微的事物，却深刻地反映了社会现象。

2. 描写

在散文构建中，描写是一种将感知转变成言语的艺术。所有的描写都涉及两大要素：一是所见所闻之景物是何模样，二是所言之人的举止言行、外貌形象。在描写过程中，抒情浓烈，一切被描写的对象都是作者情怀的外在体现。作品写景为的是创造气氛，寄托作者的心境，抒发作者的情怀；写物为的是托物言志，寄寓自己的精神与志趣；写人为的是凸显形象，表达作者对生活的感受和认识。

3. 说明

说明文具有很强的实用性，在散文中占有很大比重。说明文通常直接或间接地回答 How（如何）和 Why（为何）两类问题。因此，主题的展开靠的是逻辑分析而非时空铺陈。说明文的主题可以是人、事、物或某种观点概念，无论是什么内容，作者需要的是思考、阐释、分析、说理。并且为了将问题说明并使人信服，作者通常采用比较、对照、类比、分析、假设、推断、阐述因果等手法谋篇布局。故此，说明文通常结构严谨、措辞精当、逻辑缜密。

说明笔法通常就某一主题来进行阐述和发挥，其结构严整，逻辑力强，文字精确。如纽曼主教的《绅士的界说》（*Definition of a Gentleman*）。

4. 议论

议论文与说明文的相同之处在于两者都含有分析推理，但最大的不同在于推理，说明文中的推理是为了阐释说明主题，议论文中的推理则是为了得出结论，为了说服他人或读者。因此，议论文中的核心部分——推理——由演绎和归纳两部分构成。总体而言，演绎是由普通到特殊案例的推演，由此得出特殊结论；归纳则是由特殊案例总结归纳出普遍规律。

（三）英美散文的特点

英国的散文长度比较短，这样的风格才更加生动有趣，读者也更容易读懂。英国的散文作品通常具有教育性质，有的作者在文章中将其表达得非常明了，有的则更加含蓄一些；有的以直接的方式展现自己的观点，有的则选择用间接的方式表达。有些时代的散文家更注重文章的教育意义，他们的这种意识有时可能体现在他们的作品集合中，而不是在每篇具体文章中都有所体现。英国散文常以直率、清晰、简洁的语言为特点，而并非将奢华庄严的文体作为主导。英国散文通常具有温暖亲切的笔调，情感流露自然且轻松幽默，展现了作者独特的个性，因而被视为一种富有魅力的文学形式。由于英国散文的篇幅较小，作者有足够的时间来深入思考并精心构建文章的结构，使作品显得极具魅力，堪称散文领域的精品。约翰逊的理性论辩、哈慈利特的隽言妙语、狄更斯的通俗写实、卡莱尔的历史写作、达尔文的科学论证、罗斯金的经济忧患、阿诺德的文学探讨、罗素的哲学见解、克拉克的电视讲座等，共同描绘出英国散文作家的多元面貌与英国历史语境交织出来的思想景观和散文图画。

美国散文在题材和体裁上呈现出开放性、多样性和探索性的特点，风格多元并存、思辨性突出、写实性很强、幽默感独特。爱默生、麦尔维尔、詹姆斯、弗罗斯特等人的散文让人感受到无比强悍的思想活力和冷峻的辩证思维；梭罗、克莱恩、杰克・伦敦、庞德、安德森、海明威、福克纳、考普兰、韦尔蒂等人文笔清新自然、简约洗练；马克・吐温、欧・亨利、瑟伯、佩雷尔曼、冯内古特等作家的散文犀利幽默，充满张力、辛辣与苦涩；门肯、爱德蒙・威尔逊、李普曼、怀特等在大众文化的历史性挑战和机遇中为保持散文的文学地位付出了不懈的努力，尤其是怀特，以博大的视野、精致的文笔、敏锐的观察、纯真朴实的个性被誉为“20世纪最伟大的散文家”；沃尔夫、塔利斯、麦克菲、狄迪恩等人的新闻主义手法也给散文创作带来了深远的影响；道格拉斯、鲍德温、马丁·路德·金、金凯德、汤亭亭等作家的散文创作，又给美国的散文的发展图景增添了有力的一笔。

二、中国古典散文与英美随笔散文的差异

尽管英美随笔散文和中国古典散文是两个独立的文学体系，但现代散文的影响使我们对中国传统散文的审美特征和文化特质尚未完全理解透彻。有时候我们可能把古典散文视为一种应用性文体，与英美随笔散文在某些概念和方法上产生了一些混淆。中国的散文比英美的随笔文学发展时间大约早一千年，而且中国的散文风格与英美的古典散文相似。尽管在翻译领域，现代散文和随笔经常被同等看待，但从本质上来看，随笔更接近于传统散文。这两者不仅在功能和形式上相似，都是以写实性为基础的应用文或论说文体，在形式上，它们不采用分行的形式，而是通过自然语言的逻辑结构来组织内容，这是它们最主要的共同之处。当然，虽然存在共同之处，但两种文体在其他方面展现出相当明显的差异，从而为人们将这两种文体进行比较提供了依据。因此，将研究的焦点放在“散文”这个议题上，从宏观的视角比较英美随笔散文和中国古典散文，可以更深入地理解在不同文化环境下，散文体裁的起源和呈现出的文化特性。这有助于人们通过更准确的方式比较和区分这两种文学风格，同时通过对这两种文体进行比较，探讨英美文学和中国古典文学文化传统之间的异同，对后续英美文学知识的学习具有一定的启发意义。

（一）对诗歌文体的亲近与疏离

绝大多数的人相信，民族文学起源于诗歌。中国古代文学的起源可以追溯到《诗经》。英美文学的起源可以追溯到史诗式的英雄传奇和神话传说。

中国古代文学的主流并不包括诗歌，这一点在文学史领域被广泛认可，并且这一点也可以从古代文人全集的编排中得到验证。在古代，人们通常会先编辑文集，然后是诗集，再接着是词曲，小说的地位相对较低，很少被列入高雅的文集之中。这种排序方式也间接展现了中国古代各种文体的地位。相比之下，英美文

学则与之迥异，英美文学习惯于将古希腊和古罗马文学视作其起源，并赋予了诗歌重要的地位。古希腊荷马史诗《伊利亚特》和《奥德赛》被认为是经典之作，在英美文学及整个西方文学领域中占据着重要地位，为英美文学以及整个西方文学的发展奠定了基础。诗歌一直在英美文学发展的历史上扮演着重要的角色。在英美随笔散文的写作中，也难以忽视诗歌带来的灵感和影响。直到宋代，中国古代才开始提出文体互渗的概念，如“以文为诗”“以诗为词”“以文为词”。英美文学与其他文学的不同之处在于其明显的史诗传统和中世纪文化活力匮乏的特点，因此几乎所有比较重要的文学作品都采用了诗歌形式，如英国的《贝奥武甫》、约翰·弥尔顿的《失乐园》和《力士参孙》，以及莎士比亚的大部分戏剧对白也是诗歌形式。在这一方面，西方人不仅不认为这种文体形式有何不妥，而且在一定程度上还会支持这种诗歌传统，因此使英美散文随笔作为一种文学形式出现得相对较晚，直到培根、梭罗、爱默生等人的出现，才使英美成熟的随笔散文全面形成。尽管如此，即便我们把目光聚焦在近代英美国家出现的文体，诸如演讲稿等，可以看出这些作品依然深受诗歌思维的影响。

中国古典散文和英美随笔散文之间存在着很大的文体差异，部分根源于它们不同的传统和渊源。在中国传统文学中，古典散文与诗歌之间一直保持着清晰的界限，英美随笔散文则一直受到诗歌语体和思维方式的影响，呈现出一种具有诗意风格的特点。

（二）叙事传统与哲学传统的差异

英美随笔散文与中国古典散文在呈现诗歌态度和内容上存在明显的差异，这个问题的起因在于汉字和汉语与西方语言在语言文字系统和属性方面的差异。在散文中，叙述和议论哪一个更具重要性是学术界广泛关注的问题，这种差异主要体现在内容方面。可以从英美随笔散文和中国古典散文的起源，着手讨论这个问题。

中国古典散文以叙事为起源，史传文学在这个过程中扮演了重要角色。经过《尚书》和汉大赋对话体、《论语》诸子语录体等形式的影响，最终形成了唐宋时期经典散文体。这种散文风格注重文辞、义理和考据，源于历史著作，也就是说来源于史传文学。清代学者章学诚对这种文体进行了深入的研究，提出“六经皆史”的主张。中国古典文学的发展深深扎根于历史学。这种艺术形式，在中国古代散文中占据着重要的审美地位。尽管我们研究中国古典的论说散文时，大多数都以夹叙夹议的方式进行，但以叙事为主是很常见的，比如陆贽的《均节赋税恤百姓六条》、王禹偁的《黄冈竹楼记》、王安石的《本朝百年无事札子》以及苏洵的《六国论》等散文名篇，都是通过叙述来展开议论，属于夹叙夹议。中国古代在论说散文的印证过程中，受益于史学传统提供的丰富素材和典故，因此不需要进行冗长的议论，与英美随笔散文中口若悬河、言之凿凿的说理和哲理性论述截然不同。

然而，与中国古典散文相比，英美随笔散文的创作风格有着明显的差异。英美随笔散文的兴起，可以追溯到古希腊罗马的哲学著作，例如柏拉图的《对话录》和《沉思录》等学术著作。因此，英美散文在创作初期便带有浓厚的哲学思辨色彩，与中国古典散文注重强调历史研究的特点形成了显著的区别。例如，惠特曼的《草叶集》、雪莱的《西风颂》、梭罗的《瓦尔登湖》等散文作品，均专注于探究一种理论并展开深刻的哲学性探讨。

在散文创作以及作者情感的表达上，中国文化倾向于借鉴经验和经典传统，西方文化则更注重逻辑和哲学传统。中国古典散文强调文人气，英美随笔散文更注重学人气。中国古典散文和诗歌以叙述为主线，议论和抒情内容也常常以叙述方式呈现。在处理情感和理性之间的关系时，这些文学形式更倾向于先表达情感，随后产生理性，同时理性为情感提供支持。然而，英美随笔散文却有所不同。受其哲学传统的影响，英美随笔散文往往更注重思辨和辩证的写作风格，使议论和抒情成为主要元素，叙事的表达较为稀少。雪莱和惠特曼的散文随笔主要以连贯的论述形式呈现，强调了理性的价值，其中的感性通常会使用大量排比和比喻形式来表达，给作品带来壮丽豪放、感情真挚且丰富的特色。

（三）现实目的论与理想目的论的不同

散文是一种注重事实真实性且具有实用或辩证特性的文学形式，其主要目的在于传播知识并引发人们的思考。然而，英美随笔散文与中国古典散文在达到教化目的方式上存在许多不同之处。

从教化的角度来看，英美随笔散文通常以创造乌托邦式的场域为基础，通过设想这种理想化的社会环境中运行的规则和理念，来对现实进行观察和批判。因此，英美随笔散文常常以“论自由”“论正义”“论科学与艺术”为标题。这种观念也对西方近代浪漫主义文学作品产生了影响，比如，狄更生的散文和海涅的诗歌都有所体现。这种想象类似于将自己投入一个超越个人利益的视角中，以更高层次的方式重新塑造现实。随笔散文的作者在作品中提出了自己深刻的想法，他们描绘出的乌托邦或乌托邦规则存在于一个超乎现实世界的平行状态中。他们往往对现实生活持消极且排斥的态度，并希望通过创作随笔散文，将理想中的乌托邦想法融入现实生活中。

中国古典散文对时代和社会发展持有乐观的态度，认为现实社会有望逐步向理想社会迈进。因此，古代中国的经典散文对于教化的作用取决于人们的社会地位与政治立场的差异。比如《谏太宗十思疏》《均节赋税恤百姓六条》《直言天下第一事疏》等，都展现了这种趋向。

中国古典散文和英美随笔散文具有相似的性质和功能。然而，因为它们来自不同的文化背景和文化环境，这两者在文学传统、表达风格、文体和目的方面有明显的差异。随着时间的推移，中国古典散文逐渐失去了早期的社会教化功能，最终陷入了衰败和消逝的境地。这一主流文体难以持续发展的原因之一，是现代白话散文逐渐取代了古典散文在社会教化方面的作用。白话散文深受英美随笔散文的影响，使古典散文在实用性方面面临分崩离析的困境，这是由于不同教化方法所造成的。

相反地，在文学历史的发展进程中，英美散文作品逐渐显露出更加成熟和全面的特点，呈现出更为丰富多彩的内容，思想表现也更加精深。我们不能明确地说哪种散文形式更优秀，但通过比较两者的差异，可以认识到中国和英美文化的独特之处，以及文学传统的丰富多样性。通过研究英美随笔散文的独特创作风格和发展道路，我们可以获得一些启示和更深刻的知识，同时讨论中国古典散文在现代的发展前景和创新方向，有助于了解中国文学传统与英美文化之间的共同之处和差异，从而促进跨文化交流。

三、讲授英美散文的方法

要留意英美散文的立论方式。英美散文家通常会捕捉一个主题，通过细致的描绘，用富有深意的方式揭示人生的道理，并在不经意间引发读者共鸣。为了达成这个目的，作者的创作既要细致入微，又要开阔思维，在文章中运用发散性思维进行创作，让文章内容充满丰富多样的色彩。然后将这些发散的思维最终聚焦在主题上，折射出深刻的思想，给予人们启迪。例如，戈尔德·史密斯的《国家偏见》、米尔恩的《金色的果子》和普里斯特莱的《反讽原则》，它们都属于这种类型的文章。发散性思维的运用也可以在正式评论或近似正式评论的散文中观察到，只是在这种情况下所采用的技巧有所不同。在这里，作者先提出一个论点，接着以各种方式进行深入探讨和分析，通过引用并参考其他观点，或逐步剖析，或夹叙夹议，或通过举例来详细阐述论点，最终自然而然地得出结论，呼应文章的开头。

教师在进行英美散文的教学时，应该注意使用恰当的词语和句式，以及合理的篇章结构。许多英美散文家都很擅长运用语言技巧，因此，教师在教学中应该能够激起学生对于提升语言技能的意愿，从而激发他们想要阅读大量英美优秀散文作品的热情，达到事半功倍的效果。尽管英美散文家的语言风格各有不同，但他们的文字通常简洁明了，他们习惯于直接表达想法和观点，绝不啰唆冗长。并且他们在创作中尽量用简单的词汇以及简短的句子；如需长短句交错，则会恰当地运用标点，以显示变化；将长句拆分成短句，并适度添加修饰语，使句子看起来整洁，文风清晰而优雅。在表达观点时，也会选择形象生动的词汇和比喻，让读者产生联想和共鸣，使文章更加生动有趣。在指导学生阅读英美散文时，除了注重语言表达的细节，还需要关注整篇文章的结构，这样才能让学生掌握写作的基本技巧。

阅读散文需要涉及观察、联系、质疑、推理和总结等多种能力，同时要运用直觉、想象力、语感、同理心和思维等能力。散文爱好者应当具备深厚的语言、文学、历史、哲学、美学和文化背景，专注于提升自己的语言表达能力，并深入品味语言之美，体味散文的结构。熟悉文章的组织形式、信息传达途径、辩证论证方式以及各方面之间的联系是至关重要的。读者一般会关注作品中的意象、结构、论点和事实。通过对散文文本进行分析，观察和感受其中蕴含的情感和智慧，与作者进行交流互动，最终追求完善的人格和审美享受。我们的目标是让学生能够充分体验到欣赏散文的乐趣，并在这一过程中提升自己各方面的技能。

英美散文家就像自由奔放、想象丰富的骑手，他们的作品结构自如流畅，毫无拘束，构思布局自由灵活。实际上，这种貌似松散的结构正是作者精心策划的结果。这些优秀的文学作品是文学世界中引人注目的精美之作，文学爱好者应学会欣赏这个丰富多彩的文学世界。

第二节 小说教学实践

小说是一种通过创造故事角色、描述故事情节和环境来展示社会生活和矛盾的叙事文学体裁，因此小说教学的核心在于教会学生深入理解作品内涵。在小说教学中融入叙事理论可以促进学生文学理论水平的提升，增强他们的文本分析能力和文本意识。通过这种方法，可以帮助学生拓宽视野、养成正确的阅读习惯，从而真正提升他们的审美能力，实现小说在美学教育上的价值。

一、英美小说教学与叙事学研究

（一）叙事学的内涵

叙事学是研究叙事作品的学科领域，小说叙事学在当前的西方文学理论中扮演着重要的角色。这一理论最早由形式主义理论家什克洛夫斯基提出，并在后来的英美新批评理论中得到进一步发展。同时，在受到法国结构主义理论家罗兰·巴特、格雷马斯、多洛罗夫、热奈特等人的启发和推动后，取得了很多重要的成就。

研究小说叙事学的重点在于探讨小说的结构和叙事手法。小说的形式是通过故事内容来研究情节、人物、环境和整体结构。小说通常以叙述为主要表现方式，探讨构成叙述言语的各种方法和技巧。小说叙事学专注于研究小说的写作技巧，能够帮助我们更全面地了解小说的结构，从而更深入地理解小说的美学价值。

（二）叙事学在英美小说教学中的应用优势

通过在英美小说教学中应用叙事学知识，可以加深学生对小说文本的理解和提高学生的欣赏能力，让他们可以熟练地分析和解读小说文本，领悟其中蕴含的审美价值。

1. 英美小说教学中应用叙事学的意义

然而，杰出的小说不仅展现了独特的人文主义理念，还结合了精致巧妙的叙事手法和技巧。如果读者无法将自己与文本融为一体，忽视了作品的本来目的，那么作品将失去其美学魅力，其文学价值也将荡然无存。布斯在其著作《小说修辞学》中指出，作者可以借助人物刻画、叙事角度、叙述语调（包括可信和不可信的）、隐藏作者身份、节奏和反讽等各种修辞手法，来展示小说独有的美感。叙事理论正逐步深化和广泛发展，有望在文学研究领域扮演更重要的角色。因此，在教学中引入叙事学理论，有助于学生更好地将个人认知、情感、愿望、价值观和信念整合到阅读小说的过程中，拓展英美小说教学内容，深入探讨叙事作品的美学价值。

2. 叙事学在英美小说教学中应用的价值取向

（1）更新小说观念，重视文本教学。在文学教育中，小说不仅是一种普遍的意识形态，而且是涉及审美观念的意识形态。文学作品的形式和意义之间存在着密不可分的联系，如果没有特定的形式，就会无法表达或展示特定的意义。

（2）准确把握文体特征，增强理解文本的能力。小说是通过"阅读"而得以理解其内容，这里的"阅读"指的是对文本进行解析。通过学习叙事学，可以增进对小说文体的了解，有助于我们更全面准确地理解文体的特点，并提升文本解读能力。

3. 在英美小说教学中应用叙事学的作用

（1）拓展并深化传统的英美小说教学素材。枯燥的教学内容无法激发学生的学习兴趣和热情，与此相反，叙事学理论则能为小说教学内容提供更多丰富和深入的讨论内容。因此，教师需要在教学过程中引入关于叙事学的新思维和新知识，以丰富和深化小说教学的内容。

通过对叙事学的学习，学生能感受到小说中情节安排的巧妙之处，从而更好地理解故事发展的脉络，提升分析小说结构的能力。此外，有助于学生认识到小说情节的设置对于实现小说主题的重要性。通过引导学生关注英美小说中的叙事结构安排和变化，不仅可以帮助他们体会到小说中结构关系的独特组合带来的意义转变，还能让他们体验到小说情节的张弛有度、节奏急缓、变化多端，从而领悟小说行文变化的奥秘，享受心灵上的愉悦感。

（2）促使教学内容更贴近文本，彰显小说的审美教育意义。小说中的叙事方式和叙述者的视角是赋予作品吸引力的关键因素之一，也是构成小说独特魅力的重要组成部分。以不同的视角讲述同一个故事，会产生截然不同的效果。通过叙事学的理论，可以引导英美小说教学更注重作品的表现形式，使其更贴近文本，激励学生更深入地体会小说的魅力。通过叙事学理论的学习，学生可以领悟作者是如何巧妙地利用修辞手法来塑造故事中的角色，从而使他们在价值观和道德观念上与读者保持一定的客观距离。因此，在阅读文学作品时，读者可以与作品中的角色产生情感共鸣，同时可以客观地理解作品的内涵，呈现多样的文学效果，从而在阅读中获得乐趣，实现小说的审美教育目标。

总体来讲，叙事学让我们获得了许多独特的文本解读知识和观点。学生可以通过运用叙事学理论中的人物塑造、叙述观点、叙述声音（可靠与不可靠）、隐含作者、节奏、反讽等多种修辞技巧，深入领悟并欣赏小说的艺术创作，感受小说所蕴含的魅力。通过深入挖掘和解析小说的形式结构和艺术特点，从而更全面地理解文本内涵，揭示其中蕴含的文学美学价值。这种方法能够超越仅关注情节的传统教学方式，为小说阅读提供更深入的见解，为英美小说教学内容带来新的启示，促进审美教育目标的实现。

二、开放式课程在英美小说教学中的应用

（一）开放式课程的兴起

耶鲁大学的开放式课程是非常受欢迎的，几乎所有开放式课程都备受学生的青睐，并且许多知名网站上相关课程的点击量和下载量都在持续增长。在这些公开课中，教师发现了耶鲁大学的“1945 年后的美国小说”（以下简称“美国小说”）开设的教学内容，与英美文学教学有紧密联系。因此，许多教师迅速从互联网上下载了课程资料，并安排时间专心学习这门文学课程。教师在第一次听艾米教授的“美国小说”课时，就被她独特的授课方法和讲课风格惊艳了，感叹她的专业素养和卓越的教学成果。另外，艾米教授的教学方式不仅对美国学生十分有效，而且在中国学生群体中同样有效，这一点可以从网站上视频观众的评论中看出。因此，许多教师开始试图在教授英美文学时融入“美国小说”中的经典内容。

（二）开放式课程的应用

1. 应用过程

首先是内容的筛选。艾米教授一共评述了 14 部小说，她在“美国小说”的系列课程中共有 26 堂课，其中第 12 堂课专门讲授了托马斯·品钦的作品《拍卖第 49 批邮票》（又称《拍卖第四十九批》）。选择研究这一节是因为在品钦的长篇小说中，《拍卖第 49 批邮票》被认为是一部既易于理解又完整展现了他独特创作风格的作品。另外，这本小说的长度适中，非常适合学生阅读。

其次是课前准备。教师应该提前两周制订教学计划，然后在课后为学生提供电子版的《拍卖第 49 批邮票》以供学生们在课下阅读。提前向学生透露将在课堂上向他们提出的问题，以便每名学生都有充分时间深入思考这些问题。

最后是应用过程。教师可以安排两个连续的课时来学习艾米教授的课程。在第一堂课上，教师可以为学生播放《拍卖第 49 批邮票》的教学录像，此时教师不进行评论。在第二堂课上，教师先简单介绍托马斯·品钦创作的小说《拍卖第 49 批邮票》的背景，然后结合艾米教授的授课内容对这部小说进行简短的评价。接着，教师可以带领学生探讨视频中艾米教授所提出的问题。在课程结束时，教师要求学生分享他们对开放式课程的体会。

2. 应用感受

根据学生的评价，教师们普遍认为在英美文学教学中使用开放式课程是相当成功的，原因包括几个方面：首先，这是一门由耶鲁大学提供的开放式课程，吸引了许多学生。尤其是来自我国一般本科院校的学生，这些学生对耶鲁大学充满好奇和崇拜，这种心态使他们在课堂上会非常专注地听讲。其次，学生在课前两周就已经做好了充分的准备，多数学生热情高涨，认真准备并投入课程学习。因此，学生普遍反馈课堂学习不费力，且学到了很多。最后，无法否认，艾米教授对小说有着深刻而敏锐的理解，她对小说的关键要点评论准确无误，可以有效地指导学生领会作品的核心内容。

3. 应用启示

通过比较在英美文学课堂上的教学效果，可以明显看出开放式教学方法的优势。尽管导致这种不同教学效果的原因有多种，但作为英美文学课的教师，主要可以通过比较教材、教师以及学生这三个教学要素来找到答案。通过对比这三个要素，我们就能初步了解中美文学课的教学效果存在差异的主要原因。

中国教师应该认真思考开放式课程在中国受到广泛欢迎的原因。在学生中，“美国小说”尤其受欢迎，这个现象值得每一位英美文学课教师深思。通过“美国小说”这门公开课，我们可以认识到自身的优势和不足，并且为解决英美文学教学中的问题提供新的可行方法。

第三节 诗歌教学实践

我们需要从教学方式、教学方法等方面入手，制定实际可行的改革方案，以更有效地让学生理解诗歌的艺术精髓，激发学生学习的兴趣和动力，让他们亲身感受英美诗歌的卓越艺术魅力。

一、诗歌教学模式改革

由于诗歌经常使用独特的词语，且表达含蓄，情感深沉，因此通常显得晦涩难懂。许多学生在开始学习英美古典诗歌时，常常感到困惑，不知该从何学起，无法理解其中的意思。学生与诗歌之间存在着由于语义理解困难而形成的障碍。为了解决这个问题，教师通常会先从诗歌的外部入手，介绍诗人的生平经历和作品的创作背景。紧接着，通过解释、评述或译写诗歌内容来概括和归纳其主题。最后对诗歌的主题和艺术形式进行更深入的系统总结。从表面上看，这种循序渐进的教学方式确实让学生更容易理解诗歌，加深学生对诗人和诗歌的全面认识。

首先，会减弱学生的学习动力。当学生面对写得含蓄深刻的诗歌文本时，通常会难以立即理解其含义，因此他们期望教师能够解释给他们听。教师通常采用的词义解释法恰好符合学生对基础知识的需求，虽然用这样的方法可以使学生轻松地跨越语义障碍，但学生们丧失了主动思考和主动阅读的宝贵机会。他们所接触到的是逻辑和语义构建而成的理性机械世界，而非基于个人生活经验和充满想象力的世界。在教学中，将诗歌简化成了易于理解、直接表达主题的“分行散文”，这导致了学生对英美诗歌缺乏学习的动力和兴致。

其次，会降低学生对诗歌本体的关注度。教师对诗歌的历史和背景进行详细的介绍，以及对诗歌中的意义进行解读，可以帮助学生更深入地理解诗歌的内涵。在教学过程中，教师应该注重引导学生自己去理解和体验诗歌学习的乐趣，而不是过多依赖于教师对诗歌内涵的解释。因为诗歌的诗韵难以用一般的语言形式加以转述，诗歌是语言的变形，它离开了口语和一般的书面语言，成为一种特异的语言形式。学生可以通过教师的理性分析可以了解诗歌的“含义”，但无法感受那种只可用内心领会而难以用言语表达的“诗情”。新批评代表人物兰色姆强调，诗歌的“构架”部分可以被解释转换，但诗的独特之处在于无法转换的“肌质”。如果一个批评家无法就诗的肌质展开讨论，那么他实际上只是将诗当作散文来评判，而不是真正从诗的角度去分析。可以说，将诗歌学习转向知识传授而非审美品鉴是对诗歌的虐杀。

要彻底解决这个问题，我们需要革新传统的教学方式，建立一个以学生为中心、注重审美体验的全新教学模式，真正实现两个“转向”：

第一，要从以教师为核心进行知识传授转变为以学生为主导的审美鉴赏。相对于小说和散文等文体，诗歌更注重表现内在视角，运用主观性、音乐性、梦幻性和非逻辑性等特质来展现内心世界。这些艺术元素决定了学习诗歌必须以学生为中心。在没有读者积极参与和情感真实投入的情况下，诗歌学习将很难进行下去。教师在教学过程中的关键职责是示范、引导、监督、点评，侧重于传授诗歌品鉴技巧，而不是只注重于诗歌赏析的结果。

第二，从阅读诗歌的表面意义转变为领悟其中的深层含义。尽管诗歌文本有逻辑语义结构，但诗歌最重要的特征是通过非逻辑的“肌质”来表达其深层内涵。因而，在进行诗歌分析时，不应死板地坚持传统方法，因为这些方法主要围绕解读词句、分析意象和总结主旨展开。相反，应更加重视诗歌的艺术特质，特别关注节奏、韵律、修辞方式以及句法结构的细致探究。只有这样，学生才能深刻体验到诗人情感的起伏变化和思想的复杂深奥，从那些灵动的文字和错落的诗句中感受诗歌暗含的意义。

在对教学模式进行改革的过程中，还可以引导和规范教学方法的改革，同时需要在教学方法的改革中构建新的教学模式。因此，我们需要对教学方法进行必要的改革和调整。

二、诗歌教学方法改革

（一）篇目的合理编排

在教学过程中，只有选择合适的诗歌文本进行编排，才会最终获得好的教学成果。尽管市面上有众多英美诗歌教材，但它们在体例编排和篇目选取方面几乎没有什么区别。它们基本上都是选择了许多经典文学作品，按时间顺序或文学流派进行了整理排列。此外，这些教材可能在诗歌后面添加了一些文字解释、背景介绍、中文翻译或简短评论。在选择诗歌时，我们不必受制于那些在文学史上受到广泛认可的名家作品，无论是那些严肃高雅的经典作品，还是朴实幽默的流行作品，只要其文采华美，都可以作为我们的阅读对象。另外，可以尝试不按时间或流派线索进行作品的编排，而是根据主题或题材分类，比如大学主题、青春主题、田园主题、哲理主题等，这样可以帮助学生摆脱对“史”这一字眼的单调限制，让他们在与自身生活经历密切相关的特定主题下展开阅读。

（二）文本细读法

“文本细读”原是新批评学派的关键词，在此借用该概念并非倡导对英美诗歌进行严格的形式主义批评，而是取其宽泛之意，着重强调对诗歌文本的精研细读，尤其是对格律、音韵、意象、修辞等的细致分析。在此尝试从音韵的角度对英国著名诗人丁尼生的代表作《鹰》进行简单分析，以作范例：

The Eagle

He clasps the crag with crooked hands；
Close to the sun in lonely lands
Ringed with the azure world，he stands.

The wrinkled sea beneath him crawls；
He watches from his mountain walls
And like a thunderbolt he falls.

这首抒情诗短小精练，由两节六行组成。全篇声律和谐，音韵回转，构成一种回环往复、婉转悦耳的乐感。在押韵上，诗人主要采用了 A—A—A 格式。第一节 hands、lands、stands 构成了严格的“三连韵”韵式；第二节 crawls、walls、falls 依然保持“三连韵”的韵式，韵脚却由第一节的 /dz/ 转为 /z/，韵律整饰而不呆板。诗人对音乐性的执着追求可在每一诗行得到体现。在第一节第一行，诗人就使用了一连串爆破音，如 /k/、/p/、/g/、/d/ 等。这些发音力度较大的爆破音使诗歌语调铿锵有力、掷地有声。鹰桀骜不驯、孤傲狂躁的形象也在音韵的强弱变幻间跃然纸上。到第二行，诗人则多使用一些轻柔的音，如低沉凝重的 /u/ 音，平滑细腻的 /s/ 音，轻柔绵长的 /n/ 音。在 /u/、/s/、/n/ 等音的参差互济中，诗歌语调由热烈亢奋转入柔和沉郁，鹰的狂躁形象也逐渐消隐于静穆恒定的自然山水中。这些微妙的音韵变化，不仅为我们展现了动静相宜、冷暖相衬的画面切换，而且精准地传达了诗人情感世界的变幻起伏：第一行，诗人以鹰的形象赞誉亡友的高贵品格，颂扬之声高亢明朗；第二行，以寂寥景色抒发作者的悲愤，哀怨之声凄婉沉郁。

文本细读承认了诗人和外部社会对文本的影响，并且强调了作品形式和内容之间的密切联系。我们需要注重诗歌本身，通过深入分析语言结构，揭示诗歌的艺术内涵，以更深刻、全面地理解其意义。

（三）比较学习法

没有其他形式的艺术能像诗歌一样坚持展现本民族的特质。英美诗歌典型且显著地展现了英美民族的文化特质。然而，尽管努力展现本民族的思想文化、艺术精神，这种“民族性”也使那些深受中国文化传统影响的人难以完全融入其体系并欣赏其艺术魅力。在这种情况下，采用比较的方式就变得尤为关键，尤其是在比较英汉诗歌时更是如此。首先，在相同的文学形式下，英美诗歌和中国诗歌在艺术技巧、艺术风格等方面有许多共同之处。我们可以把学习汉语诗歌时积累的阅读经验、阅读技巧和诗学观念应用到英美诗歌领域。其次，通过参考汉语诗歌的学习和鉴赏方法，学生可以更深入地理解英美诗歌的艺术特征和背后蕴含的独特文化，从不同的视角来进行阅读。英美诗歌以及中国诗歌都注重诗歌的格律，但在诗歌的节奏和押韵方面有着明显的区别。就像英美诗歌和汉诗经常选用自然风景作为描写对象，但在情感表达方面展现出了独具特色的风格。另外，通过对比类似主题的诗歌和散文作品，可以更突显诗歌的艺术特色。在英美诗歌学习中，

“比较”是一种不可或缺的方法，只有通过比较的方法，才能更全面、更深刻地揭示事物的本质。

（四）诗歌翻译

通过适当的翻译实践，可以增进学生对诗歌的理解。在诗歌翻译的领域中，一直存在着两种截然不同的观点，即“可译”和“不可译”，这种争辩体现了诗歌中语言的重要性。诗歌的所有艺术内涵都是在其独特的语言中展现的。翻译时必然考虑原诗的语言基础，这可能会导致原诗的艺术内涵在语言转换过程中失去价值。然而，这并不意味着我们能够以此理由断言“诗歌无法被翻译”，从而拒绝进行诗歌翻译训练。只有通过翻译，我们才能真正领略到诗歌语言转换中的艺术精髓。诗歌的“肌质”通常体现在那些最具挑战性、最不容易翻译、最难以用其他语言或文体表达的部分。将诗歌翻译视为一种语言代码的转换，能够深入比较中文和英文诗歌的内涵，有助于提升学生的语言敏感度和艺术鉴赏能力。

第四节 戏剧教学实践

“英美文学”是高校英语专业中不可或缺的传统课程。英美文学课有助于学生素养的提升，拓宽他们的视野。近年来，英美文学教学改革已经开始取得了一些成果，其中引入 B-SLIM 理念功不可没。以莎士比亚戏剧的教学为例，我们改变了传统的教学方式，不再只侧重分析莎翁的背景和戏剧结构，而是引导学生从作品本身出发，通过不同形式的教学活动，一起深入探讨莎翁创作的奥秘，形成全新的理解和评价体系。

一、毕拉希成功语言引导模式

2002 年，加拿大阿尔伯塔大学教授毕拉希博士创立了“毕拉希成功语言引导模式”（B-SLIM），这种模式的产生经过了大量的教育实践和科学研究验证，因而具有稳定性和可行性，并且在许多非英语国家，如日本和墨西哥，都产生了大量的教学实证。

B-SLIM 的理论基础包括：皮亚杰、维果茨基与盖聂在认知发展方面的主张及其在教育上的应用。维果茨基的“脚手架”（Scaffolding）是 B-SLIM 模式的精髓。

“脚手架”概念的形成受到了维果茨基的近侧发展区理论的启发。根据维果茨基的观点，教学可以超越专业引导发展，关注个体的高层次心理过程，来促进学习和发展。换句话说，在人际交往中，我们会逐渐将所学知识真正内化，并进行自我调整。维果茨基认为，个人的发展受到社会互动的影响，参与社会互动学习的过程可以促进个人的成长。在课堂教学中采用脚手架的方法，强调学生在教师的引导和支持下，在合作学习的氛围中逐步探究，由浅入深地理解知识和技能。布鲁纳提倡建构主义学习方法，他认为教学应当促使学生通过自主探索来发现知识，学生在教师的指引下主动学习，而非被动接受知识。教师应该激励学生在学习中通过探索的方式来建立他们的知识体系。霍华德·加德纳的多元智能理论认为，智能不是由单一或少数核心能力组成的，而是由许多同等重要的不同能力构成。他认为各种智能是以多个独立维度的方式展现出来，而不是以整体的方式展现。在多元智能理论的指引下，教学活动着重培养学生的创造性思维。根据多元智能理论，个人需要培养各种类型的智能以更好地适应各种挑战和任务。同时，社会的进步需要个人创造出能够满足各种社会需求的产品和服务，这种全方位的发展被视为智能的完善发展。

B-SLIM 模式的教学目标：一是帮助学生发展自主学习的技能，二是确保每个学习者都在学习过程中取得成功，三是帮助学习者培养语言意识、学习策略、语言技巧等方面的能力，四是确保学习者可以把所学知识应用到实际生活中。

二、基于 B-SLIM 理念的英美文学教学模式

（一）教学计划和准备

根据 B-SLIM 模式的要求，教师在备课时需要考虑教学内容的逻辑顺序、教学资源的匹配性、教学进度的合理性以及对教学时间的把控等方面的内容。这些因素是根据盖聂的信息认知理论而得出的，旨在激发学生学习的自主性、积极性和创造性，以促使学生对所学知识进行意义构建。

文学课的教学理念是从作品出发，逐步将学生的阅读兴趣向更深层次的方面引导。在B–SLIM教学模式中，家庭阅读（Home Reading）是实现这一目标的重要途径。在一个学期内，教师可以根据不同阶段的教学进度，为学生指定不同层次的阅读材料，例如一般阅读书、精读书以及学术史的浏览和查阅等。以莎士比亚戏剧为例，教师可将莎士比亚的经典作品划分为喜剧《维洛那二绅士》《爱的徒劳》《仲夏夜之梦》《威尼斯商人》《第十二夜》，悲剧《罗密欧与朱丽叶》《哈姆雷特》《奥赛罗》《李尔王》《麦克白》和悲喜剧《冬天的故事》《暴风雨》等三个类型，每一类作品中又有一般阅读书和精读书的区分。在这个基础上，列出一些研究课题供学生选择，为开展学术史的阅读和研究做准备。学生可以自由组建学习小组，并选择他们感兴趣的研究主题。首先，他们会自己进行充分阅读；其次，在小组内进行讨论和交流；最后，每个小组将向全班展示他们的成果并进行讨论。通过以上活动，学生不仅拓宽了视野，丰富了想象力，同时真切感受到了英语文学的吸引力，领略了欧洲文艺复兴时期的人文精神为文学所注入的活力。这种开放式的讨论方式不仅让课堂变得充满活力，还能激发学生的学习兴趣，帮助他们迸发无限的灵感。

（二）输入与内化

在这个阶段，学生会根据教师设计的教学计划，按照从简单到复杂的顺序逐步学习语言知识。学生需要运用所学的知识和技能，并具备独立解决问题的能力，才能成功地进行语言输出。

在教学中，我们可以鼓励学生结成小组进行学习，每个小组选择不同的作者和作品进行深入研究，然后一起设计课堂内容并查找相关资料。学生可以共同创作多媒体教学资料，并在小组内进行展示。此时，教师的作用已经发生了转变，他们不再是课堂的主导者，而是变成了组织者和引导者。学生亲自制作课件，正好弥补了灌输式教育的缺陷。首先，这将使学生在探索知识的关键点时更加主动、有意识地深入探究其更深层次的含义和内在价值。其次，使学生看待问题的视野不再完全依赖教材，而是积极探索图书馆和网络等资源。通过筛选、应用庞杂的信息，可以培养和锻炼学生的自主学习能力。最后，让学生自主规划和展示教学内容，有助于激发他们主动探究特定作家、作品或相关知识的兴趣，学生在深度理解并形成独特见解和感悟后，还需用个人表达方式进行授课，并与同学展开讨论，这要求授课者对作品有着深刻的认识。这个方法还可以帮助学生提升对文学作品的鉴赏能力。教师应该及时总结课堂内容，对学生的优点进行肯定，并指出他们仍然需要改进的地方。同时鼓励学生在课后利用网络和图书馆继续学习，以促进知识的深入理解。

以莎士比亚戏剧为例，学生经常会探讨其中的文化和现实意义，并通过比较或主题研究展示他们独特的情感和创新观点。教师可以在总结时强调莎士比亚戏剧的研究方法和成果，并突出他的作品在中国的影响力和受欢迎程度。

（三）输出

学生将学到的语言知识应用到实际生活中，通过独立完成任务展现准确的语言运用能力，同时能够体现学生的创造力和解决问题的能力。

教师在教学过程中，可以尝试让学生参与英语短剧的表演，并要求学生对剧本进行改编或创作。在“教学计划和准备”阶段，按照分组情况，让每个小组自主选择剧本，观看基于莎士比亚作品改编的戏剧或电影，以加深对作品的认识。然后，小组成员根据各自的专长，分别担任导演、演员、舞台设计、配乐等角色，充分发挥自己的长处，互相协作。这种做法使学生在扮演不同角色时能够迅速进入状态，完全投身于表演之中，并且丝毫不觉自己是在学习课程。实际上，指导和编排的过程涉及对剧本的深入分析。扮演角色的过程是理解台词和人物形象的过程。表演是促进学生对多方面知识深入理解的过程。这是通过表演活动的形式激发学生的学习热情，刺激他们的学习需求和动机，利用学生的生活经验来进行学习。这不仅可以提升学生的语言能力，还可以促进学生的动手能力、协调能力、创造力和良好品质的培养。英语短剧表演有助于学生发展社交技能和提高身体协调能力。在正式的表演活动中，学生能够展现出极大的热情和出色的想象力。对于多数学生而言，这是他们在大学生活中首次参与英语短剧表演活动，也是首次登上莎士比亚戏剧表演舞台。莎士比亚构建了一个充满辩证和矛盾的戏剧舞台，在这个舞台上，各种不同的观点相互对立，正是通过这些观点之间的碰撞和对抗，我们才能更深刻地理解其思想的本质。莎士比亚戏剧的目的并非消除不同观念之间的冲突，而是通过戏剧的艺术手法来塑造各种思想观念之间和谐共存的状态。

（四）评价

教学评价是推动课堂教学进步的动力，也是培养学生自信心的重要途径。这里的评价是指关注学生学习进程、语言发展和全面素养提升的形成性评价。根据 B-SLIM 的教学理念，学生在进行任何活动时，都需在教师的指导和监督下进行，并在活动中持续受到教师的支持和鼓励。在评价学生时，教师还应该注意发现和培养学生擅长的智能领域。

（五）结果评价

学生的表现主要通过各种考试、家庭阅读笔记、作品以及比赛成绩等方面进行评价。结果评价不仅是教学设计和实施的终点，也是其继续向前发展的起点。

综上所述，在英美文学教学改革中应用 B-SLIM 模式时，不应局限于特定的作家或作品。这种模式要求教师依据课程的整体目标，结合教学内容设计活动，引导并激发学生踊跃参与，确保活动贴近学生的现实情况。在教学过程中，学生通过反复练习、讨论、交流、思考和协作等方法，逐渐应用所学的知识来实现教学目标。教师的任务是扮演设计者、引导者、协助者和调动者的角色，为学生提供必要的思考和交流空间，同时积极鼓励并支持他们独立地建构语言知识体系。此外，教师应帮助学生学会根据实际情况改进学习方法，培养积极向上的学习心态，提升语言实践技能，以更好地达成学习目标，体验成功的喜悦。

三、读者反应批评在戏剧教学中的运用

（一）读者反应理论介绍

20 世纪 60 年代后半期至 20 世纪 70 年代，随着各种形式主义文学派别逐渐没落，学者们开始更加关注读者的接受过程。读者的反应批评揭示了他们在文学接受过程中的重要角色，也肯定了不同阐释的可行性和合理性，为文学教学提供了宝贵的建议。

根据读者反应理论，读者积极参与作品的解读过程，利用不同的方法和策略来一同构建作品的意义。读者反应批评方法强调从读者的角度出发，而不是仅关注作者或文本的立场。事实上，读者不仅是理解意义的个体，更是塑造意义的创

造者。实际上，读者在创造意义方面起着重要的作用，并且能够真正影响结果。文本的含义和价值并非固定不变的，也不存在绝对的正确或错误之分。读者与文本之间的互动，可以改变作品的意义和重要性。这与只专注于文本本身而忽略读者参与的形式主义批评以及新批评有着明显不同之处，因为它强调了读者对文本的贡献。

伊塞尔认为文本中存在着一些“空白”，需要读者去填补，同时，他认为读者在赋予文本意义的过程中扮演着关键角色。文中的空白对读者产生了深远的影响，读者必须对空白作出解释、联结，并在脑海中推断没有写出但隐含在文中的含义。一篇文学作品的意义需要读者的参与才能被完全建构，因为只有读者的认知和理解才能赋予审美客体完整的内容，这是伊塞尔所强调的观点。因此，文学研究现在更关注于读者如何阅读，而不再仅仅专注于形式主义对文本的分析。

尧斯的接受美学试图缓解马克思主义批评和形式主义批评之间的矛盾。尧斯认为，由于不同时代的文学作品呈现不同的观点，随着时代变迁，人们的视野也随之改变，因此读者对文学的理解主要依赖于他们的“期待视野”。第一个读者的理解会被代代传承的接受者逐渐丰富和完善。审视以往的作品并重新欣赏，是一种在传统审美标准和当代文学尝试之间不断进行调整的过程。随着时间和历史的演变，观点可能会发生变化，这也会导致文学作品在不同时期表现出不同的观念。因此，理解和解释文学作品的历史背景，关键在于能否客观地分析和理解特定的视角和观念。

霍兰德专注于研究读者在阅读时的心理过程，他从自我心理学的角度出发探讨了读者的反应。费希倡导了一种研究方法，名为“感受文体学”。总的来说，就读者的反馈和评价来说，文本是一个不断变化的过程，读者的批判性阅读不仅是分析文学作品的过程，也是塑造文学作品的过程。

（二）读者反应批评的实践应用

读者反应理论在文学教学中的应用可以通过多种途径实现，比如参与对话、讨论、自由辩论、创意写作和角色扮演等方式。

萧伯纳的《华伦夫人的职业》是英美文学教材中被选读次数最多的文学作品之一。这部戏剧的篇幅较长，我们无法在课堂上针对逐个细节分析整个剧情，因此常常会挑选其中一个场景来深入讨论。

《华伦夫人的职业》讲述了华伦夫人在过去因贫困而成为妓女。她的女儿韦微·华伦从小在国外的学校学习并成长，在剑桥大学取得学位后返回国内。然而，她对母亲靠着从事这一职业赚钱并抚养她的情况毫无了解。韦微认为自己的社会地位高于母亲，这导致了母女关系的紧张，最终故事以母亲与女儿相分离为结局。故事中的对话风趣幽默，人物形象塑造得栩栩如生。尽管其背景设定在19世纪，但故事展现的正派的生活态度与为达到目的而选择堕落的斗争的主题，至今对人们仍有启发。

通过学习这部戏剧中的片段，学生有机会将戏剧中的情节与日常生活联系起来，增进对文本意义的理解，并帮助他们更加批判性地认识资本主义腐朽和母女关系的主题。

首先，教师在课堂上讲述整个故事情节，要求学生在课外阅读这部戏剧，并着重关注第二幕的内容。随后，学生们分组讨论并准备表演这一幕。利用讨论的方式不仅可以促进学生文本理解能力的提升，同时能够激发他们对探索文本主题的热情。作为读者，学生应该将阅读材料与自己的生活经历联系起来，展开深入地思考。角色扮演活动是一个非常有效的方法，可以激发学生们展示他们对作品主题的理解并表达个人见解，从而激发兴趣，有助于他们发现自己的潜力。

参考文献

[1] 范凤祥，宫玉波 . 英美文学 [M]. 大连：大连海事大学出版社，1997.

[2] 张业春 . 英美文学与教学研究 [M]. 北京：中国纺织出版社，2018.

[3] 张莹波，李静，汪顺来，等 . 英美文学选读 [M]. 南京：东南大学出版社，2018.

[4] 张晓平 . 英美文学教学研究 [M]. 长春：吉林人民出版社，2019.

[5] 崔澍，胡茜，龚扬 . 英美文学与翻译实践研究 [M]. 长春：吉林人民出版社，2020.

[6] 殷丽莎 . 英美文学与作品赏析研究 [M]. 长春：吉林出版集团股份有限公司，2022.

[7] 陈洪富 . 英美文学发展与翻译理论研究 [M]. 长春：东北师范大学出版社，2023.

[8] 匡凤 . 英美文学翻译多维研究 [M]. 长春：吉林人民出版社，2022.

[9] 温珏 . 英美文学叙事理论研究 [M]. 长春：吉林出版集团股份有限公司，2022.

[10] 高洋 . 英美文学教程 [M]. 西安：西安电子科学技术大学出版社，2020.

[11] 熊军 . 探讨关于英美文学翻译中的美学价值 [J]. 中国民族博览，2023（24）：223–225.

[12] 陈静 . 英美文学作品中的语言艺术探讨 [J]. 中国民族博览，2023（24）：229–231.

[13] 薛燕 . 英美文学翻译中的语境文化因素 [J]. 中国民族博览，2023（24）：235–237.

[14] 薛秀真．浅谈英美文学的审美传统和文化气质 [J]. 中国民族博览，2023（24）：20–22.
[15] 龚伟．生态语言学下的高校英美文学教学探究 [J]. 时代报告（奔流），2023（12）：16–18.
[16] 施玉珍．英美文学中的人物形象塑造研究——以《老人与海》与《哈姆雷特》为例 [J]. 青年文学家，2023（36）：90–92.
[17] 王赟．基于跨文化视角分析英美文学作品中的语言艺术 [J]. 文化学刊，2023（12）：183–186.
[18] 管俊英．语言学视角下英美文学语言特点——以《红字》为例 [J]. 中国民族博览，2023（23）：208–210.
[19] 张金磊，王颖，张宝辉．翻转课堂教学模式研究 [J]. 远程教育杂志，2012，30（4）：46–51.
[20] 钟晓流，宋述强，焦利珍．信息化环境中基于翻转课堂理念的教学设计研究 [J]. 开放教育研究，2013（1）：58–64.
[21] 郝萌．英美文学作品阅读在高中英语阅读教学中的应用研究 [D]. 济南：山东师范大学，2019.
[22] 符玉玲．形成性评价在英语专业英美文学教学中的应用研究 [D]. 长沙：湖南师范大学，2017.
[23] 吕含笑．19 世纪以来英美文学中的暗黑婚姻之比较研究 [D]. 沈阳：辽宁大学，2017.
[24] 刘长颖．大学生读者的英美文学阅读策略使用情况调查研究 [D]. 武汉：湖北大学，2015.
[25] 门纪敏．多元智能理论在英美文学教学中的应用 [D]. 石家庄：河北师范大学，2014.
[26] 宋维多．试析两岸英美文学作品汉译的语言差异 [D]. 福州：福建师范大学，2013.
[27] 殷兆武．英美文学评论文章中的隐喻研究及启示 [D]. 乌鲁木齐：新疆大学，2011.

[28] 孟博 . 英美文学理论汉译的描写性研究（1917—1949）[D]. 北京：北京语言大学，2008.
[29] 孟心灵 . 读者反应批评理论与英美文学阅读教学 [D]. 济南：山东师范大学，2008.
[30] 赵云利 . 英美文学作品中模糊语言的翻译 [D]. 济南：山东师范大学，2007.